LA BATALLA POR EL INFRAMUNDO

LA BATALLA POR EL INFRAMUNDO

LIBRO DOS DE LA
SERIE GAMEKNIGHT999

UNA AVENTURA MINECRAFT. NOVELA EXTRAOFICIAL

MARK CHEVERTON

Traducción de Elia Maqueda

Rocaeditorial

Título original: *Battle for the nether*

BATTLE FOR THE NETHER © 2014 by Gameknight Pubishing, LLC
La batalla por el inframundo es una obra original de fanfiction de Minecraft
que no está asociada con Minecraft o MojangAB. Es una obra no oficial y no
está autorizada ni ha estado aprobada por los creadores de Minecraft.
La batalla por el inframundo es una obra de ficción. Los nombres, personajes
y acontecimientos son producto de la imaginación del autor o son utilizados
como ficticios. Cualquier parecido con hechos o personas reales, vivos
o muertos, es una coincidencia.
Minecraft ® es la marca oficial de MojangAB.
Minecraft ® / TM & 2009-2013 Mojang/Notch
Todas las características de Gameknight999 en la historia son completamente
inventadas y no representan al Gameknight999 real, que es lo contrario a su
personaje en el libro y es un individuo alucinante y comprensivo.
Asesor técnico – Gameknight999

Primera edición: junio de 2015

© de la traducción: Elia Maqueda
© de esta edición: Roca Editorial de Libros, S.L.
Av. Marquès de l'Argentera 17, pral.
08003 Barcelona
info@rocaeditorial.com
www.rocaeditorial.com

Impreso por LIBERDÚPLEX, S.L.U.
Crta. BV-2249, km 7,4, Pol. Ind. Torrentfondo
Sant Llorenç d'Hortons (Barcelona)

ISBN: 978-84-16306-08-4
Depósito legal: B. 12.142-2015
Código IBIC: YFG

RE06084

AGRADECIMIENTOS

Como siempre, quiero dar las gracias a mi familia: a Geraldine, con su optimismo perenne y su visión optimista del mundo; a Jack, que me recuerda que he de afrontar mis miedos y perseguir mis sueños; y a Holly, mi inspiración, mi roca y la luz que ilumina mi vida. También quiero dar las gracias a todos los lectores que os habéis puesto en contacto conmigo y me habéis enviado mensajes de apoyo: sin vosotros habría sucumbido al desánimo y a las dudas, y probablemente no habría terminado este libro. Espero que lo disfrutéis.

«La acción supera el miedo. La indecisión
o la postergación solo lo hacen más grande.»

DAVID JOSEPH SCHWARTZ

¿QUÉ ES MINECRAFT?

Minecraft es un juego de mundo abierto donde el usuario puede construir increíbles estructuras con cubos texturizados de distintos materiales: piedra, tierra, arena, arenisca… En Minecraft no se aplican las reglas habituales de la física; en el modo creativo se pueden construir estructuras que desafíen la ley de la gravedad o que no se apoyen sobre ningún soporte visible.

Las oportunidades para la creatividad que ofrece este programa son increíbles: la gente construye ciudades enteras, civilizaciones sobre acantilados y hasta urbes en las nubes. No obstante, el juego real se desarrolla en el modo supervivencia. En este modo, los usuarios aparecen en un mundo hecho de cubos, tan solo con la ropa que llevan puesta. Tienen que conseguir recursos (madera, piedra, hierro, etcétera) antes de que anochezca para construir herramientas y armas con las que protegerse de los monstruos cuando aparezcan. La noche es la hora de los monstruos.

Para conseguir estos recursos, el jugador tendrá que abrir minas, excavar en las profundidades de Minecraft en busca de carbón y hierro para hacer herramientas y una armadura de metal, esenciales para la supervivencia. A medida que caven, los usuarios encontrarán cavernas, grutas inundadas de lava e incluso alguna mina o mazmorra abandonada, donde puede haber tesoros ocultos pero también peligros agazapados en pasadizos y recámaras patrulladas por monstruos (zombis, esqueletos y arañas) al acecho de los jugadores incautos.

Aunque el terreno está plagado de monstruos, el usuario no estará solo. Hay servidores enormes con cientos de usuarios que comparten espacio y recursos con otras criaturas de Minecraft. El juego está salpicado de aldeas habitadas por PNJ (Personajes No Jugadores). Los aldeanos corretean por estas pequeñas ciudades, cada uno a lo suyo, y ocultan en sus hogares cofres llenos de tesoros, a veces valiosos, a veces insignificantes. Los usuarios pueden hablar con los PNJ, intercambiar objetos y conseguir piedras preciosas, ingredientes para hacer pociones o incluso un arco o una espada.

Este juego es una plataforma increíble en la que se pueden construir máquinas (usando piedra roja como combustible, por ejemplo en los circuitos eléctricos), crear partidas únicas, personalizar mapas y jugar en el modo JcJ (Jugador contra Jugador). Minecraft es un juego lleno de creatividad, batallas emocionantes y criaturas terroríficas. Es un recorrido trepidante por un mundo de aventuras y suspense en el que experimentaréis alentadoras victorias y amargas derrotas. Disfrutad del viaje.

EL AUTOR

Me encanta jugar a Minecraft con mi hijo. No fue fácil, es cierto, tuvo que obligarme casi a la fuerza. Pero ahora me encanta.

Un día vio un vídeo de Minecraft en YouTube y dijo que quería aquel juego. A lo largo de todo el mes siguiente, nos repitió constantemente a mi mujer y a mí que Minecraft era una pasada y que no podía vivir sin él.

Así que al final accedimos y le compramos Minecraft. Con mi ayuda, lo instaló en el ordenador, escogió su nombre de usuario, Gameknight999, decidió el aspecto que quería que tuviera su personaje y se puso manos a la obra. Al principio jugaba solo, pero pronto empezó a venir a nuestro despacho a pedirnos que fuésemos a ver lo que había hecho... Era increíble. Había construido un castillo enorme, una carrera de obstáculos con elementos móviles, una aldea subterránea... Sus creaciones nos dejaron boquiabiertos. Soy ingeniero, y cualquier cosa que me ofrezca la posibilidad de la construcción me intriga de inmediato. Así que me senté con mi hijo y dejé que me enseñara a jugar a Minecraft. Enseguida me compré una licencia para mí, elegí Monkeypants271 como nombre de usuario y nos internamos juntos en el reino digital: construíamos torres, peleábamos contra los zombis y esquivábamos a los creepers.

A mi hijo le gustaba tanto jugar a Minecraft que en

Navidad le compramos un servidor. Se pasó meses construyendo cosas: castillos, puentes, ciudades submarinas, fábricas, todo lo que se le pasaba por la cabeza. Empezó a traer a casa a sus amigos del colegio para construir estructuras gigantes juntos. Yo los ayudaba, claro, en parte para vigilarlos pero también porque soy un poco friki y me gusta jugar. Me impresionaba ver lo orgulloso que se sentía de sus construcciones. Grababa vídeos para enseñárselos a otros usuarios y los subía a YouTube. Un día, unos chicos consiguieron entrar en el servidor, probablemente porque mi hijo o alguno de los otros niños hicieron pública la dirección IP. Los griefers, que es como se llama a este tipo de vándalos, destruyeron todo lo que mi hijo había construido y en su lugar dejaron un enorme cráter. Arrasaron con todo, echando por la borda meses y meses de trabajo. Cuando mi hijo se conectó al día siguiente, vio sus creaciones destruidas y se quedó destrozado. Para más inri, los chicos subieron a YouTube un vídeo donde se veía cómo destruían su servidor.

Hablar del acoso cibernético fue un momento clave en el proceso educativo de mi hijo. Intenté responder a sus preguntas sobre por qué la gente hace cosas así, o qué tipo de persona puede disfrutar destruyendo lo que ha hecho otra, pero mis respuestas resultaban insatisfactorias. Entonces se me ocurrió la idea de explicarle todo esto a mi hijo valiéndome de lo que más le gustaba: Minecraft. Escribí el primer libro, que titulé *Invasión del mundo principal,* que intenta concienciar a los chicos sobre el acoso cibernético y cómo puede llegar a afectar a los demás, además de vulnerar algo tan importante como la amistad, y utilicé Minecraft como escenario para ilustrar la lección.

Mi hijo y yo seguimos jugando juntos a Minecraft, y hemos construido estructuras que aparecen en *La batalla por el inframundo,* el segundo libro de la saga de Gameknight999. Casi he terminado de escribir el tercero, *El combate contra el dragón*, en el que Gameknight999 y sus amigos llegan a El Fin. Además, he empezado un cuarto libro, *Disturbios en Ciudad Zombi*, en el que Gameknight999 tendrá que enfrentarse a un nuevo villano de Minecraft.

Quiero dar las gracias a todos aquellos que me han escrito a través de mi web, www.markcheverton.com. Agradezco los comentarios que recibo tanto de los chicos como de sus padres. Intento contestar a todos los correos que recibo, pero pido disculpas si se me ha pasado alguno.

Buscad a Gameknight999 y a Monkeypants271 en los servidores. No dejéis de leer, sed buenos y cuidado con los creepers.

CAPÍTULO I

GAMEKNIGHT 999

*E*chó a correr por una especie de vía, unos raíles metálicos que se perdían en la oscuridad. El traqueteo rítmico de las ruedas marcaba un paso constante —chuchún, chuchún, chuchún— que resonaba por el túnel y dejaba tras de sí una sinfonía percusiva en forma de eco. Si miraba a su alrededor, veía los lados grises y el interior cuadrado del vehículo en el que se desplazaba. Por el aspecto y el traqueteo de las ruedas iba montado en una vagoneta. El reducido espacio lo hacía sentirse como un gigante en el diminuto carro de hierro, pero el borrón de los muros de piedra que pasaba a toda velocidad, en cambio, lo hacían sentirse pequeño e insignificante.

Gameknight999 estaba asustado.

La incertidumbre y el miedo inundaban su mente. No sabía dónde estaba ni qué hacía en aquella vagoneta, ni siquiera a dónde iba. Lo único que sabía era que se dirigía a algún lugar, y muy deprisa.

Justo entonces, se abrió la pared del túnel y vislumbró una caverna enorme… No, era una grieta gigante que se abría hacia el cielo azul. En los muros escarpados había zombis, arañas y creepers que cambiaban de posición y buscaban dónde agarrarse, aunque los más torpes caían al vacío. Gameknight miró hacia abajo y vio que el suelo estaba lleno de monstruos del mundo principal, que deambulaban en busca de algo —o alguien— que devorar. Muchos levantaban la vista para mirarlo, y sus ojos rabiosos e incandescentes lo perforaban. Querían destruirlo solo porque estaba vivo. Gameknight temblaba, y solo pudo alegrarse cuando dejaron la grieta atrás y el túnel volvió a ser de roca sólida.

Miró tras de sí por la vía; los rieles metálicos desaparecían a lo lejos y las crucetas de madera eran un borrón de manchas marrones. Pero, de repente, notó que la vagoneta reducía la velocidad, y el traqueteo de las ruedas fue disminuyendo su tamborileo hasta que el vehículo se detuvo en mitad del túnel. Gameknight sintió que tenía que salir de la vagoneta, y así lo hizo, temblando de miedo. Miró a su alrededor y solo vio las vías de las minas que se perdían en el infinito: rieles de hierro destacando sobre la roca gris. Pero, de repente, empezaron a desdibujarse: se emborronaban y se desenfocaban; los raíles rectos parecieron perder definición hasta que desaparecieron del todo. Al mismo tiempo, las paredes rocosas que rodeaban las vías empezaron a desvanecerse también; el granito sólido y duro se convirtió en una neblina turbia y gris. La bruma fría y húmeda lo envolvía, su presencia pegajosa se plegaba sobre él como un paño enorme y empapado. Había algo en la turbia nube de oscuridad que lo asustaba, como si en ella se escondiera algo peligroso y amenazante.

Entonces, empezaron a oírse los lamentos.

Era un gemido quejumbroso que amenazaba con absorber toda su esperanza, un gemido nefasto y triste al mismo tiempo, a la vez lleno de odio y rabia hacia todas las criaturas que aún poseyeran algo de fe en la vida. Iba dirigido a los seres de luz que aún se aferraran a la certeza de que estar vivo era una suerte y no solo una lección para el tormento y la desesperanza. Iba dirigido a él.

El lamento provenía de un zombi... de muchos. Gameknight se echó a temblar; los lúgubres lamentos lo apuñalaban como témpanos de miedo.

De pronto, las garras verdes lo atacaron desde la oscuridad. Los terribles quejidos llenaban el aire mientras las uñas afiladas como cuchillas lo hendían a escasos centímetros de él. Abrumado por el pánico, Gameknight999 se quedó helado, sin poder moverse, mientras el zombi putrefacto se acercaba, materializándose lentamente a través de la niebla. El olor hediondo a carne en descomposición atacaba sus sentidos y aumentaba su temor. Miró hacia abajo y vio que llevaba una espada de hierro en la mano, y los brazos y el pecho recubiertos del mismo metal. Portaba armadura y un arma; podía defenderse. Gameknight hizo un tremendo esfuerzo para reunir un ápice de valor y obligó a su brazo a blandir la espada y golpear a la bestia, pero el miedo dominaba su mente. Lo asaltaron recuerdos de garras de zombis y colmillos de araña; el dolor que sintió al detonar los explosivos en el último servidor aún lo perseguía en sueños. El último mundo de Minecraft se había salvado gracias a su gesto altruista y heroico, probablemente el primero que hacía en su vida. Pero le había costado su arrojo y su valor y lo había dejado en un estado permanente de pánico. Los monstruos lo aterrorizaban, a él, el gran Gameknight999; ¿cómo era eso posible?

Dio un paso atrás alejándose del zombi y echó a correr. Sabía que aquello no era más que un sueño, pero el terror y el pánico eran reales. Al girarse, se dio de bruces con un revoltijo de patas negras y peludas, cada una rematada por una garra oscura, curva y amenazante: eran arañas gigantes, al menos media docena. Estaban muy cerca unas de otras y formaban un muro infranqueable de odio y resentimiento.

«No puedo luchar contra todas», se dijo Gameknight.
Se estremeció.

Justo entonces, un repiqueteo llegó de la oscuridad:
era el sonido de muchos huesos sueltos chocando entre
sí. Sabía exactamente lo que significaba aquel ruido:
esqueletos. Las figuras pálidas y blancas emergieron
lentamente de la espiral de niebla y cerraron cualquier
escapatoria posible por la derecha. Cada una de las criaturas óseas portaba un arco en posición de tiro, con las
flechas de punta serrada orientadas hacia él.

Gameknight se echó a temblar.

¿Cómo iba a enfrentarse solo a todos aquellos
monstruos? Ya no era valiente, todo su coraje se lo
habían llevado por los aires aquellos explosivos... no,
lo habían hecho trizas las garras y los colmillos del
último servidor. Estaba vacío, no era más que una cáscara llena de miedo.

Se giró a la izquierda y empezó a apartarse de los tres
grupos con la esperanza de escapar sin tener que luchar,
pero justo cuando iniciaba la retirada, una risa estridente inundó el espacio. Era un sonido maquiavélico, con el
único fin de generar miseria en los demás, como si
alguien disfrutara con el sufrimiento de otro. Un sonido
terrible que resonaba en lo más profundo de su alma.
Agujas de pánico perforaban sus últimos vestigios de
autocontrol. Entonces, el origen de la risa emergió de la
oscuridad. Era una criatura sombría, de color sangre
seca, un rojo muy, muy oscuro, con unos brazos largos y
desgarbados que casi rozaban el suelo y dos piernas
esqueléticas que soportaban un torso igual de oscuro.

Era Erebus, el rey de los enderman del último servidor, el servidor que Gameknight había salvado. Aquella
bestia era su peor pesadilla, la criatura más violenta y
malvada que podía imaginar.

Se giró y se enfrentó al monstruo. Como de costumbre, sus ojos eran blancos y abrasadores y desbordaban odio hacia todos los seres vivos. El deseo de destrucción emanaba de ellos al igual que su campo de fuerza maligna. Gameknight dio un paso atrás. La criatura era casi transparente, como si no estuviera del todo allí. Los monstruos de detrás del enderman eran parcialmente visibles a través de su cuerpo translúcido.

—Vaya, Usuario-no-usuario, volvemos a encontrarnos —dijo Erebus en una carcajada aguda y chirriante.

Un escalofrío recorrió los brazos de Gameknight.

—Esto es un sueño, no es real —se repetía una y otra vez.

Erebus profirió una risa escalofriante y pareció volverse momentáneamente sólido, pero enseguida volvió a su estado de transparencia parcial.

—Claro que es un sueño —siseó. Su voz le recordaba a Gameknight un cristal rechinando contra otro y hacía que le doliesen los dientes—. Pero eso no significa que no sea real, estúpido. Sigues sin saber nada sobre Minecraft y los planos de servidores que lo construyen. —Volvió a reír—. Tu ignorancia será tu perdición.

—No, no eres real —dijo, suplicó Gameknight—. No puedes serlo. Te... maté en el último servidor... No puedes ser real.

—Tú sigue convenciéndote de eso, Usuario-no-usuario. Cuando nos encontremos en el siguiente servidor, te recordaré lo irreal que soy... mientras te destruyo.

Erebus volvió a reírse con una carcajada que resonó en la cabeza de Gameknight como un martillo contra un jarrón de cristal. Sus ganas de vivir casi se hicieron añicos.

—Lu... lucharé con... contra ti, como lo hice en el último servidor —tartamudeó Gameknight con voz vacilante.

—Ja, ja, ja, qué risa —chirrió Erebus con su voz aguda

y penetrante—. Veo tu cobardía, es como un tumor maligno. Parece que te dejaste el coraje en el último servidor. Eres una cáscara vacía, un féretro hueco a punto de acoger un cadáver frío. Pronto serás mío.

El enderman dio un paso adelante. La transparencia de su cuerpo no lo hacía menos amenazante. Gameknight bajó la mirada; no quería provocar a la criatura mirándola directamente a los ojos. El monstruo oscuro se alzó ante él. Se hacía más alto a medida que se acercaba, hasta que Gameknight se sintió como un bicho diminuto delante de un gigante.

—Veo la derrota en ti, Usuario-no-usuario. Ya he ganado; tu cobardía anuncia el final de tu batalla. —Erebus hizo una pausa e inclinó la cabeza hacia abajo para mirar directamente a Gameknight999 con sus ojos malignos y refulgentes—. Puede que me derrotaras en el último servidor, pero he conseguido cruzar a este. Y cuando destruya este mundo, llegaré a la Fuente, donde esparciré mi ira hasta que todos los seres vivos clamen por una piedad que jamás llegará. Esperadme, y temed.

Con un movimiento de muñeca, Erebus hizo un gesto a los demás monstruos para que avanzaran. Las garras verdes en descomposición se dirigieron hacia él y arañaron su piel, mientras cientos de flechas perforaban su cuerpo. Los colmillos venenosos de las arañas se unieron a la lucha hasta consumir su cuerpo de puro dolor. Lentamente, el mundo se sumió en la oscuridad. Lo último que vislumbró fueron los ojos brillantes del enderman, que desprendían un odio desorbitado y estremecedor.

Por fin, el vacío negro y frío del subconsciente lo engulló a medida que el sueño se desvanecía. Pero el dolor y el miedo no abandonaron el corazón de Gameknight.

CAPÍTULO 2

UN MUNDO NUEVO

La realidad fue tomando forma a su alrededor, y los confines cuadriculados de su gruta improvisada se definieron poco a poco. Las antorchas iluminaban el interior de su escondite, el resplandor vacilante revelaba las paredes de tierra y roca. Su compañero, el Constructor, estaba sentado frente a él. El Constructor era un muchacho con el pelo rubio por los hombros y los ojos de un azul brillante, pero lo más especial de él era la sabiduría que desprendía su mirada. En ella se traslucía la experiencia adquirida como constructor de su aldea en el servidor anterior de Minecraft, la aldea que habían salvado gracias a los explosivos.

Todas las aldeas tenían un constructor: un habitante anciano que se encargaba de identificar las necesidades de Minecraft. Los objetos eran construidos por un ejército de aldeanos, los PNJ (personajes no jugadores), que vivían en todos los servidores. Estos trabajaban en las profundidades de la tierra construyendo cosas y las distribuían por todo el mundo digital de Minecraft montados en vagonetas, a través de un complejo sistema de vías. Su cometido era diseminar objetos por todo Minecraft para que los usuarios pudieran encontrarlos: cofres, armas, etcétera. El constructor de la aldea debía mantener en funcionamiento el engranaje de Minecraft. El Constructor, el amigo de Gameknight, había sido el más anciano de los constructores de su servidor... incluso puede que fuera el PNJ más anciano de todos los servidores del universo Minecraft.

Pero en aquel mundo hecho de bloques texturizados nada era lo que parecía. Gameknight era un usuario experimentado que jugaba siempre que podía y había asumido, como cualquier otro usuario, que aquel mundo no era más que un juego: líneas de código ejecutadas por la memoria de algún ordenador remoto. Ahora, en cambio, sabía la verdad, una revelación sorprendente que aún le hacía estremecerse: ¡todas las criaturas y los PNJ del juego tenían vida propia! Sentían anhelos y miedos, felicidad y alegría, y de igual modo sufrían la pérdida de sus seres queridos. Gameknight había descubierto la verdad después de activar accidentalmente el último invento de su padre, el rayo digitalizador, que se había disparado solo, había escaneado cada molécula de su cuerpo y lo había introducido en el programa que estaba ejecutándose en aquel momento en el ordenador, casualmente Minecraft. Gameknight se había teletransportado al reino virtual del juego y ahora luchaba no solo por su propia supervivencia, sino por la de toda la humanidad: la física y la digital.

Se estaba librando una guerra en todos los servidores de Minecraft. Los zombis, las arañas y los creepers trataban de destruir a los aldeanos para absorber su fuerza —los PE, Puntos de Experiencia— y poder así cruzar hasta el siguiente servidor. Si conseguían ir subiendo de servidor en servidor por todos los planos digitales, llegarían a la Fuente. La profecía, conocida por todas las criaturas de Minecraft, predecía que la destrucción de la Fuente haría que se abriese la Puerta de la Luz, que permitiría que los monstruos accedieran al mundo real, donde podrían destruir a todos los seres vivos. Gameknight había abierto otra puerta sin querer al activar el rayo digitalizador de su padre, y ahora su mundo estaba en peligro. Y Gameknight999, el Usuario-no-usuario —el nombre que recibía en la profecía— era el único que podía cerrar aquella puerta.

Después de acabar con Erebus, el rey de los enderman, y detener la horda de monstruos del último servidor, el Constructor y Gameknight habían cruzado hasta el servidor posterior, un nivel más cerca de la Fuente. Él creía que ya estaban a salvo, pero después de tener aquella pesadilla, no estaba tan seguro. Sentía que la guerra de Minecraft seguía librándose en este nuevo servidor, y la conversación onírica con Erebus confirmaba sus sospechas. ¿Debía contarle al Constructor cómo Erebus los había amenazado, o había sido tan solo un sueño estúpido, terrorífico pero estúpido?

—¿Estás bien? —le preguntó el Constructor, con el cabello rubio enredado y apelmazado después de dormir toda la noche en el suelo.

Aún se le hacía raro verlo tan joven. En el servidor anterior, el Constructor era un anciano de pelo cano, pero al pasar a este nuevo servidor había adquirido el aspecto del muchacho que tenía ahora delante.

«A veces Minecraft hace lo que quiere, te guste o no», pensó.

—Sí, estoy bien, es que he dormido regular —contestó, y no mentía.

Gameknight se puso en pie, sacó la pala y se giró hacia la pared de tierra. Miró la pala y pensó que había sido muy afortunado al encontrar aquellas herramientas en la aldea desierta, aunque aún se preguntaba dónde se habría metido todo el mundo. La aldea estaba medio destruida y habían quemado muchos edificios.

«¿Qué habrá destruido esa aldea? ¿Dónde estarán sus habitantes?»

Gameknight estaba desconcertado. Un constructor nunca abandonaba su aldea, a menos que... No quería ni pensarlo. Agitó la cabeza para relegar los malos pensamientos hasta el rincón más apartado posible y se giró hacia su amigo.

—¿Ya es de día? —le preguntó.

—Sí —asintió el Constructor—. Ya podemos salir.

Era muy importante saber si era de día o de noche en Minecraft. Los zombis, las arañas gigantes, los slimes, los creepers y los terroríficos enderman salían cuando se ponía el sol, siempre al acecho de los despistados. La mejor forma de seguir con vida era tener una casa en la que esconderse o cavar un hoyo en el suelo y encerrarse durante la noche. Eso es lo que habían estado haciendo las últimas semanas: durante el día, viajaban en busca de aldeanos y por las noches se escondían en cuevas.

Tenían que encontrar aldeanos y formar un ejército para derrotar a las criaturas que amenazaran este nuevo servidor. La Batalla Definitiva por Minecraft estaba cerca y lo único que se interponía entre los monstruos y los habitantes de todos los servidores eran el Constructor y Gameknight999... y eso no era suficiente. Necesitaban aldeanos, muchos aldeanos.

Hasta aquel momento, solo habían visto tres aldeas, todas abandonadas y destruidas casi por completo. En ninguna había aldeanos. El silencio que asolaba el conjunto de casas era ensordecedor. Gameknight podía imaginar las terribles batallas que los habían hecho huir de sus hogares... o algo peor. «¿Habrá sido Erebus?» Si hubiese sido el rey de los enderman, Gameknight habría notado su presencia. No, aquello era obra de otra criatura. Quizás una nueva, aún peor que aquella pesadilla rojo oscuro.

Gameknight volvió a obligar a su mente a centrarse en

el momento y hundió la pala en el muro de tierra. Enseguida deshizo los bloques, que cayeron al suelo. Los cubos marrones se quedaban flotando un momento y después se guardaban en el inventario (aún no estaba seguro del todo de cómo funcionaba aquello). Empuñó con fuerza la herramienta de piedra y pronto abrió un agujero en la pared que dejó pasar los dorados rayos del sol en su pequeña madriguera.

Salió al exterior, dejó la pala y sacó su espada de madera, escudriñando la zona en busca de enemigos. Un rebaño de vacas pastaba perezosamente cerca de ellos, profiriendo inofensivos mugidos. Gameknight se acercó a las vacas mientras el Constructor salía del refugio. Pronto necesitarían comer algo; sus reservas de pan y melón se estaban reduciendo a pasos agigantados, y las vacas eran una buena fuente de sustento. Pero no quería atacar a las vacas para conseguir comida, no a menos que fuera estrictamente necesario. Se giró y miró a su compañero. Deseó que el Constructor pudiera hacerlo en su lugar, pero el muchacho tenía los brazos cruzados sobre el pecho como todos los aldeanos, con las manos escondidas dentro de las mangas, lo que le impedía usar armas o herramientas. Hasta que encontraran madera para hacer una mesa de trabajo, Gameknight no podría liberar los brazos del Constructor. Y eso significaba que tendría que ser él el encargado de las matanzas, algo para lo que no estaba preparado… aún no.

Meneó la cabeza y se alejó de la vaca, girándose de nuevo hacia su amigo.

—Esperemos un día más antes de matar animales —sugirió.

El Constructor asintió con la cabeza; todavía podían aguantar el hambre… pero no por mucho tiempo.

—Pues venga, en marcha —dijo el muchacho mientras se giraba hacia la cordillera que se elevaba a lo lejos.

El paisaje frente a ellos lucía plagado de colinas bajas cubiertas de hierba, con pinceladas de color de flores amarillas, rojas y azules—. Presiento que encontraremos algo en esa dirección, hacia las montañas. Los sonidos del mecanismo de Minecraft, la música de Minecraft, como nosotros la llamamos, me guía hacia allá.

—Llevas varios días diciendo eso.

—Lo sé, pero hay algo extraño en este mundo. Es como si algo estuviera desequilibrado. Y esa disonancia en la música de Minecraft viene de allí.

—Muy bien. Ve tú delante.

El Constructor se encaminó a paso ligero hacia las montañas amenazantes silbando una alegre melodía. Gameknight lo siguió, mirando a derecha e izquierda en busca de peligros. Estaban en un bioma verde y llano, sin árboles a la vista. La única amenaza que podían encontrar era alguna araña gigante o un creeper, pero en un terreno tan llano verían a los monstruos desde muy lejos, así que el riesgo era mínimo. Aun así, tenía miedo. La batalla que había supuesto la salvación del anterior servidor había sido horrible y había exprimido hasta la última gota del coraje del Usuario-no-usuario. El recuerdo de aquellas garras y dientes introduciéndose en su piel, el dolor y el pánico acuciante aún lo perseguían, tanto despierto como, según parecía, en sueños.

—Ojalá hubiera árboles para conseguir madera —musitó Gameknight.

—Mi tía abuela contaba que una vez encontró una zona totalmente desprovista de árboles. Decía que en su lugar había setas gigantes —dijo el Constructor.

Gameknight pensó que esa era otra de las historias del Constructor y puso los ojos en blanco: a aquel PNJ anciano en el cuerpo de un chico joven le encantaba contar batallitas.

—Ella y su amigo decidieron recorrer aquella tierra en

busca de aventuras, así que se montaron en un barco para ver qué había al otro lado del mar.

—No parece una decisión muy inteligente.

—Probablemente no lo fuera, pero mi tía abuela era conocida por hacer cosas estúpidas que siempre acababan en grandes descubrimientos. En cualquier caso, cogieron el barco y se alejaron de su aldea navegando. La travesía fue larga, con noches de tempestad y días de calor sofocante, hasta que un día llegaron a tierra. Mi tía abuela era la Lechera de la aldea, pero yo la llamaba Lele. Me contó que aquella tierra estaba cubierta de setas gigantes. Eran enormes y rojas, con círculos blancos en los lados. Primero pensó que podía ser una zona de pruebas que el Creador estaba usando para una actualización del servidor.

—El Creador… ¿Te refieres a Notch?

—Sí, claro. Notch, el creador de Minecraft —repuso el Constructor, como si fuese algo obvio.

Se detuvo un momento para inspeccionar los alrededores en busca de enemigos. Estaban solos excepto por las vacas y los cerdos. Satisfechos, los dos amigos prosiguieron su camino.

—En cualquier caso, me dijo que, aunque era un reino increíble, se alegró de poder volver a casa.

—¿Se metió en algún lío por embarcarse en aquella aventura? —preguntó Gameknight.

—Por supuesto. Dicen que siempre andaba metiéndose en líos por hacer cosas así.

—¿Y no le daba miedo aventurarse así a lo loco? —preguntó, mientras sentía que su propio miedo lo acechaba como una serpiente venenosa.

—Es curioso que me preguntes eso, Gameknight. Hace mucho tiempo, cuando Lele era aún la persona más anciana que conocía, me dijo algo que nunca olvidaré. «Recuerda esto, muchacho: lo nuevo da miedo únicamente porque todavía no es antiguo. Cuando al fin haces algo nuevo, el miedo que te inspiraba se disipará como la niebla matutina, porque *lo nuevo* habrá pasado a ser *lo antiguo*. Piensa siempre en que una vez que lo hayas hecho, *lo nuevo* se convertirá en *lo antiguo* en un abrir y cerrar de ojos». Murió al día siguiente. Fueron las últimas palabras que me dijo.

El Constructor dejó de caminar otra vez y levantó una mano en el aire. Gameknight lo miró sorprendido. ¡Tenía las manos separadas! Antes de que el Usuario-no-usuario pudiese decir nada, el Constructor levantó la mano en el aire aún más alto, con los dedos separados, y lentamente la cerró en un puño apretado. Inclinó ligeramente la cabeza y después bajó la mano, volviendo a unirla a la otra sobre el pecho.

—Tus brazos…

—Es el saludo a los muertos —explicó el Constructor—. El único gesto que los PNJ podemos hacer con los brazos. Sirve para rendir homenaje a los seres queridos que hemos perdido a lo largo de los años.

Gameknight miró a su amigo y pudo ver la tristeza en sus ojos al evocar a Lele. Pero enseguida el Constructor lo miró, esbozó su habitual sonrisa llena de vitalidad y siguió caminando. El PNJ se puso a tararear una melodía y la música llenó sus corazones. En fila, continuaron atravesando las llanuras cubiertas de hierba, buscando sin descanso en el horizonte lo que tanto anhelaban encontrar: una aldea con PNJ.

Empezaron a correr y Gameknight sintió cómo el sol cuadrado se despegaba del horizonte y empezaba a elevarse hacia lo alto en el cielo. Los rayos le calentaban la piel y lo hacían sentirse vivo, y además bañaban el paisaje con su alegre resplandor. Le encantaba aquella hora de la mañana, sobre todo porque la noche quedaba muy lejos. La imagen de aquel sol anguloso acercándose poco a poco al horizonte al atardecer lo aguijoneó de miedo y se le puso la piel de gallina.

«Esto es ridículo —pensó—. Aún no ha atardecido y ya estoy asustado pensando en el crepúsculo.» Agitó la cabeza intentando disipar aquel miedo irracional.

—¿Estás bien, Gameknight? —le preguntó su joven amigo.

—Sí, solo estoy pensando —mintió.

—Parecía que estuvieras haciendo algo más que pensar —dijo el Constructor—. Es importante que trabajemos en equipo en este servidor, porque estoy seguro de que encontraremos peligros que harán que el último servidor parezca un patio de colegio. —Hizo una pausa y se giró para mirar a su amigo mientras corrían—. ¿Quieres decirme algo?

Gameknight dudó. Quería contarle sus preocupaciones al Constructor, y pensó que quizás al compartirlas se quitaría un peso de encima, pero sabía que si lo hacía quedaría como un ser patético y débil.

«¿En qué va a beneficiarnos que le cuente mis miedos?»

Se limitó a suspirar.

—No, solo estaba pensando en mis padres y en mi hermana —dijo con sinceridad—. Espero que estén bien. Vamos, que vayan a estar bien… ¿Me entiendes?

—Quieres decir que esperas que podamos detener esta guerra y evitar así que los monstruos invadan tu mundo.

—Exacto.

—Bueno, Usuario-no-usuario, creo que no me equivoco si digo que todos esperamos eso. Porque si los monstruos consiguen llegar al mundo físico, significaría que la vida en todos los servidores de Minecraft (en todos los planos de la existencia) habría sido destruida. Creo que nadie quiere que eso ocurra —dijo el Constructor, casi en tono de broma.

Gameknight sonrió.

—Excepto Erebus —añadió con voz queda.

—¿Qué? —preguntó el Constructor. Miró con sus ojos azul brillante a Gameknight intentando ahondar en su alma.

—Eh… Nada, nada.

Se alejó de su amigo para que aquellos intensos ojos azules no viesen la mentira en su rostro, miró hacia delante y siguió corriendo. Estaban empezando a subir una colina suave y tenían que saltar cada pocos bloques para coronar el montículo alfombrado de hierba. Gameknight desenvainó la espada, ya que no veía por encima de la cima, y en su imaginación la otra ladera estaba llena de peligros desconocidos al acecho.

Cuando llegaron a lo alto de la colina, se detuvo un instante a recobrar el aliento. Dio una vuelta sobre sí mismo e inspeccionó el terreno en busca de algo que los ayudara: un árbol, una aldea, usuarios… algo. Pero no había nada. La tierra era yerma a excepción de las reses, los cerdos y las ovejas aquí y allá, pastando la hierba que abundaba en aquel bioma. De repente, vieron dos puntos a lo lejos que coronaban una colina lejana al norte.

—¿Ves eso? —preguntó, apuntando a los dos bultos con su espada de madera.

El Constructor se giró y miró.

—No los distingo bien desde tan lejos —dijo el muchacho—. Pero apuesto a que son o dos aldeanos o dos usuarios. No estoy seguro.

—Nos da igual. Serán bienvenidos a formar parte de nuestra comitiva, sean lo que sean.

—¿En qué piensas? —preguntó el Constructor.

—Pienso que necesitamos ayuda e información. Podemos seguir corriendo por este bioma y no encontrar nunca ninguna aldea. Quizás sepan dónde hay una. Voto por que vayamos a hablar con ellos.

—De acuerdo, vamos.

Pusieron rumbo al lugar donde habían avistado los dos bultos en el horizonte. Mientras corrían por las colinas, los perdieron de vista con frecuencia, y solo los veían cuando tanto ellos como los otros estaban en lo alto de una colina. Gameknight estaba nervioso. Quería verlos bien antes de estar demasiado cerca, pero no parecía fácil.

«¿Estarán intentando pasar inadvertidos?», pensó Gameknight, mientras la incertidumbre crecía en su mente dando paso al miedo.

Miró al Constructor y se preguntó qué estaría pensando su viejo amigo, pero se guardó los temores para sí. Seguro que se estaba preocupando sin razón y solo eran dos aldeanos que habían salido de caza.

Cuando coronaron la cima de la siguiente colina, se detuvo y tiró del brazo del Constructor para que se parase también.

—¿Qué pasa? —preguntó el PNJ anciano, cuyos ojos aún miraban en la dirección en la que corrían.

—Tengo una sensación extraña con respecto a esto, Constructor. Vamos a esperar aquí e intentar ver algo más.

Se quedaron en el sitio sin moverse y esperaron, vigilando la colina en la que pronto tendrían que aparecer los visitantes. Pero entonces dos figuras negras pasaron corriendo por una colina más cerca y se les heló la sangre: eran dos arañas.

—¿Las has visto? —preguntó Gameknight.

—Sí, y creo que ellas a nosotros también —contestó el Constructor con voz tensa—. Tenemos que irnos corriendo… ¡Vamos!

Los dos amigos esprintaron colina abajo. Cuando llegaron al pie, Gameknight giró a la derecha y enfiló un barranco no muy escarpado que los mantenía ocultos.

—¿Qué haces? —preguntó el Constructor—. Tenemos que alejarnos de ellas, no pasar a su lado.

—No, tenemos que ir adonde no nos esperen, y eso es por aquí. Vamos.

El Constructor gruñó y lo siguió, corriendo todo lo deprisa que le permitían sus cortas piernas. Gameknight serpenteó por el barranco y guio a su amigo lejos de las arañas, manteniéndose fuera de su vista durante todo el tiempo que pudo. Mientras corrían, miraban por encima del hombro por si los peludos monstruos negros aparecían tras ellos. Escondidos allí, posiblemente las engañarían durante un rato, pero en cuanto los vieran continuaría la carrera. Unos minutos más tarde se terminó el barranco y tuvieron que subir otra colina. Cuando llegaron a la cumbre, Gameknight miró hacia atrás.

—¡Oh, no!

Las arañas se dirigían hacia ellos y habían acortado la distancia. Los monstruos estaban unos setenta bloques por detrás de ellos, cada vez más cerca. Las arañas eran más rápidas que los humanos en Minecraft, y acabarían dándoles alcance.

—¡Corre! —gritó Gameknight mientras esprintaba.

Con todas sus fuerzas corrió por las llanuras, intentando huir de los monstruos. Miró hacia atrás y vio a las dos criaturas pisándoles los talones, con todos los ojos refulgentes. Los chasquidos nerviosos se oían cada vez más a medida que se acercaban, y los dientes rechinaban de emoción en las fauces de los monstruos.

—¿Estás bien? —preguntó Gameknight a su compañero.

—Sí, pero no sé cuánto aguantaré.

Gameknight volvió a mirar a las arañas y vio que solo estaban a cincuenta bloques de distancia. La luz del sol se reflejó en una de sus garras y la hizo brillar a lo lejos. Lo asaltaron imágenes de la pesadilla, un montón de garras de araña saliendo de la niebla y extendiéndose hacia él. Se estremeció y siguió corriendo.

Ascendieron a lo alto de una pequeña colina y empezaron a bajar hacia un valle estrecho. Al final de aquel valle había algo que necesitaban desesperadamente: un árbol.

—Constructor, el árbol.

—Ya lo veo —replicó el joven PNJ—. ¿Qué pretendes hacer?

—Tenemos que liberarte las manos, de lo contrario no tendremos ninguna opción cuando nos enfrentemos a esos monstruos. Prepárate.

Cuando llegaron hasta el árbol, Gameknight sacó el pico y empezó a golpear el tronco de madera. Tras cuatro golpes, se desprendió un trozo y un tocón de madera se añadió a su inventario. Cuatro golpes más y apareció un nuevo tocón. Dejó el pico y empezó a construir: transformó los bloques de madera en listones y estos en una mesa de trabajo. La colocó en el suelo y miró hacia lo alto de la colina: ni rastro de las arañas… todavía. Pero sentía que se acercaban y su valentía iba disminuyendo.

Le dijo al Constructor que se acercara, y el PNJ se colocó junto a la mesa de trabajo. Sus brazos seguían cruzados sobre el pecho y las manos ocultas en las mangas. Así era como estaban diseñados los aldeanos, excepto cuando se ponían a trabajar con los materiales, o sea a construir, como se llamaba en Minecraft. El único que tenía las manos libres en la aldea era el Constructor, pero en este servidor no tenía aldea, era un PNJ más.

Cuando estuvo lo suficientemente cerca de la mesa de trabajo, los brazos se le separaron solos de repente y empezó a construir en un torbellino de ímpetu y creatividad. Mientras construía, Gameknight asestó un golpe seco a la mesa de trabajo con el pico. Se rompió en pedazos y las astillas salieron volando en todas direcciones, pero las manos del Constructor quedaron libres. Habían aprendido aquel truco en el servidor anterior: si rompías la mesa de trabajo mientras el PNJ estaba construyendo, los brazos se quedaban separados y podían hacer cualquier cosa, como empuñar una espada. Aquel secreto ayudó a Gameknight y al Constructor a derrotar a los monstruos del otro servidor, y seguro que en este también les sería muy útil.

—Rápido, dame la madera —dijo el Constructor.

Gameknight le pasó un trozo de madera y volvió a mirar a lo alto de la colina. Sentía que las arañas estaban cada vez más cerca. Empezó a notar un picor en la piel y volvió a visualizar en su mente las garras introduciéndose en su piel.

«Tengo que salir de aquí —pensó—. Tengo que irme.»

—Voy a hacer una espada —dijo el Constructor—. En un minuto estará lista, y luego puedo…

El Constructor se detuvo al ver cómo su compañero volvía a subir la colina corriendo.

—Gameknight, ¿adónde vas? ¿Vas a encontrrarte de cara a las arañ…?

El Constructor se paró a mitad de la frase cuando el Usuario-no-usuario lo miró por encima del hombro con el miedo y el pánico pintados en la cara. Los recuerdos de todas aquellas arañas atacándolo en el último servidor con sus garras negras y curvas y sus colmillos deslumbrantes acercándose a su piel… Era como si estuviera pasando otra vez. Y ahora había dos más para empeorar la situación.

«Tengo que salir de aquí… Ya vienen… Ya vienen…»

Gameknight corrió hasta lo alto de la colina y se detuvo. Veía a las arañas dirigiéndose rápidamente hacia ellos, a unos veinte bloques de distancia. Giró hacia la izquierda y se alejó de los monstruos mortíferos. Quería mirar a su amigo, pero la vergüenza y la culpa lo obligaban a mantener la vista al frente.

«Estoy tan asustado… No le seré de ninguna ayuda.

Solo seré un obstáculo para él y seguro que lo empeoro todo.» Las palabras sonaban vacías en la mente y en el corazón de Gameknight, pero siguió corriendo.

Mientras esprintaba, oía los chasquidos mortales tras él. Giró la cabeza y vio cómo las dos arañas le perseguían, pisándole los talones. Estaban tan solo diez bloques detrás de él. Veía sus ocho ojos furibundos y brillantes. El miedo le recorrió las venas como un relámpago, alcanzando todos y cada uno de sus nervios.

«Me persiguen las dos... ¡Ay! —pensó—. Al menos el Constructor está a salvo... espero.»

Miró por encima del hombro de nuevo y vio cómo apretaban las fauces afiladas pensando en el manjar que les aguardaba... él. Se dio cuenta de que pronto tendría que enfrentarse a ellas, y la idea lo hizo estremecerse de miedo.

Esprintó todo lo deprisa que pudo y volvió a mirar atrás. Vio que las arañas corrían en paralelo. Si se giraba para pelear, tendría que luchar contra las dos a la vez. No sobreviviría. Así que giró bruscamente a la izquierda, lo que permitió a las arañas acortar la distancia pero a la vez las obligó a perseguirlo en fila india, una detrás de la otra. Entonces dio media vuelta y desenvainó su espada con un movimiento continuo, la sostuvo en alto ante él y esperó a que la primera araña lo alcanzara.

Cuando estaba frente a él, se detuvo y dejó que el impulso llevase a la araña casi hasta donde estaba. Le asestó un golpe con su espada de madera. Dos golpes rápidos recorrieron la hoja de la espada y la araña parpadeó en rojo. Gameknight retrocedió y esquivó una garra curva y negra que pasó silbando junto a su oreja... Había estado cerca. Blandió la espada de nuevo y golpeó a la araña en una de las patas delanteras y luego en la cabeza. La criatura volvió a parpadear en rojo, pero aquella vez saltó y lo atacó. El dolor se extendió por el costado de

Gameknight cuando la garra de la araña se introdujo en su carne. Se tocó con la mano que tenía libre, pero no había sangre, solo un desgarro en su camiseta. Así eran las cosas en Minecraft: no había sangre ni vísceras, solo perdías Puntos de Salud (PS).

Agitó la cabeza para ahuyentar el dolor y siguió retrocediendo mientras golpeaba a la araña cada vez que tenía ocasión. La criatura le propinó más golpes… más fogonazos de dolor… más PS perdidos.

Estaba perdiendo la batalla.

La araña embistió de nuevo. Aquella vez, Gameknight dio un salto y el ataque resultó fallido. Aterrizó sobre el monstruo y le clavó la espada, matándolo mientras la otra araña lo atacaba por detrás y lo golpeaba en la espalda. La primera criatura desapareció con un «pop», dejando tras ella un trozo de tela de araña y tres esferas brillantes de Puntos de Experiencia (PE). Las bolas de PE se añadieron a su inventario mientras Gameknight se giraba para enfrentarse a su segundo rival. Sabía que no tenía PE suficientes para luchar contra aquella araña, pero si iba a morir, prefería hacerlo luchando que ser un cobarde.

—Vamos, bestia de ocho patas… ¿Quieres bailar? ¡Ven a por lo tuyo! —gritó.

Justo cuando la criatura estaba a punto de atacar, un grito de guerra rompió el aire.

—¡¡¡Por Minecraft!!!

Era el Constructor.

La araña parpadeó en rojo una y otra vez mientras el Constructor la golpeaba desde atrás. La criatura se giró para enfrentarse al diminuto PNJ, pero entonces Gameknight avanzó y la atacó, asestándole un golpe decisivo tras otro. El monstruo volvió a girarse para atacar al Usuario-no-usuario. El Constructor la atacó entonces, y luego Gameknight, y luego el Constructor de nuevo, hasta que se quedó sin PE y la criatura peluda desapareció dejando tras ella más tela de araña y esferas brillantes de PE.

—¡Lo has conseguido! —exclamó el Constructor—. Ha sido una gran idea atraerlas hasta aquí para que yo pudiese terminar de construir mi espada. Has sido muy valiente.

«Valiente... Valiente cobarde —pensó Gameknight—. No soy más que un cobarde, una sombra de lo que fui... No soy nada. Cree que soy un héroe, pero no es así. ¿Cómo voy a salvar este servidor, ni mucho menos Minecraft, si no soy capaz ni de enfrentarme a dos arañas? Soy patético.»

El joven PNJ le dio una palmada en el hombro y le dirigió una mirada llena de respeto.

—¡¡¡El Usuario-no-usuario está aquí!!! —gritó el Constructor tan fuerte como pudo—. ¡¿Lo habéis oído, monstruos?!

Las palabras del PNJ flotaron por el paisaje, cuyas colinas las dejaban desplazarse, hasta que volvieron en forma de eco por su derecha.

—¿Has oído eso? —preguntó el Constructor—. Eco. ¿Qué lo habrá provocado?

—Vamos a ver.

El dúo corrió hasta lo alto de la siguiente colina para buscar el origen del eco y observaron con alegría su hallazgo. Era su salvación: una aldea. Lo que llevaban buscando sin cesar durante semanas. Pero aquella aldea era un lugar muerto. Miraras a donde mirases, había casas arrasadas por las explosiones de los creepers y puertas destrozadas por las garras de los zombis. Se parecía a las otras tres que habían encontrado antes, una aldea rota y vacía. El terreno estaba asolado de cráteres allá donde los creepers habían detonado y arrastrado con su muerte a todos los inocentes que hubiese cerca.

Se veían flechas atravesadas en las pocas fachadas que quedaban en pie y en el suelo, como plantas que surgieran de semillas diminutas. Los esqueletos arqueros se habían vengado de lo lindo de los habitantes. Nadie podía haber sobrevivido a aquella matanza. El panorama era desolador, pero lo peor era el sonido, o más bien la ausencia de él. No se oía nada, solo el silencio más absoluto. No había un alma en aquella aldea. El corazón de Gameknight se hundió, y el destello de emoción dio paso al pánico y al miedo.

—Ha empezado, estoy seguro... La guerra —dijo solemnemente.

El Constructor suspiró.

—Eso parece —confirmó el joven PNJ.

Empuñando la espada con fuerza en la mano pixelada, Gameknight emprendió el camino hacia la aldea.

CAPÍTULO 3

SUPERVIVIENTES

Se acercaron lentamente a la ciudad. Solo veían destrucción por todas partes: edificios arrasados, puertas destrozadas y casas quemadas hasta los cimientos. La aldea estaba completamente devastada. Remolinos de humo oscuro se elevaban en el aire, provenientes de algunos fuegos aún encendidos. Gameknight sintió el calor que emanaba de los agujeros oscuros donde antes había habido casas. La tierra achicharrada tenía un aspecto enfermizo. Se detuvo y miró a su amigo.

—Esto acaba de ocurrir —dijo Gameknight con voz temblorosa por el miedo—. Mira, aún sale humo de algunos puntos.

El Constructor soltó un gruñido como única respuesta, mientras sus ojos azules evaluaban los daños.

—Esto me da mala espina —dijo el PNJ. Miró la aldea devastada y suspiró—. Tenemos que encontrar ayuda o fracasaremos.

—No fracasaremos —dijo Gameknight, intentando sonar seguro de sí mismo, aunque el miedo en su voz lo traicionaba—. No olvides que salvamos el mundo en el último servidor. Haremos lo mismo en este.

—No lo salvamos, Gameknight, aún no. Solo retrasamos las cosas. —El Constructor rodeó un cráter del suelo que emitía un calor insoportable—. Creo que la Fuente está justo después de este servidor. Si no los detenemos aquí, todo el mundo estará en peligro, incluso mis amigos y familia de la aldea.

«Y los míos también», pensó Gameknight.

—Tenemos que detener a los monstruos aquí, en este servidor, o todo estará perdido —dijo el Constructor—. Es mi responsabilidad.

—Es nuestra responsabilidad —repuso Gameknight, tratando de tranquilizar a su amigo.

En el rostro del Constructor se dibujaban arrugas de preocupación, y no dejaba de tensar y fruncir el entrecejo. Empezó a preocuparse por su amigo.

«¿Será demasiada responsabilidad para el Constructor? —pensó Gameknight—. ¿Tanto como lo es para mí? No. El Constructor es fuerte y seguro de sí mismo. Es un adulto aunque en este servidor parezca un niño. Puede aguantar la presión. Él sí puede. Pero... ¿y yo?».

Con un suspiro, Gameknight apretó la empuñadura de la espada y siguió caminando mientras escudriñaba sin descanso la oscuridad y los edificios en sombra, con el miedo mordisqueándole por dentro. Temblando un poco, se acercó a una casa medio derruida, recogió algunos trozos de madera y piedra dispersos por el suelo, hizo una mesa y construyó más herramientas de piedra.

Con otro suspiro, esta vez de alivio, le tendió a su amigo una espada de piedra y varias herramientas más: un pico, una pala, un hacha... Por fin eran un equipo de verdad.

—¿Qué tal? —preguntó.

—Mejor —contestó el Constructor blandiendo la espada de piedra en el aire—. Últimamente me siento mucho mejor cuando tengo una espada entre las manos... lamentablemente.

Gameknight tiró su espada de madera y sacó la nueva de piedra que acababa de construir. Miró a su alrededor y escudriñó la zona con ojo clínico. Casi podía oír los gritos de terror de los habitantes mientras arrasaban su aldea; el terror y el miedo por sus seres queridos aún resonaba entre los escombros de los edificios destruidos. Gameknight sentía el pánico y la desesperación que habían inundado la aldea. Pero había algo extraño: no todos los edificios habían sido destruidos. De hecho, algunos estaban intactos. El Constructor señaló algunos de los edificios sin daños, señalándolos con su nueva espada.

Gameknight habría sentido algo de curiosidad si no fuera por lo asustado que estaba.

—Ven, sígueme —ordenó el Constructor—. Vigila la retaguardia.

Tragó saliva. El miedo le nublaba los sentidos. Siguió al muchacho mientras seguía con los ojos clavados por encima de sus hombros en busca de peligros.

Se movieron con rapidez por la aldea, desde los edificios más alejados hacia el centro. Las casas de madera de la linde de la aldea estaban completamente destrozadas, algunas no eran más que cráteres en el suelo y donde habían estado los edificios ahora solo se veían unos pocos cubos de madera, piedra y tierra. Cuando rodearon la aldea por el lado contrario, se sorprendieron de lo que encontraron.

—Mira esto, Constructor. Las casas de este lado están intactas —dijo Gameknight. La curiosidad desplazó al miedo durante unos instantes mientras miraba por las ventanas y las puertas abiertas.

—Es como si los monstruos no hubiesen llegado hasta este lado —dijo el Constructor en voz baja, hablándose más a sí mismo que a su compañero—. ¿Por qué será?

—¿Crees que los echaron?

—No —contestó el Constructor—. No hay rastro de que hubiese una batalla, solo explosiones de creepers y puertas destrozadas por los zombis. Pero solo en un lado de la aldea... ¿Por qué?

El Constructor entró en algunas casas mientras Gameknight lo esperaba fuera, en guardia, alerta por si veía algo que les resultase de ayuda, sobre todo comida. Inspeccionaron edificio tras edificio y solo encontraron hogares vacíos. La preocupación del Constructor aumentaba en cada casa desierta que visitaba.

—¿Dónde crees que habrán ido los aldeanos? —preguntó. El miedo estaba remitiendo ligeramente.

—¡No creo que los hayan matado! —gritó el Constructor desde el cuarto trasero de otra casa desierta—. Han tenido que irse a algún sitio... Pero ¿dónde?

Gameknight recordó su primera visita a la aldea del Constructor, cuando llegó al juego. La aldea estaba llena de PNJ... vivos, además de un montón de monstruos. Aquella había sido la primera batalla de muchas; su primera prueba de fuego. Y al día siguiente, el Alcalde lo había llevado a conocer al Constructor, bajo tierra, en...

—Ya sé... Bajo tierra... En la cámara de construcción.

—Claro, ¡la cámara de construcción! —dijo el Constructor mientras salía del umbral a la luz del sol.

Todas las aldeas tenían una gran sala bajo tierra donde construían todo lo necesario para Minecraft, lejos del alcance de los usuarios y los monstruos. De la cámara salía una compleja red de raíles por los que se desplazaban las vagonetas, en las que se repartía el material por todo el mundo virtual. Aquel era el único lugar seguro para los aldeanos.

Se dirigieron al centro de la aldea, dejando atrás la sección intacta de la misma para volver a los edificios arrasados. Los restos de los muros que aún seguían en pie, humeantes, marcaban las siluetas de las casas, con marcas de quemaduras en la madera.

«¿Qué habría quemado aquellas paredes? —se preguntó Gameknight—. Los creepers no prendían fuego a las cosas… solo las volaban por los aires.»

Aquella pregunta perseguía al Usuario-no-usuario. Sabía que era importante, pero de algún modo se perdía entre la nube de miedo que inundaba su mente. De algunas casas aún salía humo; por dentro, estaban consumidas por las llamas. El calor que salía de los escombros hizo aparecer gruesas gotas de sudor en los rostros de los dos amigos. Gameknight notaba el picor acre provocado por el humo que salía de las estructuras incendiadas, que le hacía toser mientras se desplazaba por la aldea. La cortina de bruma gris teñía la ciudad de un tono sucio y opaco.

En el centro de todas las aldeas había siempre una torre alta de piedra que se erigía sobre el resto de los tejados, generalmente con un vigía en lo alto; era una atalaya desde la que se avistaba a los monstruos. Vieron la torre desde lejos, pero a medida que se acercaban advirtieron que al centinela de piedra le faltaban bastantes partes. Dejaron atrás más edificios arrasados y humeantes mientras avanzaban hacia la estructura. Saltaban sobre los escombros y rodeaban los cráteres con la mirada fija en los restos del alto edificio que aún permanecía en pie.

Cuando llegaron hasta él, se llevaron una sorpresa. Habían arrancado un buen sector del edificio, faltaban trozos de la base y del lateral, como si una bestia gigante los hubiese arrancado de un bocado y dejado una herida enorme en su lugar.

Se acercaron con cuidado; el Constructor iba delante y Gameknight lo seguía de cerca. Primero se acercaron a la estancia adyacente a la torre y miraron por un agujero en la pared. La entrada de la habitación estaba completamente destrozada, a todas luces por la explosión de un creeper. Seguro que habían obligado a alguien a detonarlo para abrir un acceso y dar paso a los demás monstruos. El dúo saltó sobre la puerta arrancada de los goznes y observaron que la habitación estaba medio derruida; habían echado abajo por completo uno de los tabiques. El muro más alejado aún estaba en pie, y la puerta de madera que llevaba a la siguiente estancia permanecía intacta, pero estaba abierta. Sortearon los escombros, recogiendo a su paso trozos de madera y piedra para el inventario. Mientras recogía la madera, Gameknight encontró una espada de oro, o «de mantequilla», como la llamaba alguna gente de la comunidad de Minecraft. El filo brillaba a la luz del sol y la hoja dorada relucía con un resplandor iridiscente y azul. Tenía un encantamiento, se podía vislumbrar el poder mágico en ella.

—Constructor, mira esto —dijo.

El joven PNJ se acercó junto a él y miró el arma reluciente. Oscilaba sobre el suelo roto y la hoja brillaba a la luz de los rayos de sol que entraban por el agujero de la pared, lanzando reflejos.

—¿Crees que la habrá dejado aquí un usuario? —preguntó Gameknight.

—Lo dudo. No hemos visto a ningún usuario aún en este servidor.

—Entonces, ¿cómo habrá llegado hasta aquí?

Gameknight cogió el arma encantada y guardó su espada de piedra en el inventario. La nueva espada silbó levemente cuando la balanceó en el aire; la afilada hoja se deslizaba con eficacia. Se preguntó cuántas vidas se habría cobrado aquella espada, cuántas familias habría destruido y cuántos sueños y esperanzas habría roto. Gameknight se estremeció solo con pensarlo y deseó que el usuario que hubiese construido aquella arma hubiese sido una buena persona, no como él, que había sido un griefer. En el pasado se había comportado como un auténtico matón cuando jugaba a Minecraft, y utilizaba su experiencia y su arsenal de trucos y trampas para conseguir armas y objetos que lo hacían mucho más fuerte que el resto de usuarios. Luego hacía uso de aquellos objetos para aprovecharse de los demás, los mataba para quedarse con su inventario o simplemente por diversión. Más que jugar con los demás, había jugado a costa de ellos, y había sufrido las consecuencias de sus actos en el anterior servidor. Aunque le había llevado algún tiempo, Gameknight había aprendido lo que era el sacrificio, con su muerte y la del Constructor; al fin sabía lo que significaba hacer algo de forma altruista por alguien. Levantó la mirada de la hoja de la espada y miró al Constructor.

—No sé cómo habrá llegado hasta aquí —dijo el PNJ—. Pero deberíamos quedárnosla por si nos resulta útil.

Gameknight asintió con la cabeza.

—Venga, vamos a inspeccionar el otro lado de la torre —dijo el Constructor mientras franqueaba el umbral de la puerta que llevaba al interior, con la espada de piedra en alto ante él. Gameknight lo siguió con su espada de oro en ristre y la ansiedad recorriéndole las venas.

Aunque ya sabían que la torre había sufrido daños, los dos amigos se sorprendieron al ver lo que vieron. La base de la torre había volado por los aires y las escaleras que llevaban a los pisos superiores estaban en el suelo. El techo estaba destruido por completo y desde la planta baja se veía el tejado de la torre y algunos trozos de cielo a través de los agujeros. Gameknight sabía por el servidor anterior que la torre era el escondite de la entrada a un largo túnel vertical que llevaba hasta la cámara de construcción, en las profundidades de la tierra. Generalmente, dicha entrada estaba oculta bajo el suelo de roca del edificio, pero ahora era perfectamente visible, puesto que habían levantado el suelo. Un agujero señalaba la entrada del túnel, como una herida abierta en las carnes de Minecraft. Unos escalones toscos en un lado del agujero llevaban hasta la escalerilla que descendía a las profundidades.

—¡Vamos, tenemos que bajar y comprobar que están todos bien! —gritó el Constructor mientras bajaba los escalones de dos en dos.

—Pero no sabemos qué es lo que hay ahí abajo —dijo Gameknight con cautela, dando un paso atrás mientras la serpiente del miedo, lista para atacar, rodeaba sus últimos vestigios de valentía.

El Constructor se paró en seco y se giró hacia su amigo.

—Puede haber gente que necesite nuestra ayuda.

—O una horda de monstruos —replicó Gameknight.

—Si los aldeanos están en apuros, tenemos que ayudarlos. No hay tiempo que perder. Vamos.

Gameknight permaneció inmóvil mirando al suelo. El miedo lo dominaba por completo.

—¿Qué has hecho con mi amigo? Aún veo tu nombre flotando sobre tu cabeza, sin el hilo plateado que te conecta al servidor. Formas parte de nuestro mundo y a la vez del tuyo, como decía la profecía. Eres el Usuario-no-usuario, salvaste el último servidor y pronto salvarás este. Pero no puedes hacerlo si no arrancas, si no lo intentas. Venga, hay gente que te necesita, que necesita saber que el Usuario-no-usuario está al fin aquí. Ha llegado el momento de ser quien debes ser.

Gameknight bajó aún más la cabeza. La vergüenza lo acobardaba y le recorría todo el cuerpo.

—Yo... eh...

—No sé qué te pasa —le espetó el Constructor—. Pero yo voy a bajar ahí contigo o sin ti.

Dio media vuelta y bajó los escalones a todo correr. A continuación, emprendió el descenso por la escalerilla que llevaba hasta las profundidades.

«¿Se puede saber qué estoy haciendo? —se preguntó Gameknight—. No puedo dejar que baje solo... pero...»

Tenía tanto miedo...

Miró a su alrededor y se percató de que estaba totalmente solo, mientras el sol continuaba su camino hacia el horizonte. La noche estaba cerca. Mientras miraba cómo desaparecía en el túnel el cabello rubio del Constructor, imaginó a los monstruos saliendo de los restos de la batalla para atacarlo. ¿Conseguiría mantenerse a salvo hasta que volviera el Constructor? Si es que volvía... La imagen de una horda de zombis al acecho en las profundidades lo atormentaba; veía sus garras oscuras cerniéndose sobre su amigo. Tenía que ayudarlo... Debía estar junto al Constructor si se encontraba en peligro.

«No dejaré que bajes solo.»

Agarró la espada con fuerza y avanzó, un paso vacilante tras otro. Con un suspiro, se zambulló en el agujero y siguió a su amigo en la oscuridad.

Bajó los escalones corriendo y encontró enseguida la escalerilla. Las antorchas que habitualmente iluminaban aquel pasadizo vertical habían desaparecido, y la oscuridad escondía monstruos y criaturas imaginarias que extendían sus garras hacia Gameknight y alimentaban su miedo pertinaz. Moviendo las manos, una detrás de otra, bajó rápidamente. Estableció un ritmo que lo obligara a bajar a pesar del miedo que le nublaba la mente.

De repente, una luz se encendió abajo. Una antorcha iluminó el final de la escalerilla: era el Constructor. Acelerando el paso, Gameknight avanzó como una flecha por el túnel oscuro para alcanzar a su amigo. En pocos minutos llegó hasta el final de la escalerilla, feliz de pisar tierra firme. Pero sabía que no estaban solos.

—Al final te has decidido —dijo una voz en la oscuridad.

—Sí, quería ayudar —mintió Gameknight.

—Sabía que el Usuario-no-usuario no dejaría pasar la ocasión de ayudar a aquellos que lo necesitan, de ayudar a Minecraft —dijo el Constructor saliendo de las sombras a la luz de la antorcha.

—Venga, en marcha. Vamos a encontrar a esos aldeanos y a averiguar qué ha pasado aquí. Ve tú delante.

El Constructor asintió, desenvainó su espada y avanzó por el túnel horizontal que se conectaba con el vertical por el que acababan de bajar. La oscuridad inundaba el pasadizo, y más bestias imaginarias acechaban a Gameknight a su alrededor. Siguió al Constructor de cerca tratando de penetrar las sombras con los ojos, sin éxito. Agarraba la espada con tanta fuerza que le dolían los dedos, pero por alguna razón el dolor desplazaba a los monstruos sombríos que se ocultaban en su cabeza. El miedo remitía, al menos por el momento.

Atravesaron el túnel rápidamente, esprintando en los últimos treinta bloques cuando vislumbraron el final iluminado por las antorchas. Cuando entraron en la siguiente cámara bañada en luz, Gameknight disminuyó la fuerza con la que aferraba la espada y se la cambió a la mano izquierda para flexionar la derecha y que la sangre volviese a correrle por los dedos. La cámara era idéntica a aquella donde había conocido al Constructor. La estancia era amplia y circular y estaba prácticamente desierta, sin muebles ni decoración de ningún tipo; las paredes de piedra estaban recubiertas de antorchas. Pero el otro extremo de la sala estaba sumido en la oscuridad; en aquella zona habían quitado todas las teas. Recordó haber pasado por una sala similar a aquella en el servidor anterior y haberse sorprendido de lo que vio. ¿Sería igual allí? ¿Iban a encontrar una caverna llena de PNJ construyendo los objetos de Minecraft?

¿O estaría llena de monstruos listos para hacerlos pedazos?

El miedo se abrió paso en su interior, el temor le inundó de nuevo, pero sabía que tenía que continuar. No podía dar media vuelta sin perder el respeto de su amigo, así que obligó a sus pies a moverse y siguió al Constructor por la cámara. Lentamente, ambos llegaron hasta el otro extremo de la cámara con las espadas en alto. Donde una vez hubo una puerta de hierro y un muro de roca, ahora solo había escombros. Los muros y las puertas de hierro habían sido destruidos por completo, y los restos flotaban sobre el suelo. Gameknight vio que las paredes de piedra estaban quemadas, como si hubiesen sido sometidas a una fuente de calor.

—¿Creepers? —preguntó el Constructor. La palabra sonaba como si fuese veneno en su boca.

—No creo. ¿Cómo iban a haber bajado hasta aquí? Además, no suelen dejar marcas de quemaduras… Tiene que ser otra cosa, algo de… —tembló, resistiéndose a pronunciar la palabra.

El Constructor siguió avanzando entre los escombros y entró en la cámara de construcción con Gameknight siguiéndolo vacilante. Ambos fueron recibidos con los gritos provenientes de los aldeanos.

—¡Vuelven!

—¡Deprisa, escondeos!

—¡Corred!

—¡A las vagonetas, deprisa!

—¡Esperad! —gritó el Constructor mientras entraba en la cámara. Su voz resonó en las paredes de piedra.

Todos los ojos se volvieron hacia la entrada de la cámara, sorprendidos de ver a un PNJ empuñando una espada, algo que no habían presenciado jamás. A continuación, advirtieron la presencia de Gameknight999. Los aldeanos miraron el nombre que flotaba sobre su cabeza; las letras blancas destacaban sobre el gris de las paredes.

—¿Un usuario? —gritó alguien.

Pero justo entonces, observaron el espacio vacío que se elevaba sobre la cabeza de Gameknight.

Los usuarios siempre estaban conectados al servidor con un hilo: una línea fina y plateada que salía de sus cabezas y se elevaba hacia el cielo, atravesando todo lo que se interponía en su camino. Solo los PNJ podían ver los hilos, y así era como distinguían a los usuarios de sus propios congéneres, pero Gameknight no tenía hilo. Estaba desconectado, pese a que su nombre flotaba igualmente sobre su cabeza. Era un usuario y al mismo tiempo no era un usuario.

—El Usuario-no-usuario —dijo una voz.

—El Usuario-no-usuario —susurró otra voz.

—El Usuario-no-usuario.

—El Usuario-no-usuario.

Las palabras se extendieron por la cámara a medida que los aldeanos se dieron cuenta de quién era. La profecía que todos los PNJ aprendían de niños anunciaba la llegada del Usuario-no-usuario, que marcaría además el inicio de la batalla final, la que salvaría Minecraft. Llegada la hora, todos los monstruos de Minecraft intentarían destruir todos los servidores en todos los planos de existencia hasta llegar a la Fuente, donde se originaba todo el código de Minecraft. La presencia de Gameknight dejaba dos cosas muy claras a los PNJ: al fin había llegado la hora de la batalla final y el Usuario-no-usuario estaba allí para salvarlos.

Al percatarse de todo aquello, un grito de victoria se elevó por toda la cámara. Comenzó con un grito aislado, pero enseguida la voz solitaria se convirtió en una avalancha de júbilo que se extendió por la sala de construcción, haciendo que las paredes reverberaran y que temblase el suelo.

El Constructor bajó por la rampa hasta el suelo de la cámara de construcción y Gameknight lo siguió. Observaron los bordes chamuscados de las mesas de trabajo y los cráteres que habían dejado las explosiones que habían asolado la caverna. Mientras descendían, Gameknight sintió todas las miradas fijas en él. Las esperanzas de salvación de los PNJ golpeaban su corazón como auténticos mazazos. Cuando llegaron al final, el Constructor se subió de un salto a una mesa de trabajo y se dirigió a la multitud.

—¡Silencio, silencio! —gritó sobre el murmullo—. Contadnos qué ha ocurrido aquí.

La masa ignoró al muchacho que los miraba desde lo alto y, en cambio, centró la atención en Gameknight. Todos hablaban a la vez y la incertidumbre y la emoción se notaban en el ambiente.

El Constructor volvió a gritar, pero continuaron ignorándolo. Todos los aldeanos hablaban al mismo tiempo y murmuraban entre ellos.

Bajando de un salto, el Constructor corrió hasta donde estaba Gameknight y le dijo al oído:

—¡Súbete a la mesa de trabajo y consigue que se callen, tenemos que averiguar qué ha pasado!

Gameknight asintió con la cabeza y se encaramó a la mesa de trabajo. La multitud se calló de forma instantánea; los aldeanos observaban expectantes a su héroe, su salvador.

—¿Qué ha pasado?

—¡Los monstruos! —gritó alguien desde la parte trasera de la cámara—. Llegaron desde el este al atardecer.

—¿Zombis, arañas, creepers, enderman y slimes? —preguntó el Constructor—. ¿Los monstruos del mundo principal?

—Sí —contestó alguien.

—Pero había más —gritó otro.

—¿Más? —preguntó Gameknight—. ¿Cómo que más?

El silencio asoló la cámara ante aquella pregunta; el chico vio cómo los PNJ revivían los dolorosos recuerdos de lo ocurrido. Muchos desviaron la mirada a la espada de oro de su mano con una expresión de miedo pintada en las caras angulosas y los entrecejos fruncidos a causa del temor.

—¿Qué? —preguntó Gameknight.

—Criaturas del inframundo —dijo la voz lo suficientemente alto para que lo oyeran todos.

Gameknight bajó de la mesa de trabajo y se acercó a la aldeana que había hablado. Era una mujer con el cabello marrón chocolate y los ojos verdes. Llevaba una túnica verde claro que combinaba con sus ojos, con una franja gris en el centro; la vestimenta delataba que era granjera.

—¿Qué quieres decir? —preguntó con voz tranquilizadora. El Constructor estaba ahora junto a él.

—No eran solo monstruos del inframundo —dijo Granjera con voz cautelosa (los PNJ reciben su nombre en función del oficio que desempeñan)—. Había bestias del inframundo: blazes, hombres-cerdo zombis y…

—¿Y qué? —preguntó el Constructor. Le temblaba un poco la voz.

—Ghastsssssss… —dijo, arrastrando la ese como una serpiente.

Gameknight se quedó boquiabierto por la sorpresa… o más bien por el miedo.

El inframundo era una tierra que existía en una dimensión paralela, accesible únicamente a través de portales de teletransporte. Era un lugar muy peligroso, con arenas ígneas, lagos de lava y cascadas de roca fundida;

un lugar terrible, envuelto en humo y llamas, donde los ghasts eran los gobernantes. Se trataba de una especie de globos de enormes cuerpos cúbicos con nueve largos tentáculos que colgaban hacia abajo. Su rostro era infantil, con unos ojos terribles llenos de odio, y parecían malignas medusas flotantes. Vagaban por el inframundo con total libertad, porque las terribles bolas de fuego que lanzaban podían devorar los PS de un usuario en cuestión de segundos y matarlos. Si uno se quedaba inmóvil en el inframundo durante demasiado tiempo, era muy probable acabar hecho chamusquina, a menos que se contara con una armadura resistente y pociones ignífugas, ambas cosas muy difíciles de conseguir. Pero el hecho de que aquellas criaturas hubiesen llegado hasta allí, al mundo principal, era una noticia nefasta.

Un escalón por debajo de los ghasts estaban los blazes. Un blaze era una criatura elemental hecha de fuego y rodillos en llamas; una especie de apariciones flotantes y terribles, cuyos cuerpos estaban formados por cilindros amarillos que rotaban alrededor de una sección central y eran el origen de todo su poder. No había carne que uniese los cilindros, ni brazos ni piernas: su carne eran las llamas. El fuego amarillo rodeaba los cilindros haciéndolos parecer una figura corpórea, con el humo y las cenizas que emanaban de las criaturas en llamas. Eran realmente terroríficas. Estas criaturas también lanzaban bolas de fuego, pero siempre se quedaban cerca del suelo, así que eran fáciles de matar... si disponías de una armadura capaz de soportar el calor de las llamas. Uno solo se metía con un blaze si no le quedaba otra. Eran luchadores poderosos y odiaban a todos los seres vivos con una sed de destrucción y muerte solo igualada por los ghasts.

En la base de la pirámide jerárquica del inframundo estaban los hombres-cerdo zombis. Por su aspecto y los sonidos que emitían, eran idénticos a los zombis del mundo principal, pero tenían un tono rosado, como si fueran cerdos. Esta característica tan saludable contrastaba sobremanera con la parte zombi, ya que el cráneo y las costillas de las criaturas quedaban al descubierto, huesos nauseabundos y en descomposición. Eran mitad hombres, mitad muertos que odiaban también a todas las criaturas sobre la faz de la tierra y querían vengarse tanto de los PNJ como de los usuarios del mundo principal.

En el inframundo, estas criaturas iban armadas con espadas de oro, y a veces llevaban armadura. Eran relativamente inofensivos siempre y cuando no se les atacara. Si atacabas a uno, todos los hombres-cerdo zombis de la zona iban a socorrer a su hermano y atacaban a su asaltante hasta matarlo; era imposible sobrevivir a un ataque de esos. Los usuarios que se aventuraban en el inframundo aprendían rápido a esquivar a aquellos monstruos, ya que un encontronazo con ellos podía ser entendido como un ataque y provocar una respuesta violenta por parte de las bestias.

Gameknight miró la espada dorada y reluciente que empuñaba y después fijó los ojos en el Constructor. El PNJ asintió, entendiéndolo todo. La espada era de un hombre-cerdo zombi; un arma del inframundo, un arma de odio y destrucción. Quería tirarla todo lo lejos que pudiera, pero sabía que era más fuerte que su espada de piedra, más afilada y letal, y en Minecraft, quien tenía mejores armas y armadura era quien vencía y podía sobrevivir. Guardó la espada en el inventario, le puso una mano en el hombro a la mujer e intentó consolarla. El miedo se borró lentamente de su cara.

—Por favor, contadnos todo lo que ha ocurrido —dijo el Constructor.

La mujer giró la cabeza y miró a un PNJ de pelo cano que estaba detrás de ella.

LA BATALLA POR EL INFRAMUNDO

—Jardinero, cuéntaselo tú —dijo con voz temblorosa—. Yo no puedo soportar los recuerdos, no puedo explicarlo. El terror está aún demasiado reciente. Cuéntale tú mejor.

—De acuerdo, Granjera, yo lo haré —contestó el Jardinero de pelo gris, que tenía una voz carrasposa pero tranquila en la que se adivinaban la sabiduría y la edad—. Acercaos todos y escuchadme bien, porque no pienso narrar más veces este horrible relato.

Jardinero se estremeció cuando Gameknight y el Constructor se acercaron. El resto de PNJ hizo lo mismo y la masa de cuerpos se agolpó alrededor. Entonces, Jardinero dio comienzo a su terrible historia.

CAPÍTULO 4

EL ATAQUE

—**A**parecieron por el este, justo cuando atardecía —dijo Jardinero. Su voz áspera y rasposa inundaba la cámara—. No sabemos cómo consiguieron abrir el portal para salir del inframundo. Quizá lo hicieran los usuarios del servidor... ¿Quién sabe? Hace tiempo que no vemos ningún usuario, y estábamos muy contentos de haber perdido de vista a los griefers, pero nos daba pena que no hubiese usuarios buenos tampoco.

»En cualquier caso, la primera marea llegó al atardecer... Era un grupo de monstruos del mundo principal. Los creepers y los zombis entraron en la aldea guiados por un par de blazes, que les daban órdenes silenciosas de entrar en todos los edificios. Empezaron por un extremo de la aldea y se pusieron a volarlo todo por los aires. Los zombis echaban las puertas abajo y los creepers explotaban, destruyendo los muros a su paso para que los monstruos pudiesen entrar en las casas.

—¿Mataron a los ocupantes de las casas? —preguntó el Constructor, que estaba concentrado al máximo en el relato de Jardinero.

—Eso es lo raro... No mataron a nadie. Expulsaron a todo el mundo de las casas y los agruparon en el centro de la aldea.

—¿Quieres decir que...? —empezó a preguntar Gameknight, pero lo interrumpieron.

—Déjame terminar la historia —dijo el Jardinero con voz pesarosa y los ojos empañados por el dolor—. Es muy doloroso contar esto. Luego preguntas lo que quieras.

Gameknight y el Constructor asintieron y dejaron hablar al PNJ.

—Como iba diciendo, los monstruos entraron en la aldea, los creepers abrieron las casas con sus detonaciones y los zombis echaron las puertas abajo. Al principio pensé que era una tormenta, al oír el eco de las explosiones tan cerca. Acababa de volver de labrar la tierra en el norte y estaba en el pozo en el centro de la ciudad cuando empezaron las voladuras. Miré al cielo, pero estaba despejado. Ni rastro de nubes. ¿Cómo podía haber truenos sin nubes? Entonces los zombis empezaron a golpear las puertas. Y todos conocemos bien ese sonido, ¿verdad?

El Jardinero observó a su alrededor el océano de expresiones afirmativas en la caverna; los ojos de todos denotaban la ansiedad generada por el recuerdo de los seres queridos que habían perdido a manos de los monstruos. Continuó con el relato.

—Empezaron a entrar en las casas. Los aldeanos que estaban cerca de los tabiques cuando un creeper explotaba... —El PNJ hizo una pausa mientras una lágrima diminuta y cuadrada descendía por su pálida mejilla. Se la enjugó y siguió con la terrible crónica. La voz se le puso aún más áspera por la emoción—. No atacaban a nadie si accedían a salir de las casas enseguida. Pero los que se quedaban dentro sufrían el ataque de los zombis y eran infectados, y acto seguido se convertían en uno de ellos... aldeanos zombis. La mayoría de los... niños...

—¿Qué ocurrió con los niños? —preguntó el

Constructor, pero el Jardinero estaba demasiado abrumado por la emoción como para seguir hablando.

—La mayoría de los niños estaban demasiado asustados para salir —dijo Granjera, con la voz ahogada por la
tristeza y a la vez con un tono frío y violento—. Los
zombis se abalanzaron sobre ellos y los mataron o los
infectaron. —Tuvo que hacer una pausa, abrumada ella
también por la tristeza, pero enseguida adoptó un gesto
de enfado y frunció el entrecejo con rabia—. ¿Os hacéis
una idea de lo que es ver a tu propio hijo convertirse
en… en uno de ellos… en un zombi?

El Constructor guardó silencio. No hacía falta que
contestara a aquello, el dolor en su mirada lo decía todo.

El Jardinero carraspeó, se aclaró la voz y siguió
hablando.

—Gracias, Granjera. Sí, nos arrebataron a nuestros
hijos… Los convirtieron en «ellos». —Volvió a parar para
recomponerse—. Nos empujaron como a ganado hasta el
centro de la aldea; cualquiera que protestara o vacilara
mínimamente era asesinado al instante. Entonces llegaron los blazes y los hombres-cerdo zombis, con sus
espadas doradas listas para acallar a cualquiera que
tuviese algo que decir con golpes repentinos y certeros.
Los blazes se desplazaron al otro extremo de la aldea
con varios zombis y unos cuantos rehenes. Colocaron a
estos últimos junto a las ventanas y empezaron a apo-
rrear las puertas. Cuando los aldeanos abrían la puerta,
los blazes entraban como un relámpago y expulsaban a
la gente de las casas con sus bolas de fuego. Si no se
daban prisa, les…

El Jardinero volvió a interrumpir el relato; unos
sollozos incontrolables le recorrían el cuerpo. Se retiró
a un rincón, se sentó en una roca, bajó la cabeza y se
puso a llorar, incapaz de seguir. Uno de los PNJ levantó
la mano muy despacio, con la palma abierta y los dedos

separados, y después la cerró en un puño y apretó hasta que los nudillos se le pusieron blancos de dolor y rabia. Finalmente, bajó la mano. Gameknight y el Constructor miraron al viejo PNJ; habrían querido consolarlo, pero sabían que no podían hacer nada. Así que le dirigieron sendas miradas de compasión y se giraron hacia Granjera.

Esta dio un paso adelante y taladró con sus ojos verdes a Gameknight y al Constructor, con las pupilas desbordantes de tristeza. Se apartó la melena castaña de la cara para ver mejor al Constructor y a Gameknight y empezó a hablar.

—Los monstruos nos guiaron hasta el centro de la aldea y nos dejaron allí, cerca de la torre. Entonces llegaron los ghasts. Nos rodearon, flotando unos seis bloques por encima del suelo. Sus caras de niño solo expresaban ira y odio, y los tentáculos se retorcían como si quisieran atrapar cualquier cosa que estuviera a su alcance. Unos pocos aldeanos decidieron emprender la huida y echaron a correr hacia el norte… Nunca consiguieron salir de la aldea. Los ghasts los siguieron sin demasiado interés, esperaron a estar fuera de la vista del resto y los destrozaron con sus bolas de fuego. Oímos sus gritos mientras las llamas los consumían; después, solo silencio.

Tuvo que parar un momento a tomar aire. Se le había empezado a entrecortar la respiración a mitad del parlamento, como si ella también hubiese echado a correr con aquellos aldeanos para escapar de la pesadilla. Hizo una pausa de un minuto para recobrar el aliento y miró el mar de rostros a su alrededor, como si esperara que alguien se levantara y continuase la historia donde ella la había dejado. Pero toda la gente a la que miraba bajaba la mirada al suelo, sin ser capaz de sostenérsela. Suspiró y continuó hablando con la frialdad inundando sus ojos verdes, como si estuviese librando una batalla para purgar todas las emociones que poblaban su corazón; y perdiéndola.

—Una vez se convencieron de que nos tenían bajo control, nos separaron y se llevaron a una veintena hacia un lado. Uno de los esqueletos wither les dijo que tendrían el honor de trabajar para el Rey del Inframundo. Un grupo de blazes los rodeó y se los llevó, suponemos que al portal por el que habían llegado hasta allí. Una vez se hubieron ido, los creepers volaron por los aires la entrada de la torre y abrieron el túnel. Era como si supieran que estaba allí. Levantaron el suelo y los blazes lanzaron bolas de fuego al agujero para que aparecieran escalones en las paredes y los monstruos pudieran bajar. Un grupo de zombis entró primero y, a continuación, nos empujaron a todos al túnel en fila india. Algunos se negaron. Los ghasts los atacaron con bolas de fuego y…

—Arquitecto, mi amado esposo —se lamentó una de las aldeanas, una mujer joven de cabello rubio con las mejillas arrasadas por las lágrimas y el brazo levantado en el saludo a los muertos, con el puño apretado.

—Sí, mataron al Arquitecto —dijo la Granjera. Se acercó a la PNJ y se apoyó en ella; era la única forma de abrazarse que tenían los PNJ. Otros se acercaron también y se pegaron todos a la mujer, aunque sabían que no había consuelo posible.

—Y Recolector…

—Y Carpintero…

—Y Sastre…

La letanía de fallecidos se elevaba sobre la multitud en un torrente catártico de emoción. Los nombres de los caídos quedarían grabados para siempre en la memoria de aquel pueblo.

Jardinero se levantó y volvió junto a Gameknight y el Constructor. Se giró para mirar al resto de los presentes en la caverna, llamó su atención y levantó la mano en alto, con la palma abierta y los dedos separados. Unos pocos siguieron su ejemplo y levantaron las manos, pero la mayoría de los PNJ estaban demasiado afligidos. La caverna se inundó de sollozos. Al mirar alrededor, Gameknight se dio cuenta de que en los ojos de los aldeanos no solo había dolor, sino también una rabia incontenible hacia los monstruos que habían cometido aquella atrocidad.

Muy despacio, Jardinero bajó la mano y se giró hacia el Constructor y Gameknight.

—Los monstruos nos trajeron hasta aquí, a la cámara de construcción, como si fuésemos ganado —dijo—. Muchos creímos que iban a enterrarnos y dejar que nos muriésemos de hambre, pero en cambio vinieron y se lo llevaron.

Jardinero se detuvo, presa de la emoción de nuevo.

—¿A quién? —preguntó Gameknight en voz queda y temblorosa—. ¿A quién se llevaron?

—Después de traernos hasta aquí, nos arrinconaron en un extremo de la cámara —explicó otro PNJ. Gameknight dedujo que era el herrero por el color de su túnica—. Nos pidieron que se lo entregásemos.

—¿Entregarles a quién? —volvió a preguntar, esta vez un poco más alto.

Herrero dio un paso adelante para ver mejor al Constructor y a Gameknight sin tener que mirar por encima del resto de cabezas cuadradas.

—Nos exigieron que les entregáramos a nuestro constructor —sentenció.

—¿A vuestro constructor? —preguntó el Constructor—. ¿Y para qué lo querían?

—Corredor hizo la misma pregunta —contestó Herrero mientras se apartaba un mechón de cabello entrecano de la cara—. Los blazes lo mataron de inmediato con sus bolas de fuego. Todavía... todavía puedo oír sus alaridos. Su agonía fue horrible, pero lo peor era la tristeza que se adivinaba en su voz. Llamaba a su mujer y a sus hijos, se despedía de ellos a voz en grito. Tuve que llevarme a su hijo para que no se abrazase a su padre y ardiese también.

Herrero levantó la mano en el aire y apretó el puño tan fuerte que Gameknight oyó cómo le crujían los dedos. Tenía los nudillos pálidos del esfuerzo y le temblaba el brazo; apretó aún más fuerte y, finalmente, aflojó la presión, bajó la mano y continuó.

—Afortunadamente, el tormento de Corredor no duró mucho, a lo sumo un minuto. Entonces, el ghast más grande que he visto en mi vida... No recuerdo su nombre...

—Malacoda —dijo Jardinero, con la voz encendida de rabia—. Dijo que se llamaba Malacoda. Y se refirió a sí mismo como el Rey del Inframundo.

—Eso es —dijo Herrero—, Malacoda. Era lívido, como un hueso que hubiese estado mucho tiempo al sol, con un cuerpo cúbico enorme y los tentáculos colgando en espera de atrapar algo... o a alguien. Malacoda nos exigió que le entregásemos al constructor, o de lo contrario matarían a más aldeanos. No nos movimos. Nos quedamos inmóviles, en silencio, con miedo a decir que no porque sabíamos que el castigo era la muerte, pero resistiéndonos a entregarles al constructor.

Una lágrima cuadrada rodó por el rostro de Herrero. Se apartó un poco y miró al suelo.

—Entonces se entregó él voluntariamente —dijo Jardinero con la voz henchida de orgullo—. El Constructor se adelantó y se entregó al rey de los ghasts. Nos salvó la vida a todos. Si no, nos habrían...

Tuvo que dejar de hablar de nuevo. Tenía el rostro arrasado por las lágrimas, pero luchaba por dominar sus emociones. Miró al resto de PNJ que llenaban la cámara.

La mayoría de los aldeanos tenían los ojos bañados en lágrimas. Tras otro momento de silencio, Jardinero volvió la mirada hacia Gameknight y el Constructor.

—Nuestro constructor se sacrificó para salvarnos la vida. Fue un gran PNJ, y el mejor constructor que una aldea puede pedir. —Recorrió de nuevo la estancia con la mirada, estableciendo contacto visual con todos y cada uno de los supervivientes, y continuó—: Lo recordaremos toda la vida.

Levantó la mano todo lo alto que pudo una vez más, con los dedos separados, y la mantuvo así durante un minuto; le temblaba un poco. Gameknight presenció cómo los demás levantaban las manos también, con las palmas abiertas. A continuación, todos cerraron el puño y lo elevaron en señal de saludo a los muertos. El gesto se extendió por toda la cámara hasta que un mar de puños cerrados se elevó sobre las cabezas cuadradas, todos apretados con fuerza. Fue una impresionante demostración de respeto y de amor, que entrañaba además toda la ira y la rabia que sentían hacia los agresores. Gameknight sintió cómo se le saltaban las lágrimas, contagiado por la emoción. Se las enjugó con la manga y levantó él también la mano en señal de homenaje, cerrando el puño y apretándolo hasta que le dolieron los nudillos.

Finalmente, los aldeanos bajaron los brazos y volvieron a fijar su atención en Gameknight y en su compañero. Un silencio incómodo se propagó por la estancia. Nadie quería ser el primero en hablar hasta que el Usuario-no-usuario dio un paso al frente.

—No entiendo la razón por la que el rey de los ghasts, Malacoda, ha querido llevarse a vuestro constructor. En el servidor del que venimos, los monstruos solo querían matarnos a todos y absorber nuestros PE, pero a vosotros os han dejado con vida… No lo entiendo.

—Nosotros tampoco —replicó Jardinero—. Creíamos que iban a matarnos, pero una vez tuvieron al constructor en su poder, se lo llevaron y volvieron a subir a la superficie. Llevamos aquí desde entonces; tenemos miedo de salir por si siguen ahí.

—No, no están —explicó el Constructor—. Se han marchado, pero definitivamente, aquí está ocurriendo algo muy extraño.

—¿Habéis venido a salvarnos tú y el Usuario-no-usuario? —preguntó una voz joven desde la multitud. Era una niña, de la misma altura y posiblemente la misma edad que el Constructor; uno de los pocos niños que había en la cámara—. ¿Ha llegado la hora de la batalla final?

—No estoy seguro, pequeña —dijo el Constructor—. En mi servidor sí que llegó, y el Usuario-no-usuario y yo conseguimos vencer a los monstruos y salvar nuestro mundo, pero me temo que la batalla continúa aquí, y que estamos muy cerca de la Fuente. Debemos detener a los monstruos en este plano del servidor o me temo que la Fuente correrá grave peligro.

—Si destruyen la Fuente moriremos todos, ¿no? —preguntó la joven PNJ.

—Así es, pequeña —contestó el Constructor—. En mi servidor yo era constructor, como el valiente PNJ que acabáis de perder, pero cuando reaparecí aquí, lo hice con este aspecto. —Señaló su pequeño cuerpo—. Sabemos que la batalla por Minecraft aún no ha terminado. El Usuario-no-usuario y yo estamos aquí para proseguir la batalla, hasta que consigamos detener a todos los monstruos.

—Un constructor… Constructor… Constructor…

Aquellas palabras resonaron por toda la cámara. Los PNJ se miraban unos a otros, emocionados; necesitaban urgentemente un nuevo constructor. Necesitaban a un constructor vivo para que pudiese transferir sus poderes a un nuevo PNJ y traspasar el cargo de generación en generación. Pero una aldea sin constructor no podía sobrevivir en Minecraft, serían los Perdidos, PNJ sin comunidad. Todas las aldeas debían tener un constructor para mantener en marcha el engranaje del mundo digital. Sin él, los Perdidos se verían obligados a abandonar sus hogares y a partir sin rumbo en busca de un modo de sobrevivir y encontrar una nueva aldea; la mayoría no lo conseguirían. Jardinero dio un paso al frente, se inclinó hacia el hombro del Constructor y miró al joven PNJ a los ojos. Acto seguido, Granjera se puso en pie y se apoyó en Jardinero. Se formó una cadena y todos los aldeanos se apoyaron en el Constructor, aunque solo los que estaban más cerca consiguieron inclinarse físicamente sobre él; el resto se apoyaron en los más próximos, formando un intrincado tejido de cuerpos en un torbellino de colores que rodeaba al Constructor.

—Compañero del Usuario-no-usuario, te pedimos que seas nuestro constructor —recitó Jardinero de memoria. Las palabras fluían despacio y con reverencia—. Te pedimos humildemente que cuides de nuestra aldea, de nuestra gente y de Minecraft, y a cambio te serviremos y serviremos así a Minecraft. —Sus palabras reverberaron en la cámara como un trueno de esperanza.

Todos los ojos estaban fijos en el Constructor, ansiosos, y los entrecejos fruncidos de emoción y expectación. Gameknight observó cómo el Constructor tragaba saliva, con la preocupación pintada en la cara. Sabía que estaba sopesando las consecuencias de su decisión. Si aceptaba, tendría que cargar con la responsabilidad de ayudar a reconstruir la aldea, pero si rechazaba la oferta, aquel pueblo estaría condenado a abandonar su hogar y buscar otro. A los pueblos sin constructor se les conocía como los Perdidos. Si aquellos aldeanos pasaban a ser Perdidos, muy pocos conseguirían sobrevivir el tiempo suficiente como para encontrar un nuevo hogar; había demasiados monstruos en Minecraft.

El Constructor se giró y miró a su amigo en espera de que le diese una señal. Gameknight solo pudo sonreír y asentir levemente con la cabeza. El Constructor se giró de nuevo hacia la multitud.

—Aunque nunca conseguiré estar a la altura de vuestro anterior constructor... Acepto.

Un estallido de vítores resonó en la cámara de construcción, seguido por una explosión de luz que emanaba del propio Constructor. Gameknight tuvo que taparse los ojos con la mano para protegerse del resplandor. La luz cegadora remitió prácticamente enseguida. El muchacho tenía el mismo aspecto que antes, pero en lugar de sus ropajes verdes vestía el atuendo propio de su cargo: una túnica negra con una ancha franja gris en el medio que recorría la prenda desde el cuello hasta el bajo; volvía a ser el constructor de una aldea.

Los aldeanos de la cámara daban saltos de alegría, aunque el dolor de la pérdida seguía vivo en su recuerdo. La aldea estaba a salvo. Eran una comunidad de nuevo; sus familias, o lo que quedaba de ellas, podrían seguir viviendo en aquella tierra, que era su hogar.

—¿Qué hacemos ahora? —preguntó Jardinero al Constructor. La pregunta acalló a la masa.

El Constructor dejó a un lado la espada que había llevado en la mano todo aquel tiempo sin darse cuenta y caminó arriba y abajo, observando atentamente los brazos y las piernas de los aldeanos adultos. Todos querían tocarle o rozarle a su paso, como si necesitasen el contacto físico para reforzar aquella nueva conexión. Gameknight se quedó en un segundo plano y los observó, contento de no ser ya el centro de atención. Siguió con la mirada a su viejo amigo mientras caminaba de un lado a otro, sumido en sus pensamientos.

De repente, el Constructor se paró en seco y miró a la multitud.

—Lo primero que tenemos que hacer es liberar vuestras manos.

—¿Cómo? —clamaron los aldeanos.

—No podemos separar nuestras manos —protestó Jardinero—. Los únicos que tienen las manos libres son los constructores, y en las aldeas solo puede haber un constructor. No lo entiendo.

—El Usuario-no-usuario sabe cómo hacerlo. Ya lo consiguió en mi servidor: liberó las manos de todos los aldeanos y les dio una espada a cada uno.

Un silencio inundó la cámara.

—¿Una espada?

—Sí, una espada —repitió el Constructor—. Luchamos contra los monstruos, entre todos, y cambiamos las tornas de la batalla. Aquí haremos lo mismo.

La multitud murmuró, sorprendida. Aldeanos luchando contra los monstruos en Minecraft... jamás habían oído nada parecido.

—Sé lo que estáis pensando... ¿Cómo es posible? Pero así fue. Derrotamos a la horda de monstruos y salvamos nuestro servidor, y haremos lo mismo con este. No dejaremos que los monstruos lleguen a la Fuente, ¡no lo permitiremos! Si lo hacen, todo estará perdido. Nuestro deber es impedírselo y, como le dijo mi amigo Gameknight999 al último rey de los enderman: «Este es el límite. ¡No podrán avanzar más!».

Los PNJ estallaron en una ovación y llenaron la cámara de vítores esperanzados. El Constructor se acercó a Gameknight y se colocó junto a su amigo. Desenvainó la espada y la levantó. El Usuario-no-usuario hizo lo mismo.

—La profecía dice que cuando llegue el Usuario-no-usuario, la hora de la batalla final estará cerca. No os quepa la menor duda, la batalla final ha empezado y tenemos que defendernos de esos monstruos con cada resquicio de fuerza que encontremos; con nuestra vida, si es necesario.

El Constructor le hizo un gesto a Gameknight para que sacara la mesa de trabajo y otro a Jardinero para que se adelantara.

—Jardinero, haz una espada de piedra.

Jardinero miró al Constructor confundido, pero asintió: sus brazos se separaron con un movimiento brusco y empezó a construir la espada; las manos cuadradas apenas se distinguían de lo rápido que trabajaba. El Constructor miró a Gameknight e inclinó la cabeza. Con repentina presteza, el Usuario-no-usuario sacó su pico y destrozó la mesa de trabajo en tres golpes rápidos. Una lluvia de astillas salió desperdigada por los aires y de la mesa de trabajo solo quedó un cubo pequeño flotando por encima del suelo. Jardinero se quedó boquiabierto al ver sus manos, ya permanentemente separadas y empuñando la espada de piedra en una de ellas. Alzó lentamente la espada sobre su cabeza y el resto de PNJ de la cámara emitieron un grito ahogado.

—Jardinero ya no es solo un jardinero —dijo el Constructor, desgranando lentamente sus palabras, en voz bien alta, para que se le oyese en toda la cámara—. Ahora es un luchador, un guerrero de Minecraft, como lo seréis todos los demás. Hoy, en este preciso instante, en esta cámara, da comienzo la guerra para proteger la Fuente. Hoy nos plantaremos frente a los monstruos y diremos basta. ¡Hoy salvaremos Minecraft! —Se acercó a Jardinero, le tiró del brazo para que bajara la espada y continuó—. Ahora os diré qué vamos a hacer —comenzó a explicar el joven PNJ, cuyos ojos azules centelleaban de esperanza—. Primero, necesitamos reunir a todos los PNJ que podamos. Esparcíos en todas las direcciones posibles y traed a todos los PNJ que encontréis en vuestro camino. No dejaremos que Malacoda se cobre más vidas. Después…

Todos los PNJ se acercaron para escuchar los planes que tenía el nuevo constructor. Gameknight escuchaba atentamente, pero empezó a notar cómo lo atacaban oleadas de incertidumbre y miedo. Aquello era peligroso… muy peligroso.

«¿Y si no funciona? —se preguntó—. ¿Y si no soy lo suficientemente fuerte… lo suficientemente valiente? ¿Y si…?»

Todas aquellas preguntas se repetían en su cabeza mientras escuchaba el plan del Constructor y alimentaba la serpiente del miedo que lo estrangulaba por dentro.

CAPÍTULO 5

MALACODA

Malacoda flotaba sobre el mar de lava. El calor proveniente de la roca fundida le hacía sentirse seguro y en casa. Era un ghast, una de las criaturas que poblaban el inframundo. Pero él era diferente, pues decía ser el rey, el gobernante del Nether de aquel servidor de Minecraft y, muy pronto, de todos los servidores.

Mientras se movía lentamente sobre el mar fundido, miró sus tentáculos, que se arrastraban entre el magma espeso. Casi brillaban, pues en sus pálidas extremidades se reflejaba la luz de la lava en ebullición. Tenía un cuerpo cúbico y enorme, gigante; era la criatura más grande de Minecraft a excepción del Dragón del Fin. Su cara tenía una expresión infantil, casi se podría decir que pacífica y tranquila de no ser por los ojos, brillantes y rojos como la sangre, siempre llenos de odio e ira hacia los seres que habitaban en el mundo principal. Las manchas de su piel destacaban con aquel resplandor naranja, oscuras y amenazantes. Tenía todo el cuerpo cubierto de aquellas manchas grises, como las de un guepardo pero sin ningún tipo de belleza natural, más bien parecían cicatrices con mal aspecto, como si alguien las hubiera puesto allí para acentuar el odio y la maldad de aquella criatura. Lo que más llamaba la atención de aquellas pústulas es que estaban diseminadas debajo de los ojos del ghast, lo que las hacía parecer un reguero de lágrimas sempiternas. Malacoda odiaba aquellas marcas lacrimógenas, pero las tenía como todos los demás ghasts; eran una vergonzosa marca que muy pocos se atrevían a señalar si no querían ser consumidos por las llamas.

Malacoda admiró el mundo que lo rodeaba. Las arenas ígneas, las cataratas de lava, los ríos de roca fundida, los bloques de arena de almas y la infiedra; todo le parecía hermoso. A la derecha se erigía su fortaleza, una ciudadela oscura que ocupaba prácticamente toda aquella zona del inframundo. Sus torres lúgubres y los pasos elevados se elevaban amenazantes y le conferían el aspecto de una bestia gigante y prehistórica. Allí residía su ingente ejército, era la fortaleza del inframundo. Contaba con enormes estancias llenas de generadores, unos artilugios donde se creaban monstruos que pasaban a engrosar las filas de su ejército. La ciudadela, con sus altas galerías y sus pasarelas, servía para vigilar la zona y proteger los dominios de Malacoda.

Aquel era su reino, su país, y su palabra era la ley. Pronto lo sería en todos los servidores y, por último, en la Fuente, el origen digital de todo el código que mantenía en funcionamiento los planos de servidores. Destruiría la Fuente y en ese preciso instante, como dictaba la profecía, sería el dueño y señor de Minecraft. Entonces, y solo entonces, podría traspasar la Puerta de la Luz con su ejército y cruzar el paso al mundo analógico y gobernar sobre todos los seres vivos. Malacoda se estremeció de emoción al imaginar cómo destruiría a los estúpidos humanos que habitaban en el mundo real. Esos arrogantes usuarios se creían los dueños de Minecraft. Él les enseñaría que no era así, pero primero tenía que llegar hasta la Fuente y librarse de todos los PNJ del mundo digital, esos fragmentos de código que infectaban los planos de servidores. Pero pronto serían purificados. Su plan estaba saliendo tal y como había previsto.

A lo lejos, avistó un grupo de hombres-cerdo zombis acercándose. Aquellas criaturas eran parecidas a sus homólogos del mundo principal, solo que no tenían el color verde putrefacto habitual de los zombis. Estos eran una mezcla entre un zombi y un cerdo, con manchas rosas por el cuerpo y huesos al aire por doquier. Era una especie de broma del Creador, Notch, que había ideado estas criaturas medio vivas, medio muertas. Por esa razón odiaban aún más si cabe a los PNJ y a los usuarios del mundo principal.

Advirtió que los hombres-cerdo zombis escoltaban a su último prisionero: un constructor del mundo principal. Malacoda había liderado él mismo el ataque a aquella aldea, donde lo destruyeron todo a su paso hasta capturar al constructor, que era la clave para llevar a cabo su plan. Deslizándose sin esfuerzo sobre el mar de lava, se acercó a la orilla hecha de bloques de infiedra de color óxido (el material más abundante del inframundo). El aire estaba lleno de humo y de cenizas, lo que dificultaba aún más la visión a la comitiva. Cuando el ambiente se despejó por un instante, Malacoda vio cómo se acercaban; habían entrado en una zona de arena de almas y por eso avanzaban con más lentitud. La arena de almas producía ese efecto en los que cruzaban por su superficie y los obligaba casi a arrastrarse para avanzar.

Cuanto más esperaba a que los estúpidos monstruos llegaran, más se impacientaba. «Menudos idiotas, anda que atravesar la arena de almas en lugar de rodearla...», pensó.

Se acercó a la comitiva en cuanto salió de la arena de almas, moviendo los tentáculos con agitación.

—Volvemos a vernos —dijo Malacoda. Su voz resonó dentro de su enorme cuerpo cúbico. Cuando hablaba, sus ojos se abrían furibundos, abarcando todo lo que veía ante él.

—¿Qué quieres de mí, ghast? —preguntó el constructor.

—Poca cosa, solo tus habilidades en Minecraft —dijo Malacoda con su voz más sincera y una sonrisa escalofriante.

Al ver aquella terrible sonrisa, el constructor dio un paso atrás hasta chocar con uno de sus guardias. El hombre-cerdo zombi soltó un gruñido y empujó de nuevo al PNJ con la punta de su espada dorada.

—Quiero que construyas algo para mí. Eso es todo. Cuando tú y tus amiguitos hayáis terminado, te liberaré.

—¿Por qué iba a creer a un ghast? Habéis matado a mi pueblo y destruido gran parte de mi aldea. No vamos a construir nada para vosotros —dijo el constructor. Su voz sonaba como si estuviese enunciando una verdad universal. Hizo una pausa y después continuó, mirando a la bestia directamente—. Tú y los de tu especie sois auténticas abominaciones, mancilláis todo lo que es bueno y está lleno de vida en Minecraft. ¡Sois un error de programación! —Se acercó un paso más al monstruo flotante—. ¿De verdad esperas que haga algo por ti? Te he visto atacar a PNJ inocentes, ¡muchos de ellos, niños! ¿Qué te hace pensar que voy a hacer algo por ti?

El constructor se dio cuenta de que estaba gritando, lo que hizo que los hombres-cerdo zombis estrecharan el cerco; el olor nauseabundo puso en alerta todos sus sentidos.

Malacoda también se acercó flotando con el fin de que el constructor tuviera que mirar hacia arriba para ver sus pueriles ojos, que estaban en llamas, rojos de rabia.

—Harás lo que yo diga y cuando yo lo diga, porque eres un inútil y no tienes elección —dijo el rey de los ghasts con total confianza en sí mismo, retorciendo los tentáculos con agresividad contenida. Acto seguido, la expresión de su cara infantil se relajó y se dirigió a los zombis—. Llevadlo con los demás.

Una de las estúpidas criaturas gruñó y colocó una de sus garras en descomposición en el hombro del constructor, lo atrajo hacia sí y lo empujó en otra dirección. Otro hombre-cerdo zombi se colocó delante del PNJ y emprendió el rumbo a la enorme fortaleza del inframundo que dominaba el paisaje, dejando el inmenso mar de lava a la derecha. El zombi que lideraba la comitiva se dio la vuelta para comprobar que el prisionero iba detrás de él. Después hizo un gesto a los demás monstruos. Las criaturas rodearon al cautivo y estrecharon el círculo, eliminando cualquier posibilidad de escapatoria o suicidio.

Caminaron deprisa por el terreno de infiedra, hacia la amenazante fortaleza que se erigía tenebrosa a lo lejos. Los cubos de piedra luminosa alumbraban el terreno, algunos situados sobre sus cabezas, imbricados en el techo rocoso. Los cubos brillantes añadían destellos de luz amarilla desde dentro de las grietas y en las paredes.

El constructor observó el techo que cubría todo aquel reino y vio murciélagos que revoloteaban en lo alto, mientras que otros descansaban cabeza abajo agarrados a los salientes. Muchos de los murciélagos se precipitaban como dardos en todas direcciones, vigilando con sus pequeños y malvados ojos, siempre alerta.

Lo guiaron por aquella tierra humeante, con la punta de una espada marcándole la espalda para que no dejase de andar en ningún momento. Los hombres-cerdo zombis lo llevaban a la inmensa fortaleza que se elevaba ante él. Era el edificio más grande que había visto nunca y no podía dejar de temblar cada vez que lo miraba. Tras unos quince minutos, la marcha forzada terminó al llegar a la entrada de la enorme ciudadela. Estaba construida de infiedra muy oscura; el tono rojo sangre de los bloques era solo un matiz que apenas destacaba sobre el negro. Las antorchas rodeaban la estructura, no para iluminarla, sino solo para decorarla y darle al edificio un aspecto aún más amenazante.

El constructor se alegró de entrar en el complejo. Al ascender las largas y empinadas escaleras, el sofocante calor del mar de lava disminuyó un poco. Pero ahora, en lugar de sentirse como si estuviese en el centro de una hoguera, con el calor abrasador y la luz brillante intentando quemar los últimos resquicios de esperanza, se sentía atrapado en los restos de hollín de un horno gigante, y la oscuridad devoraba lo que le quedaba de coraje. La resignación lo aplastaba a medida que se daba cuenta de que aquel era su destino. Una sensación de fracaso y desesperanza se abatió sobre el constructor como un plomizo sudario. Aún oía las explosiones de los creepers en su memoria, el sonido de su aldea siendo destruida. No había sido capaz de proteger a sus aldeanos. Les había fallado.

Avanzaba como un sonámbulo, caminando detrás de sus captores. Cada tanto, la punta afilada de una espada dorada lo pinchaba en la espalda para que siguiera andando. Los monstruos lo condujeron por el pasadizo principal; las antorchas de las paredes formaban círculos de luz que trataban de disipar la oscuridad, pero no lo conseguían en absoluto. Había blazes de guardia en todas las intersecciones con otros túneles. Aquellas amenazantes criaturas hechas de llamas y ceniza iluminaban mucho más los pasadizos, tanto que las antorchas apenas proyectaban luz en comparación. Los hombres-cerdo zombis siguieron empujándolo por aquel laberinto, recorriendo varios pasadizos, adentrándose cada vez más en la fortaleza del inframundo. A medida que recorrían los túneles desnudos, la desesperación del constructor crecía y crecía, hasta que se sintió completamente indefenso, una sombra de lo que una vez fue y ahora solo quería perecer.

Por fin llegaron a su destino: una estancia amplia en el centro de la fortaleza. El constructor se sorprendió del tamaño de la sala. Debía de tener al menos cien bloques de ancho y fácilmente otro tanto de alto. En lo alto de los muros había varias galerías que daban al interior de la enorme cámara y parecían ojos malignos observando al nuevo prisionero. El constructor vio blazes y hombrescerdo zombis apostados en las galerías más bajas y algún ghast flotando por el techo. Notaba cómo lo atravesaban con sus violentos ojos, sedientos de destrucción.

Temblando de miedo, apartó la mirada de las galerías e intentó ver a través del aire turbio lo que emergía en aquel momento de la neblina. En el centro de la cámara había una estructura enorme con multitud de ventanas en los laterales, todas con barrotes de hierro. Era una cárcel. El interior de la celda estaba débilmente iluminado y pudo distinguir algunas siluetas. Las criaturas se apretaban contra la pared más alejada de la celda, lejos de las ventanas, por lo que era difícil identificarlas y eso las hacía aún más terroríficas. Una puerta de hierro se abría en uno de los lados, flanqueada por dos blazes con sendas bolas de fuego, listos para acribillar a cualquiera que intentase escapar. Uno de los hombres-cerdo zombis empujó al constructor dentro de la celda con la punta de su espada dorada. Este dio unos pasos vacilantes y, acto seguido, la puerta se cerró tras él, resonando como un trueno. Recorrió la celda mal iluminada con los ojos, pero la oscuridad aumentó cuando los blazes siguieron con sus quehaceres.

Solo había una piedra luminosa en el suelo, en el centro de la celda, que proyectaba sombras extrañas en los rincones.

«¿Hay alguien más aquí dentro? —se preguntó. Una

oleada de pánico lo sepultó—. ¿Con qué clase de monstruo me habrán encerrado?»

Entornó los ojos para tratar de ver mejor en la oscuridad, intentando no moverse para no atraer la atención de la bestia que estuviera allí. Y entonces lo oyó: algo se arrastraba por el suelo. Y después el sonido de varios cuerpos, muchos cuerpos, rozándose unos contra otros. Algo se movía en las sombras, algo que se dirigía hacia él y estaba a punto de salir de la oscuridad. Recorrió el espacio con la mirada en busca de un lugar donde esconderse. Pero no había nada, solo paredes desnudas.

—De acuerdo —dijo en voz alta—. Estoy dispuesto a morir. Sal de ahí, bestia, y haz lo que tengas que hacer. Mátame, pero hazlo rápido.

—¿Matarte? —dijo una voz desde la oscuridad.

Otro constructor salió de entre las sombras, y luego otro, y otro más, todos vestidos igual. Llevaban sendas túnicas negras hasta los pies con una ancha franja gris en el centro.

—¿Qué significa esto? —preguntó el nuevo constructor a los demás—. ¿Qué está pasando aquí?

—No lo sabemos —contestó uno de ellos—. Pero tranquilo, amigo, no estás solo.

—Ya veo.

En total había siete constructores en la celda. Los ojerosos PNJ se acercaron a recibir al recién llegado, tratando de reconfortarlo ante el hecho de estar prisionero y quizá de ahuyentar un poco su incertidumbre y su miedo. Suspiró al notar el apoyo de sus compañeros. Miró a su alrededor de nuevo, sonrió y se irguió un poco, venciendo mínimamente la desesperanza.

—Ahora somos ocho —dijo uno de los constructores. Su voz denotaba que era el líder. Era un PNJ alto, de pelo corto y castaño, y tenía una cicatriz reciente con muy mal aspecto en una mejilla. Se puso bajo la luz. Cojeaba un poco, arrastrando ligeramente la pierna izquierda. El constructor alto miró a todos los demás y sonrió—. Ya somos suficientes como para intentar llevar a cabo nuestro plan.

—¿Vuestro plan? —preguntó el nuevo constructor—. ¿Qué plan?

El líder se giró hacia él. Tenía los ojos grises como el acero que destilaban seguridad.

—Tenemos que averiguar qué pasa... qué planea Malacoda —dijo el líder en voz baja—. Uno de nosotros tiene que escapar y echar un vistazo.

—¿Escapar? ¿Cómo? —preguntó el nuevo prisionero.

—Ahora somos ocho. Podemos hacer una herramienta con nuestras habilidades de construcción innatas. Esto es algo que solo pueden hacer los constructores.

—No tenía ni idea —dijo el nuevo constructor.

—Es algo que pocos saben —explicó el líder, dando un paso más hacia la piedra luminosa que alumbraba la estancia—. Es un error en el código de Minecraft, un bug. Ha pasado desapercibido durante varios ciclos de instrucción de la CPU, y ahora tenemos que sacarle partido. Venga, juntaos y daos la mano. Bien. Ahora, cerrad los ojos y visualizad un pico. Imaginad que estáis colocando los tres bloques de piedra y los dos palos de madera juntos para construir la herramienta.

El nuevo constructor cerró los ojos con fuerza y se concentró en visualizar su mesa de trabajo lista para recibir los materiales: primero la piedra en las tres ranuras superiores, y los palos en el centro. Empleó todos sus conocimientos de construcción en visualizar aquella imagen e intentó proyectarla con cada fibra de su ser para hacerla realidad. Entonces, ocurrió algo: podía *sentir* a los demás constructores, aunque quizá «sentir» no fuese el verbo adecuado. De alguna forma, sus poderes de construcción se habían conectado, y la proximidad aumentaba dicha conexión. Abrió los ojos, miró a su alrededor y se encontró con otros siete pares de ojos fijos en él. Todos los constructores percibían aquella conexión y *sentían* algo extraño. Su poder de construcción se había magnificado e iba en aumento. El líder alto sonreía satisfecho.

Lentamente, una nube morada comenzó a formarse en el centro del círculo, haciéndose cada vez más grande a medida que se concentraban. El nuevo constructor pensó que se parecía al torbellino de partículas moradas que siempre acompañaba a los enderman cuando se teletransportaban de un sitio a otro. La nube siguió creciendo y emitiendo haces de luz morada hacia el techo, como si quisiera rozar el cielo. Las partículas se expandían y se hacían más corpóreas, hasta que empezaron a definirse en una forma en el suelo. Se oyó un «pop» y salió algo del portal morado. El sonido sorprendió a los constructores e hizo que algunos dieran un paso atrás, rompiendo el círculo y la consiguiente unión. La nube de partículas se despejó poco a poco, hasta que apareció algo en el suelo, algo sólido y sustancial: un pico.

—¡Lo hemos conseguido! —exclamó uno.

—Shhh —chistó el líder, dirigiendo una mirada furtiva a la puerta de la celda.

Otro de los constructores se adelantó rápidamente, cogió el pico y lo guardó en su inventario para que nadie lo viese.

—Magnífico, amigos —susurró el líder—. Hemos hecho algo que nadie había conseguido nunca antes: hemos teletransportado un objeto hasta aquí desde otro lugar de Minecraft.

—¿O sea que no lo hemos construido? —preguntó el nuevo constructor.

—No —dijo el líder—, no podemos construir nada de cero, pero hemos conseguido traerlo desde otro sitio. Es estupendo, y posiblemente sea una poderosa arma contra nuestros enemigos.

—A lo mejor, si podemos traer objetos, también podemos enviar algo fuera del inframundo.

—Mmm —caviló el líder—. Puede ser, pero no creo que funcione.

—Esto no se había intentado nunca antes —dijo el nuevo—. Así que no podemos saberlo. A lo mejor se puede hacer, a lo mejor podemos enviar a uno de nosotros de vuelta al mundo principal.

—Mmm...

—Olvidad eso ahora —espetó otro de los constructores—. Tenemos que sacar a uno de la celda y averiguar qué trama el rey de los ghasts.

—Es cierto —asintió el líder—. Solo puede ir uno. Si van más, los descubrirían. ¿Quién lo hará?

Los constructores se miraron unos a otros, tratando de decidir quién debía ir. El constructor nuevo notó que los demás estaban cansados y ojerosos, como las prendas de ropa cuando te las pones demasiadas veces seguidas, al límite de sus fuerzas, raídas y a punto de romperse.

—Debería ir yo —dijo, aunque el miedo le recorrió todo el cuerpo—. ¿Quién sabe cuándo fue la última vez que comisteis? Estáis débiles y cansados, se nota. Vuestra salud está debilitada. Yo soy el último que ha llegado y el que menos ha sufrido este calor insoportable. Iré yo.

El silencio asoló la celda y todas las miradas se fijaron en él. El miedo lo atenazaba por dentro.

—Ya sé cómo puede acabar esto —le dijo al líder—. Pero tenemos que saber qué está pasando.

—No, no puedo pedirte que arriesgues tu vida por esto —replicó el líder—. Iré yo.

El nuevo constructor dirigió al líder una mirada inquisitiva. Notó cómo vacilaba sobre sus pies. Temblaba ligeramente, y sus fuerzas estaban a punto de evaporarse por completo. El líder estaba al borde de la muerte.

—Soy el único que tiene posibilidades de conseguirlo

—sentenció el nuevo constructor—. Iré yo, no se hable más. En cuanto averigüe qué está tramando Malacoda, volveré y decidiremos qué hacer. —Hizo una pausa. Tenía la mandíbula apretada y la espalda rígida a causa de la determinación, y esperaba oír las objeciones de los demás; pero no hubo ninguna—. Así pues, está decidido. Dame el pico.

Uno de los otros constructores le lanzó el pico y luego retrocedió. El nuevo constructor cogió la herramienta y se acercó a la pared. Otro constructor se acercó a la puerta de hierro y asomó la cabeza por el ventanuco para ver si veía a los guardias.

—Despejado. Vamos, ahora.

El constructor blandió el pico y extrajo dos bloques de ladrillo del inframundo en pocos golpes. Guardó la herramienta en su inventario, salió de la celda y volvió a colocar los bloques para no dejar rastro de su huida. Esprintó hasta las sombras, con la adrenalina empujándolo a ciegas para avanzar a pesar del miedo.

CAPÍTULO 6

LA FUGA

La gigantesca sala estaba sumida en la oscuridad, y la nube de humo y cenizas que flotaba permanentemente en el aire le quemaba la garganta al constructor cada vez que respiraba. Avanzó en silencio, con la espalda pegada al muro exterior de la celda, y así se deslizó por el borde de la estructura hasta doblar la esquina. No había monstruos a la vista. Malacoda confiaba tanto en la desesperanza de los constructores que no se había molestado en apostar guardias. Miró hacia arriba y recorrió con los ojos los altos y sombríos muros. Veía el resplandor de los blazes que flotaban en las galerías de arriba, pero estaban demasiado lejos como para verlo en la oscuridad. Se movió todo lo deprisa que pudo por la cámara hasta alcanzar el pasadizo más cercano y echó un vistazo; también estaba vacío. Se giró para volver a mirar hacia la celda. Veía a los demás constructores junto a las ventanas, mirando entre los barrotes con expresión aterrorizada pero ahora, también, con algo de esperanza.

Enfiló el pasadizo y corrió entre las paredes de ladrillo del inframundo; deteniéndose en cada intersección para escuchar con atención por si lo seguía alguien. No había saltado ninguna alarma… todavía. Miraba antes de doblar cualquier esquina, y después avanzaba por el túnel en busca de una salida. Las antorchas salteadas iluminaban los muros de los pasillos, pero estaban separadas de forma que los círculos de luz no se tocaban. Recorría un camino sinuoso para evitar exponerse a la luz de las antorchas con la esperanza de pasar inadvertido.

De repente, el aire se llenó de lamentos desesperados: ¡hombres-cerdo zombis! El constructor se pegó rápidamente a la pared del túnel en una intersección y asomó la cabeza para mirar. Un grupo de monstruos se acercaba: tres zombis y un blaze. Volvió a esconderse rápidamente y buscó un lugar donde ocultarse. El túnel no tenía puertas ni recovecos de ningún tipo, era solo un pasillo largo de infradrillo. Ya se oía la respiración mecánica del blaze, cuyo ritmo tenso y sibilante añadía una nota disonante a los lamentos de los zombis.

«¿Qué hago, qué hago? —pensó—. No puedo quedarme aquí. Tengo que esconderme.»

Dirigió varias miradas más al túnel en busca de un escondite, sin éxito. El pánico inundó su mente al visualizar el momento en que los monstruos doblaran la esquina y lo encontraran allí. Pero, de repente, localizó una amplia zona en sombra entre dos antorchas. Se movió con rapidez y se camufló en la oscuridad. El sonido de sus pies resonaba entre los muros de piedra y minaba su coraje.

«Espero que no me hayan oído.»

Se tiró al suelo, se estiró todo lo largo que era y se pegó a la pared. Justo cuando apoyaba la cabeza en el suelo, los zombis y el blaze llegaron a la intersección.

«Si vienen hacia donde estoy, me verán. Y seré hombre muerto.»

El constructor contuvo la respiración y esperó. Los hombres-cerdo zombis se pararon en el centro de la intersección. Adelantándose, el blaze miró arriba y abajo del túnel, intentando decidir qué camino tomar. Flotando sobre sus rodillos giratorios, la criatura en llamas empezó a desplazarse hacia donde estaba el constructor; el túnel empezó a iluminarse... Pero entonces uno de los zombis dijo algo con su voz gutural y plañidera. El blaze se detuvo y dio media vuelta para mirar al monstruo en descomposición.

—¿Qué has dicho? —silbó el blaze.

—Por aquí. Creo que es por aquí —gruñó el zombi, apuntando con su espada dorada a otro túnel.

Los otros zombis asintieron con la cabeza.

El blaze suspiró con su respiración mecánica y sincopada y miró al zombi; a continuación, se alejó flotando.

—Podías haberlo dicho antes —le espetó a la criatura putrefacta al pasar junto a ella, mientras le dirigía una pequeña llamarada.

El blaze adelantó al monstruo y se perdió por el otro túnel. Los hombres-cerdo zombis lo siguieron lentamente, mientras el resplandor del blaze se apagaba en la oscuridad.

Al constructor empezaron a arderle los pulmones. No se había dado cuenta de que había estado aguantando la respiración todo el tiempo. Cuando volvió a respirar, el aire le supo dulce a pesar del humo y la ceniza; su cuerpo necesitaba oxígeno. No había monstruos a la vista. Suspiró y dejó que el pánico abandonara su cuerpo mientras se relajaba un poco.

«Ha estado cerca», pensó.

Reemprendió su camino en la misma dirección que había decidido tomar al principio, en busca de alguna salida o una ventana.

El miedo arrasaba su mente mientras corría, haciéndole muy difícil pensar. No le daba miedo morir —eso era algo que había acabado aceptando después de que lo llevaran a aquel horrible lugar—; lo que más le pesaba era la responsabilidad que cargaba ahora sobre sus hombros. Tenía que averiguar qué estaba ocurriendo allí abajo y qué planeaba el rey ghast. Era vital que cumpliese su misión, y por eso el constructor sentía que todo Minecraft dependía de él en aquel momento. Si fracasaba, podía desencadenar la destrucción de todo lo que más quería en el mundo.

Esprintó túnel abajo durante unos doscientos bloques más y después aminoró el paso. Vio un resplandor que iluminaba el pasadizo un poco más adelante y oyó una respiración mecánica. Además del silbido sincopado, se oía también el crujido de algo quemándose, y el olor a humo era cada vez más fuerte. El constructor supo enseguida de qué se trataba: blazes, muchos blazes.

Venían directos hacia él.

Miró a su alrededor y no vio ningún lugar donde esconderse, solo un pasillo largo que se extendía por delante y por detrás, además de una intersección a lo lejos. Entonces, un olor a podrido lo alcanzó desde detrás, y los lamentos desesperados de aquellas criaturas que odiaban la vida se sumaron a los crujidos de delante: hombres-cerdo zombis.

Estaba atrapado.

Su única esperanza era esconderse en la intersección. Corrió con todas sus fuerzas hacia delante. Dejó de esquivar las antorchas y atravesó como una centella los círculos de luz. El resplandor tembloroso le cegaba ahora que se había acostumbrado a ver en la oscuridad. Ignoraba todo lo que lo rodeaba, pues los ruidos de los zombis se oían cada vez más cerca, igual que el resplandor de los blazes, y solo podía avanzar con todas sus fuerzas, concentrado en llegar a la intersección.

«¿Conseguiré llegar antes que los blazes?»

Pensó en los demás constructores, que seguían en la celda, y en la esperanza pintada en sus caras. También pensaba en sus aldeanos: el viejo Jardinero, Granjera,

Excavador y Corredor... pobre Corredor. Los rostros de sus amigos y de los niños lo miraban en su recuerdo; todos confiaban en él, tenía que averiguar qué tramaba Malacoda.

«Tengo que llegar a la intersección. ¡No puedo volver a fallar a mi aldea!»

Ahuyentó el pánico y el miedo y siguió corriendo. Mientras lo hacía, notó cómo una ola de calor inundaba el pasadizo, anunciando a los blazes que se acercaban. El olor a humo era cada vez más fuerte y dificultaba la respiración. Sacó todas las fuerzas que le quedaban y apretó el paso. Dobló la esquina justo cuando el resplandor de los blazes llenaba el túnel. Buscó un escondite en el nuevo túnel y vio unos escalones que ascendían a una galería. Los subió corriendo y se agazapó en la galería, escondido detrás de una esquina, arrastrando los pies sobre la cornisa cubierta de ceniza sobre el inframundo. Apretó la espalda contra la pared, separándose todo lo posible del borde, con la esperanza de desaparecer en las sombras. Una luz brillante y amarilla inundó el túnel cuando uno de los blazes entró en el pasadizo de donde acababa de salir, y la respiración mecánica penetró en sus oídos. La oía como si estuviese a su lado, y el humo le daba ganas de toser, cosa que no podía hacer o estaría muerto. Tragó saliva para aplacar la necesidad de carraspear, se quedó completamente inmóvil y esperó.

Oía acercarse al blaze a medida que su respiración mecánica y sibilante aumentaba de volumen, pero no subió los escalones de la galería. Satisfecho con lo que había visto en el túnel, volvió al pasadizo principal con los suyos. El constructor tosió muy bajito, suspiró y se relajó un poco. Estaba a salvo... por el momento.

Se giró para observar el inframundo y vio monstruos por todas partes: hombres-cerdo zombis, blazes, cubos magmáticos, esqueletos y, por supuesto, los terroríficos ghasts. Un inmenso mar de lava se extendía ante él, sin orilla a la vista. La lava fluía y burbujeaba, desprendiendo una luz naranja por toda la cámara subterránea. Estaba impresionado por la inmensidad de aquel mar hirviente. Parecía extenderse hasta el infinito, y la orilla opuesta no alcanzaba a verse tras la pertinaz neblina.

Pero entonces, entre la bruma de humo y ceniza que parecía impregnarlo todo en el inframundo, vislumbró un islote de piedra en mitad del enorme mar de fuego. Un estrecho puente de roca unía la isla con la orilla; la piedra gris casi refulgía por el calor. Vio que el puente discurría por la infiedra oxidada hasta una abertura enorme en la fortaleza. Unas escaleras gigantes descendían desde aquella abertura hasta el paso elevado de piedra que había debajo.

Un montón de monstruos cruzaban el puente hasta la isla. Esforzándose para ver a través de la niebla, el constructor advirtió que el islote estaba rodeado de cubos azules brillantes, unos diez, con dos huecos que parecían estar aún a medias. Los cubos contrastaban enormemente con la piedra gris y la roca fundida naranja, y estaban montados sobre bloques de obsidiana; los bloques negros con flecos morados para el teletransporte eran también perfectamente visibles sobre el gris de la isla pétrea. Parecían casi traslúcidos, como si estuvieran hechos de hielo glacial, aunque el constructor sabía que eso era imposible. Era imposible que hubiera hielo en aquel reino. Tenían que ser de otro material, uno resistente al calor. Pero ¿cuál, y para qué eran aquellos bloques?

Justo entonces, un grupo de hombres-cerdo zombis salió de una abertura debajo de él con unos cuantos prisioneros: un constructor y seis aldeanos. Llevaron al grupo de condenados hacia el puente y los empujaron en fila india por él hasta la enorme isla. Los PNJ caminaban con la cabeza gacha y los hombros hundidos. Tenían la derrota pintada en las caras, mezclada con un miedo inconmensurable. Uno de ellos cojeaba, arrastrando levemente la pierna izquierda. Tenía el pelo castaño, y se le veía más oscuro aún a la luz naranja del inframundo. Iba vestido con la túnica negra de constructor.

«¡Es uno de los prisioneros de la celda!»

Mientras caminaban, los PNJ observaban a los monstruos que había cerca: los blazes que flotaban sobre sus cabezas, los esqueletos con armadura (los esqueletos wither) que rodeaban al grupo y, por supuesto, los ghasts que flotaban más arriba. No había escapatoria posible para aquellos pobres aldeanos.

Lentamente, Malacoda apareció en escena como llevado por unas alas invisibles; sus tentáculos se retorcían como un nido de serpientes. Miró a los aldeanos con su inquietante semblante infantil y esbozó una sonrisa maliciosa que hizo que los recorriera un escalofrío (una sensación bastante poco habitual en aquel reino abrasador). Separaron al constructor del resto del grupo y lo empujaron a uno de los huecos vacíos en el círculo de bloques azules. Un hombre-cerdo zombi lo empujaba a punta de espada sin remordimientos para que se diese prisa, aunque la cojera ralentizaba el paso del PNJ. Una vez que estuvo sobre uno de los bloques de obsidiana, le pusieron delante una mesa de trabajo y varios bloques de diamante.

—Constructor, a construir —dijo Malacoda con una voz estruendosa que asoló el inframundo entero y llegó hasta la fortaleza.

—No pienso construir nada para ti, ghast —espetó el constructor.

El rey del inframundo señaló con un tentáculo a uno de los aldeanos. En un instante, todos los blazes que flotaban sobre la isla lanzaron sus bolas de fuego al aldea-

LA BATALLA POR EL INFRAMUNDO

no. El PNJ desapareció con un «pop», dejando tras de sí lo que quedaba en su inventario.

Malacoda bajó flotando hasta situarse frente al constructor.

—Voy a pedírtelo una vez más —dijo el rey ghast—. Ya sabes lo que quiero que construyas. Hazlo, o muchos otros morirán a causa de tu desobediencia.

—¡Vas a matarnos de todas formas!

Movió otro tentáculo. Los hombres-cerdo zombis se acercaron a una prisionera y la empujaron a punta de espada hasta el precipicio, al borde de la isla. De repente, una de las bestias putrefactas se adelantó, blandió su poderosa espada y tiró a la aldeana a la lava. Esta forcejeó durante unos segundos, se hundió despiadadamente y desapareció enseguida al consumirse sus PS.

Había muerto otro aldeano.

—¿Te lo tengo que pedir otra vez, PNJ? —preguntó Malacoda, cuyos ojos ardían, rojos de rabia, con las pupilas encendidas como si estuvieran en llamas de verdad—. Hay muchos más aldeanos insignificantes a los que puedo matar, no solo estos que ves aquí. —El ghast señaló la fortaleza, donde tenía cautivos a cientos de PNJ. Estaban construyendo anexos al ya inmenso castillo de infradrillo negro, para ampliarlo y que cupiese su extenso ejército—. Mataré a cien de tus adorados PNJ para convencerte si hace falta. Al final, harás lo que te ordeno. ¡¡¡Así que hazlo!!!

El constructor miró a los pobres infelices que trabajaban sin descanso en la fortaleza y luego a sus aldeanos. Los cuatro que quedaban aún con vida estaban aterrorizados, y lo miraban implorando compasión… implorándole que tuviese piedad de ellos. Solo querían seguir con vida, no les importaba lo que quisiera el ghast. El constructor los miró uno por uno a los ojos, que le rogaban en silencio que les salvase la vida. Suspirando, accedió.

—Muy bien, haré lo que me pides, ghast —dijo el constructor, resignado.

Levantó con cuidado la mesa de trabajo y la colocó encima del bloque de obsidiana que tenía delante, y después cogió los bloques de diamante. Sus manos se pusieron a trabajar en un torbellino, moviéndose a toda velocidad por la mesa. Haciendo gala de sus mejores habilidades de construcción, puso todo su esfuerzo en la creación, insuflando el objeto con sus poderes mágicos conferidos por Minecraft. La mesa de trabajo empezó a brillar con un extraño resplandor helado, una radiación de zafiro que iluminaba a todos los que estaban alrededor y los despojaba del rojo ígneo para hacerlos parecer vivos otra vez, como si todo fuese bien. A medida que el constructor trabajaba en aquel objeto para el rey ghast, parpadeaba en rojo y sus PS disminuían. Su rostro se contraía por el dolor y fruncía el entrecejo por la agonía. Empezaron a caerle gotas cuadradas de sudor del cabello corto y castaño. Caían al suelo abrasador y se convertían inmediatamente en vapor.

Otro flash rojo.

La mesa de trabajo brillaba con un resplandor azul claro.

Más rojo… el constructor seguía perdiendo PS.

La mesa brillaba más y más. El constructor estaba echando el resto en la creación, y su cuerpo se encogía cada vez que parpadeaba en rojo. Un sonido inundó el aire; eran sus lamentos de agonía. El constructor gritaba mientras empleaba su último aliento en crear aquel objeto. Se oyó un «pop» y desapareció; una víctima más del plan letal de Malacoda.

El objeto que había quedado en lugar del constructor parecía una mesa de trabajo de diamante; tenía una serie de líneas intrincadas en cada cara del cubo y emitía un resplandor azul cobalto que iluminaba todas las piedras de alrededor. Malacoda sonrió, admirando la nueva adquisición, y asintió con la cabeza, haciendo un gesto hacia los aldeanos con uno de sus tentáculos curvados. Los blazes acribillaron a los que quedaban con vida con sus bolas de fuego, matándolos en el sitio. Sus cuerpos desaparecieron instantáneamente al perder todos los PS.

Malacoda soltó una carcajada y se alejó flotando.

El constructor, en la galería, estaba consternado ante lo que acababa de ver. No le sorprendía la muerte innecesaria de aquellos PNJ, ni la del constructor. Estaba impresionado por lo que había hecho el constructor: una mesa de trabajo de diamante. Solo podía haber una razón para que el rey ghast necesitara aquello, y solo pensarlo hacía que el miedo le erizara la piel. Tenía que volver con los demás y contárselo... ¡La profecía perdida era cierta! Todo el mundo creía que era un mito, pero ahora él sabía que era cierta... y aquello era una amenaza terrible para Minecraft. Tenía que contárselo a todo el mundo, advertir a todos los PNJ de Minecraft como fuera, o estarían perdidos. Se puso de pie y bajó las escaleras para volver al túnel, pero no se dio cuenta de que ahora estaba completamente iluminado. Había una comitiva de blazes al pie de las escaleras, y sus cuerpos ígneos bloqueaban la salida.

Sintió un vacío repentino en el estómago. No tenía escapatoria.

Se preparó para recibir los proyectiles en llamas, pero de repente un sonido inundó sus oídos. Se parecía al ronroneo de un gato mezclado con el llanto de un bebé tristísimo, como si lo hubiesen arrancado de los brazos de su madre. Producía pena y terror al mismo tiempo. Se giró despacio y se dio de bruces contra Malacoda, el rey del inframundo, y su horrible rostro infantil contraído de venenoso odio.

«¡Oh, no!»

—Pero ¿qué tenemos aquí? —preguntó Malacoda.

—Eh... eh...

—Buena respuesta —dijo el rey ghast, sarcástico.

—No puedes hacerlo —dijo el constructor con voz temblorosa y desesperada—. Te detendremos... como sea.

—Detenerme... Ja, ja, ja —rio el ghast con su voz estruendosa—. Constructores idiotas, si lo único que hacéis es ayudarme. Voy a vencer esta batalla, llevaré a mi ejército hasta la Fuente y la destruiré. Cuando al fin lo domine todo y vosotros, insignificantes PNJ, estéis muertos, cruzaré la Puerta de la Luz y arrasaré el mundo analógico. Todo será mío y todas las criaturas temblarán al oír el nombre de Malacoda.

El constructor tragó saliva mientras el terror lo recorría de la cabeza a los pies.

—Te detendremos... *Él* te detendrá.

—¿Él? —escupió Malacoda mientras se acercaba flotando al pobre constructor—. Él no es más que un bug insignificante al que os aferráis con la esperanza de salvaros. Ganaré esta batalla, el Usuario-no-usuario se inclinará ante mí para implorar piedad... y entonces lo destruiré.

El rey ghast se alejó un poco del constructor y relajó ligeramente la expresión, como si fuera a dejarle ir.

—Salúdalo cuando te lo encuentres —dijo Malacoda, con la voz teñida de sarcasmo.

Al instante, el constructor se vio envuelto en llamas, mientras el ghast lanzaba una bola de fuego tras otra al PNJ.

Sorprendentemente, no sentía dolor. La mente del constructor se llenó de recuerdos de su aldea y los rostros de sus amigos desfilaron por su memoria: Carpintero, Jardinero, Corredor, Arquitecto, Granjera... Su pueblo, su responsabilidad. Habían confiado en que los protegería siempre, y él les había fallado. Le sobrevino un enorme pesar mientras su salud caía en picado, pero la emoción no se debía a su muerte inminente, sino que sufría por lo que estaba tratando de hacer Malacoda. Si el plan del rey del inframundo tenía éxito, todo… todo Minecraft sería destruido. La profecía se estaba cumpliendo… La batalla final había llegado y, según parecía, Malacoda llevaba ventaja. Su única esperanza, o mejor dicho, su única salvación, era el Usuario-no-usuario.

Reuniendo los últimos resquicios de fuerza que le quedaban, el constructor se concentró en un único pensamiento e intentó hacerlo crecer. Golpeó con todo su ímpetu el tejido de Minecraft con la intención de llegar hasta su salvador. Con el último estertor, lanzó un grito desafiante y lleno de esperanza al Usuario-no-usuario.

—¡USUARIO-NO-USUARIO, LA PROFECÍA PERDIDA ES…!

Y de repente, la oscuridad lo engulló. El único rastro de su existencia era un pico de piedra en el suelo.

CAPÍTULO 7

SILUETAS DE VIDA

Gameknight y el Constructor salieron del oscuro túnel a una cámara de construcción iluminada con una antorcha. No había sido un viaje muy largo —solo unos veinte minutos en tiempo de Minecraft—, pero la pequeña vagoneta los había obligado a apretujarse y bajar la cabeza. Ahora agradecían poder ponerse de pie y estirar las piernas de nuevo.

—No me puedo creer que no se nos ocurriera utilizar la red de vagonetas cuando llegamos a aquel primer pueblo abandonado —dijo el Constructor.

—Ya, es cierto —contestó Gameknight—. Teníamos demasiadas cosas en la cabeza.

Habían usado la vasta red de túneles que recorría Minecraft para marcharse de la nueva aldea del Constructor, con la esperanza de encontrar a otros PNJ que pudieran sumarse a su causa. Todos los aldeanos habían partido para reunir fuerzas y preparar al ejército de Minecraft para la batalla que estaba a punto de estallar en la costa. La red de vagonetas era crucial para reunirlos a todos. Por suerte, los monstruos del mundo principal no la conocían. Gameknight y el Constructor se habían aventurado en un túnel al azar y, tal y como esperaban, los raíles los habían llevado hasta otra aldea donde, a juzgar por el olor a humo y cenizas que enseguida los invadió, habían llegado demasiado tarde.

—Parece que Malacoda ya ha pasado por aquí —dijo el Constructor con su voz joven, que aun así sonaba anciana y sabia.

La cueva estaba vacía. Había enormes cráteres en el suelo y las paredes. Habían sido destruidos por creepers, cargas ígneas o quién sabe qué. Una ligera niebla llenaba la sala y el humo punzante les rascaba la garganta. Al mirar al suelo, Gameknight vio una fina capa de ceniza gris que lo cubría todo y se levantaba en pequeñas nubes cuando caminaban sobre ella. En una sección vio hollín negro sobre las paredes, seguramente restos de los proyectiles ígneos de los ghasts y los blazes. Ya había visto antes restos carbonizados de edificios y estructuras, pero esta vez era, en conjunto, algo distinto. La mancha chamuscada cubría una parte del muro, pero se percibía claramente el contorno de un cuerpo en aquella capa negra. Era una sección limpia con forma de persona en el medio de la piedra ennegrecida. Alguien había estado allí, de pie, y había sido acribillado a fuego; solo su cuerpo y su vida habían protegido el muro de abrasarse por completo.

Era horrible.

—¿Lo ves? —preguntó el Constructor, señalando el muro.

Gameknight refunfuñó y asintió mientras el miedo asaltaba sus pensamientos. No podía mirar aquellos restos ennegrecidos sin imaginarse el terror que debió de sentir aquel pobre PNJ mientras su vida se extinguía.

—Esto es terrible —dijo el Constructor en voz baja y lúgubre—, ojalá hubiéramos llegado a tiempo de ayudar.

—Sí, ojalá hubiéramos podido ayudar —mintió Gameknight. Esperaba que su mentira no se le reflejara en la cara, pero no sentía ningún deseo de enfrentarse a Malacoda y los monstruos del inframundo.

El inframundo era un lugar hecho de fuego y humo. Había estado allí muchas veces cuando para él era simplemente un juego, troleando a más de un jugador en aquel reino subterráneo en su época de griefer. Le encantaba burlarse de los hombres-cerdo zombi y de los blazes mientras se mantenía a salvo con su arsenal de trucos y trampas. Pero ahora no sentía ningunas ganas de ir allí. Solo pensarlo le hacía temblar.

«Pero ¿cómo habían llegado allí aquellos monstruos?»

El inframundo era un reino subterráneo que había sido tallado en roca sólida, pero no del material normal del que está hecho el mundo principal, en el que estaban ahora los dos amigos. No, el inframundo estaba esculpido en infiedra y arena de almas, materiales que no existían en el mundo principal. No se podía llegar hasta allí a través de túneles, había que utilizar un portal para moverse del mundo de la luz al del humo y las llamas. Era una dimensión alternativa que existía en Minecraft. Nadie sabía con certeza dónde estaba, ni tampoco comprendían qué implicaba estar en otra dimensión. Quizá solo el creador de Minecraft, Notch, entendía aquello que el retorcido código de su ordenador había creado conscientemente... o puede que no. Hay teorías que afirman que el Código Fuente cobró vida propia y creó el inframundo, así como otras dimensiones, solo porque era capaz de hacerlo, para extender así su conciencia digital y probar sus capacidades. Gameknight jamás había conseguido comprender cómo podía haber sucedido aquello, aunque había leído muchos debates en internet. Pero ahora ni siquiera le importaba. En aquel momento, el miedo y la incertidumbre consumían todos sus momentos de vigilia. Las pesadillas parecían acechar desde las sombras.

Observó la sala y buscó amenazas por la cueva con la espada de mantequilla (así es como la llamaba el

YouTuber, que se negaba a utilizar la expresión «de oro») preparada para la acción. Tenía que reconocer que sí parecía un poco de mantequilla con aquella luz, aunque el brillo mágico le recordaba su verdadero cometido... matar.

—Deberíamos explorar —sugirió el Constructor— y ver si hay alguien escondido, demasiado asustado como para salir.

—¿Estás seguro? —preguntó él sin querer mirar entre las sombras—. Quizá simplemente deberíamos coger otra vagoneta hasta la próxima aldea y saltarnos esta.

—No seas bobo. Tenemos que ver si todavía quedan supervivientes y asegurarnos de que están bien. Puede que hasta llevarlos con nosotros. Mi tatarabuelo decía que «lo único peor que estar solo es que te olviden». No podemos olvidar a los que todavía podrían estar aquí.

—Supongo que tienes razón —dijo Gameknight con la voz atravesada por el miedo.

—Todo irá bien —contestó el Constructor. Luego saltó de los raíles de la vagoneta y se dirigió hacia la entrada de la cueva, dejando tras cada paso pequeñas nubes de ceniza—. Vamos, subamos a la superficie. Podemos separarnos y buscar por la aldea el doble de rápido. Después, si no es demasiado tarde, nos marchamos.

—De acuerdo —respondió Gameknight999 a regañadientes. Siguió al muchacho por los escalones y hacia el túnel que llevaba a la alta torre de roca de arriba.

Recorrieron rápidamente el pasadizo rocoso y se dirigieron hacia el largo túnel vertical que se extendía hasta la alta torre de roca. Mientras corrían, tuvieron que atravesar numerosos cráteres que había por el túnel, algunos de los cuales todavía desprendían calor. Gameknight podía sentir el odio y la maldad que había irrumpido en aquella comunidad y que salía de los agujeros ardientes. El eco de su odio aún resonaba con fuerza. Los monstruos que habían atacado aquella aldea solo querían matar y destruir. Le hizo encogerse de miedo.

Al final, llegaron a la escalera que llevaba a la superficie. El Constructor salió disparado sin pensárselo dos veces. Gameknight, en cambio, se agarró a los peldaños y se quedó quieto durante un segundo. Sentía el peligro aguardándolo al final de la escalera y tuvo miedo, pero sabía que debía continuar. Era su amigo el que iba delante y no podía dejarlo solo. Suspiró y comenzó a subir.

Subieron tan deprisa como pudieron. Oía al Constructor por delante de él, aunque no podía distinguir su pequeño cuerpo en la oscuridad. Las manos y los pies de ambos marcaban un ritmo firme en la escalera mientras ascendían, casi siempre marcando el mismo paso y golpeando la escalera a un tiempo. La oscuridad de su alrededor parecía ocultar figuras sombrías. Garras imaginarias alcanzaban a Gameknight y arañaban su valentía a cada paso que daba. Cuanto más arriba estaban, más asustados y más próximos al peligro.

«Hay monstruos ahí arriba, en alguna parte, los siento», pensó.

Al menos «creía» que podía sentirlos, pero quizá fuera solo la cobardía que crecía en él como un alambre de espinos... o puede que algo más.

De repente, se oyó un eco por el túnel. Era un sonido débil que parecía venir de muy lejos, pero aun así se escuchaba con claridad. Pronto se hizo evidente que era la voz fatigada de alguien que sufría un profundo dolor y estaba muy triste. Una desesperación y una derrota abrumadoras resonaban en el eco de sus palabras.

«Usuario-no-usuario, la profecía perdida es...»

Gameknight dejó de subir. Un escalofrío le bajó por la espalda y se le puso la carne de gallina. Tiritaba, estaba helado y solo, y el dolor de aquella voz hizo que se le saltaran las lágrimas.

—¿Has oído eso? —le gritó a su compañero.

—¿Qué?

—¿Has oído esa voz?

El Constructor dejó de subir y bajó algunos escalones hasta donde se encontraba él.

—¿De qué estás hablando?

—He oído a alguien gritar mi nombre —dijo Gameknight con tranquilidad y una voz insegura.

El Constructor se detuvo un momento antes de contestar y entonces habló con una voz lenta y calmada.

—Es probable que te lo hayas imaginado. Ha sido un día largo y duro, estás cansado… los dos lo estamos. Será mejor que continuemos.

Gameknight notó la preocupación en la voz del Constructor, así como su incredulidad, pero él sabía lo que había oído. Alguien le había llamado. La desesperación de aquella triste voz todavía resonaba en su mente. Estaba seguro de que aquella persona estaba muerta y había dirigido sus últimas palabras al Usuario-no-usuario. Por alguna razón, aquel PNJ pensaba que Gameknight999 podía ayudarle, que él era la solución a los problemas que afectaban a todo Minecraft.

«¡Vaya chiste! Yo no soy la respuesta, soy solo un niño. Un niño con miedo a todo. ¿Qué puedo hacer? ¡Nada!»

—¿Vienes o no? —preguntó el Constructor desde lo alto.

Con un suspiro, Gameknight999 continuó la escalada.

Cuando llegaron arriba, encontraron una escena similar. La entrada del túnel había sido reventada a la altura de la superficie, una prueba de la ira de Malacoda. Sin embargo, en lugar de los restos de aquella torre fortificada que rodeaba el túnel, se sorprendieron al no encontrar nada. La torre había sido destruida por completo, borrada de la superficie de Minecraft.

Bordearon el cráter pasando por encima de los escombros. Gameknight se dio cuenta de que era tarde y que solo quedaban unas pocas horas para el anochecer. Sintió un escalofrío. La noche era la hora de los monstruos.

—No tenemos mucho tiempo —dijo—. Hagamos esta búsqueda rápido.

—Está bien —contestó el Constructor mientras su pequeño cuerpo formaba una sombra que apenas llegaba a la mitad de la de Gameknight—. Busca tú por el oeste y yo buscaré por el este. Nos vemos aquí a la puesta de sol.

Antes de que Gameknight pudiera responder, su amigo ya se había marchado. Con un suspiro desenvainó la espada, la empuñó con firmeza y echó a andar.

La mayoría de las casas del oeste ahora eran poco más que escombros. Daba la impresión de que un potente tornado de odio hubiera llegado hasta ellas. Había partes de la aldea que habían desaparecido por completo, solo los cubos de madera y roca marcaban dónde habían estado una vez las casas. Al observar aquella destrucción, Gameknight se sintió triste. Podía imaginarse el terror que debían de haber sentido los PNJ mientras los monstruos arrasaban sus hogares. No eran más que habitantes indefensos que vivían en comunidad, incapaces de luchar ni hacer nada más que esconderse. Y por lo que había escuchado en la última aldea, esconderse solo los conducía a la muerte.

Después de correr por todas las secciones completamente arrasadas, llegó a una parte de la aldea que no estaba del todo destruida. Algunas casas todavía se mantenían en pie, aunque las marcas de violencia eran claramente visibles. Los tejados humeantes y las puertas destruidas señalaban todos los edificios, aunque algunos estaban más dañados que otros. Mientras caminaba entre la destrucción, Gameknight vio más muros carbonizados donde los contornos de la gente sellaban el testamento de las numerosas vidas extinguidas por los monstruos del inframundo, por Malacoda. Se estremeció y se marchó. La sola idea del terrible suceso que había dejado aquellas horripilantes obras de arte en las paredes le daba náuseas. Había demasiada muerte y destrucción en aquel mundo digital.

—Se supone que Minecraft tenía que ser divertido —dijo en voz alta para nadie, con la esperanza de que su voz ahuyentara al espectro de terror que acechaba a su alma.

Creyó oír algo y se paró a escuchar. Sonaba como un arrastrar de pies, ¿o sería solo su imaginación?

—¿Hay alguien ahí? —gritó.

Silencio.

Se movió entre las casas a medio destruir, escudriñando los escombros en busca de cofres, herramientas o cualquier cosa que pudiera serles útil. En el siguiente edificio, Gameknight vio otra ennegrecida silueta de vida quemada en el suelo junto a lo que debía de haber sido la puerta principal, aunque ahora era poco más que un umbral carbonizado. Había bloques de roca en el suelo junto a lo que había sido un muro, meciéndose como si flotaran sobre las olas invisibles del océano. Entró con cuidado en la casa, tan lejos de las manchas negras como le era posible, y buscó entre las sombras.

De alguna forma, esperaba que alguna pesadilla lo asaltara y lo devorara.

—Hola, ¿hay alguien ahí?

Más silencio.

Gameknight salió de la casa y caminó por tres estructuras destrozadas de arriba abajo. Solo los restos de sus cimientos dejaban entrever su anterior vida. Deseaba que Shawny estuviera allí, su único amigo… bueno, además del Constructor. En el pasado, Gameknight había sido un griefer, un matón virtual que se metía en los servidores de otra gente y hacía tanto daño como podía hasta que lo echaban. Pensaba que era divertido destruir las creaciones de otra gente solo por diversión, pero eso fue hasta que estuvo dentro de Minecraft de verdad. Ahora, comprendía de primera mano las consecuencias de ese comportamiento destructivo y antisocial. Debido a su actitud vandálica, no tenía amigos en Minecraft excepto Shawny, lo que casi le había costado la muerte en el último servidor. Si Shawny no hubiera traído a todos aquellos usuarios para ayudarle a luchar contra los monstruos del mundo principal, el servidor habría sido destruido y habría acabado con las vidas de todos los PNJ que vivían allí. Y en aquellos últimos momentos en el servidor, cuando su derrota parecía inevitable, Gameknight por fin había comprendido el significado del sacrificio y lo que conlleva ayudar a otra gente por el simple placer de hacerlo. Se había sentido bien al saber que estaba ayudando a salvar las vidas de seres a los que no conocía, de PNJ de Minecraft a los que nunca había visto. Lo había inundado un sentimiento arrollador de valentía y utilidad.

Deseaba tener aquella valentía ahora.

En la siguiente casa, Gameknight tembló de terror al observar los restos de la destrucción. El exterior carbonizado de la estructura, con las marcas de fuego y de explosiones en las paredes, mostraba los efectos del furioso paso de Malacoda. Asomó poco a poco la cabeza sobre un muro derruido y miró dentro de la habitación. Había un cofre en la esquina sobre unos escombros, el muro posterior completamente derribado. Veía la calle por la parte de pared que faltaba. El camino marrón y polvoriento comenzaba a palidecer virando a un tono rojizo a medida que el sol se acercaba al horizonte.

Tenía que darse prisa.

Saltó por el muro derruido y entró dentro de aquella

casa. En una de las paredes había un cartel con las palabras «BlackBlade48429 estuvo aquí» escritas en letras grandes. Era evidente que algún usuario lo había escrito. Al lado había otro cartel con los bordes un poco chamuscados. Decía «Phaser_98» y «King_CreepKiller». Debajo había otro cartel con los nombres «Wormican» y «MonkeyPa...», la parte de abajo demasiado quemada como para poder leerla. En algún momento, en aquel servidor hubo usuarios, pero ¿por qué se habrían marchado todos?

Gameknight suspiró. Deseó que hubiera usuarios allí con él en aquel preciso instante.

«Me pregunto cuánto tiempo tendrá ese cartel», pensó.

Sonó un arrastrar de pies. Brrrrf... brrrrf... brrrrf.

«¿Qué ha sido eso?»

Un cosquilleo de terror le recorrió la espalda.

«¿Se ha movido algo ahí fuera?»

Gameknight dirigió la mirada hacia la entrada destruida y escudriñó las sombras. Nada. Probablemente había sido solo su imaginación. Se concentró en el interior de aquella casa arrasada, se acercó al cofre y lo abrió. Un arco, había un arco. Y flechas, dos montones de flechas. Definitivamente podrían serle de utilidad. Cogió el arco y las flechas y las guardó en su inventario, aunque tuvo que deshacerse de algo de roca para hacer espacio. Cuando se giró y cerró el cofre, oyó de nuevo el sonido, como si muchos pies se arrastrasen al mismo tiempo.

—¿Quién anda ahí? —gritó con la voz rota por el miedo—. Constructor, ¿eres tú?

Silencio atronador.

Gameknight se movió despacio hasta el muro derruido y observó la calle en el exterior. Las sombras de los edificios que aún estaban en pie se extendían por el suelo e intentaban alcanzar el otro lado de la calle antes de que la oscuridad las engullera a todas. Tenía que darse prisa. Salió a la calle y observó a su alrededor en busca de enemigos.

—¿Hay alguien ahí? —dijo, aunque esta vez en voz más baja.

Más silencio. Ni siquiera se oía el gruñido de algún cerdo o el mugido de alguna vaca. No se oía nada. Era como si todos los seres vivos se hubieran marchado de aquella aldea. Tiritó y se dirigió de nuevo a buscar al Constructor cuando volvió a oír aquel sonido. Definitivamente era un rumor de pasos contra el duro suelo. Se dio la vuelta y miró hacia atrás, pero no vio nada excepto la calle vacía que le devolvía la mirada. Gameknight comenzó a retroceder y, de repente, se encontró de frente con un creeper. Su cara de color negro y verde comenzó a resplandecer con una luz blanca mientras el monstruo se preparaba para explotar. A aquella distancia, sin duda lo mataría. Todo lo que tenía que hacer era atacarlo y detener la detonación, pero el miedo y el pánico le paralizaban. No se podía mover. El silbido del creeper sonaba más alto cuanto más se acercaba su explosión.

Y de repente, una flecha salió disparada de la oscuridad y alcanzó al creeper en la cabeza. La herida le hizo parar para girarse y buscar de dónde venía la flecha. Salió otra de entre las sombras y le golpeó de nuevo, esta vez en el pecho.

—¡MUÉVETE! —gritó una voz desde la oscuridad.

Aquella orden fue suficiente como para poner a Gameknight en movimiento. Desenvainó su espada encantada y embistió contra el creeper antes de que este pudiera responder. Sintió el filo penetrando en la carne de la criatura, clavándose en su piel moteada. El monstruo comenzó a silbar y brillar de nuevo mientras intentaba explotar, pero Gameknight no mostró ninguna piedad. Blandió la espada de oro y lo golpeó en el costado. Salieron más flechas de la oscuridad, lo alcanzaron de nuevo y el proceso de detonación se interrumpió. El creeper lanzaba destellos rojos cada vez que Gameknight999 acertaba en el blanco. Y entonces la criatura desapareció, pues todos sus PS se habían consumido completamente por el ataque conjunto. Solo quedó un pequeño montón de pólvora sobre el suelo.

«Ha ido de poco.»

Gameknight sintió escalofríos al pensar en lo cerca que había estado de la muerte.

«¿Por qué me he quedado paralizado? —pensó—. ¿Por qué no he atacado al creeper en cuanto lo he visto? ¿Por qué no...».

—¿Estás loco o qué? —dijo la voz de una mujer desde las sombras—. Eso era un creeper. No deberías quedarte quieto sin más. Tienes que moverte, matarlo... o que te maten.

Salió de entre las largas sombras que comenzaban a cubrir el otro lado de la calle, ahora que el resplandor rojizo del atardecer poco a poco se tornaba negro. Era joven; no adulta, pero tampoco una niña. Algo entre medias. Un cabello rojo brillante le caía por los hombros, y sus rizos enredados refulgían con la luz de la puesta de sol y enmarcaban su cara en un halo escarlata. Llevaba en la mano un arco y una flecha en posición de disparo, con la punta apuntando hacia él.

—¿Quién eres? ¿Qué haces aquí? —preguntó ella—. ¿Eres un usuario? ¿Un griefer? —Tensó el arco y le apuntó al pecho.

—Yo, bueno, soy Gameknight999. Estamos aquí para ayudar —tartamudeó él.

—Como puedes ver, llegáis un poco tarde, y tampoco es que seáis de mucha ayuda.

—¿Te importaría apuntar con eso a otra parte? —dijo él mientras señalaba la flecha con su espada.

—¿Qué tal si primero apartas tú la espada? —le espetó ella—. No me fío de nadie que lleve una espada de oro. Es la espada de un monstruo del inframundo, probablemente de un hombre-cerdo zombi. ¿Cómo es que la tienes tú? ¿Acaso eres una nueva criatura del inframundo?

Dio un paso adelante, salió de entre las sombras y tensó un poco más el arco.

—No seas ridícula —dijo una voz joven desde la parte baja de la calle.

Era el Constructor.

—Este es Gameknight999, el Usuario-no-usuario. Estamos aquí para buscar supervivientes.

—Pues habéis encontrado una, aunque yo no necesito vuestra ayuda —dijo mientras se giraba para ver acercarse al Constructor. Su cara mostró sorpresa cuando vio al joven con el atuendo tradicional del constructor de la aldea—. ¿Quién eres tú?

—Soy el Constructor, como puedes ver —dijo abriendo de par en par los brazos para dejar ver la túnica negra y gris, símbolo de su cargo—. Pero ahora necesitamos ir a algún lugar seguro. Está oscureciendo. Vamos, he encontrado un sitio donde escondernos durante la noche.

Ahora que se sentía más seguro junto al Constructor, Gameknight guardó la espada.

—¿Escondernos? ¿Quién quiere esconderse? —preguntó la chica mientras bajaba poco a poco el arco, aunque su mirada amenazante aún seguía fija en el Usuario-no-usuario.

—¿Qué? —preguntó Gameknight.

La chica lo miró en silencio. Todavía no se había ganado del todo su confianza.

De repente, un horrible gemido se extendió por el aire. Gameknight sintió escalofríos en la espalda mientras un grupo de zombis aparecía en la calle ahora que el ardiente sol se había puesto por completo. Pronto lo vieron con sus fríos ojos negros y comenzaron a arrastrar los pies hacia él con los brazos extendidos. La luz de las antorchas se reflejaba en sus garras afiladas como cuchillas y las hacía brillar durante un instante. El Constructor corrió junto a su amigo.

—Gameknight, son ocho… Demasiados. ¿Qué quieres hacer?

Él miró a su alrededor y vio un estrecho callejón que recorría las traseras de algunas casas, rodeado por muros todavía intactos. Recordó a las arañas que había dirigido a través del valle y habló deprisa.

—Los dirigiremos por ese callejón —dijo el Usuario-no-usuario mientras lo señalaba con su espada de oro—. Tú encuentra un sitio desde donde puedas dispararles en el callejón y prepárate, los llevaremos hasta allí.

—Yo no huyo de los monstruos —dijo ella mientras colocaba una flecha en el arco.

—Haz lo que te diga el Usuario-no-usuario —le espetó el Constructor— y deja de comportarte como una idiota.

—Vamos —dijo Gameknight con la mente nublada.

El Constructor y él corrieron al estrecho callejón y esperaron hasta que la chica llegó hasta el final, buscando un buen lugar desde el que disparar. El rumor de los zombis aumentaba cuanto más cerca estaban, sus lamentos minaban la valentía de Gameknight.

«No te muevas —se dijo—. No pienso volver a abandonar al Constructor.»

Pronto, el pútrido olor de aquellas criaturas en descomposición llenó el aire; se acercaban. Quería aguantar la respiración y así mantener el hedor fuera de la boca, pero sabía que tenía que respirar.

Entonces, los lastimeros alaridos resonaron por el callejón cuando los monstruos doblaron la esquina. Se quedaron allí un momento, mientras observaban los alrededores. Gameknight vio cómo inspeccionaban los muros de roca de alrededor con preocupación en sus fríos ojos muertos. En el último servidor, las bestias habrían atacado enseguida, pero estas criaturas eran monstruos mejorados, más inteligentes y más fuertes, y se las habían arreglado para recorrer todos los planos de servidores hasta llegar allí. Aquellos zombis no eran tontos, puede que necesitaran algún estímulo.

—¡Eh, zombis repugnantes! ¿Por qué no bajáis a saludar? —se burló Gameknight—. ¿Qué pasa? ¿Tenéis miedo de dos PNJ indefensos?

Se formó un pequeño revuelo entre los zombis.

—¿Ves, Constructor? —dijo en voz alta—. Te dije que los zombis no solo son estúpidos, sino que también son cobardes.

Ahora los zombis estaban visiblemente agitados, pero el que se encontraba al frente ni se inmutó. Tenía los negros ojos clavados en Gameknight con mirada de odio, pero permaneció en el sitio. Debía conseguir llevarlos al estrecho callejón para neutralizar su ventaja numérica. De esa forma solo tendrían que luchar contra dos al mismo tiempo, a la vez que los dirigían hacia donde se encontraba su nueva amiga. Para provocar su ira, dio unos pasos hacia delante y miró a los fríos ojos muertos. Sacó un bloque de roca de su inventario y se lo lanzó al monstruo.

—¡Venga! ¡Vamos a bailar!

El bloque golpeó a la criatura en descomposición en la cabeza. Esto le hizo soltar un alarido espeluznante que hizo temblar a Gameknight.

Los monstruos salieron disparados hacia delante. Gameknight saltó hacia atrás cuando el zombi de delante se abalanzó hacia él con las afiladas garras silbando en el aire en busca de su cabeza. Le vinieron a la mente recuerdos de Erebus y su horda de monstruos. Casi podía ver a todas aquellas criaturas mientras le arañaban y desgarraban la piel en el último servidor. El pánico y el terror se extendieron por todo su ser y le nublaron la mente. En esta confusión mental, todo parecía un sueño, como si lo viera desde otra parte.

Entonces algo le pasó ante los ojos, algo afilado y maligno. Su cuerpo reaccionó sin pensarlo, se movió hacia adelante y golpeó al zombi con la espada con movimientos estudiados. El monstruo gritó y se abalanzó hacia delante. Los otros siguieron su paso. El Constructor y él retrocedieron a la vez que los monstruos se amontonaban en el callejón, pues era tan estrecho que solo cabían dos personas una junto a la otra. Gameknight se movió sin pensarlo con la mente presa del pánico pero su brazo sujetaba la espada impulsado por la rabia. Continuaron retrocediendo y, así, el Constructor y él llevaron a los monstruos hacia delante mientras golpeaban a los dos primeros zombis. El Constructor dijo algo, pero Gameknight no le oyó. Solo percibía los lamentos de los zombis, sus gruñidos tristes y coléricos que llenaban el aire.

De repente, algo salió de la nada y pasó entre Gameknight y el Constructor. Era una flecha. Alcanzó al zombi de delante, y después otra, y otra más, hasta que el monstruo desapareció. Volaron más flechas a medida que los monstruos avanzaban. Entre disparos, el Constructor arremetía contra las bestias, las atacaba y después retrocedía. Gameknight intentó ayudar, pero se limitó a retroceder por el callejón y dejar que la pesadilla se desarrollara sola.

El Constructor gritó junto a él cuando un zombi le clavó las garras en el hombro, lo que lo despertó de su ensoñación. Se abalanzó hacia delante y dirigió su espada de oro contra el zombi mientras el Constructor se retiraba. Su cuerpo se movía automáticamente aunque tuviera la mente consumida por el miedo. Se convirtió en un torbellino de muerte. Se movía como el Gameknight de antes, se deshacía de un enemigo mientras embestía al siguiente. Centró toda su rabia en aquellas criaturas, mientras cortaba un brazo verde extendido y detenía la embestida de unas garras.

«¡ODIO TENER TANTO MIEDO!», gritó en su mente mientras mataba a otro zombi.

A la vez que continuaba con los ataques, el Constructor y él retrocedieron por el callejón mientras los proyectiles de la aldeana alcanzaban a los monstruos. Entre los tres, pronto solo quedó un zombi. Su salud estaba casi mermada y pronto dejó de atacar y comenzó a huir. Miró directamente a Gameknight y habló con un gruñido gutural.

—No podéis detenernos. Malacoda limpiará todos los servidores de la plaga de PNJ cuando destruya la Fuente. —El monstruo dirigió sus ojos negros al Constructor—. Todo lo que el rey del inframundo necesita es a los de tu clase para completar su tarea, y entonces nos llevará a la victoria. Vuestros días están contados.

—¿Qué quieres decir con los de mi clase? —preguntó el Constructor—. Dímelo, si tan seguro estás.

El zombi esbozó una inquietante y putrefacta sonrisa cuando abrió la boca para hablar, pero justo entonces una flecha apareció por encima del hombro del Constructor y golpeó al monstruo en el pecho. Desapareció, con todos sus PS consumidos, y dejó tras de sí su carne podrida de zombi y tres bolas de PE. El Constructor miró a Gameknight mientras las bolas brillantes salían disparadas hacia la pareja.

—¿Qué crees que ha querido decir? —preguntó el Constructor—. Todo lo que necesita es a los de mi clase… ¿Crees que necesita PNJ?

Gameknight se encogió de hombros. Sonaron pasos tras ellos, lo que les hizo girarse y prepararse para otra batalla. Era la aldeana. Tenía una enorme sonrisa en la cara y el salvaje pelo rojizo se movía detrás de ella mientras corría.

—¡Qué divertido! —dijo.

—¿Divertido? —le espetó Gameknight—. No ha sido divertido, ha sido terrible. No sabes lo que es matar a alguien cuerpo a cuerpo, con las garras y los colmillos clavándose en tu piel. Tú puedes permitirte el lujo de matar desde lejos como si fuera un juego. La próxima vez nos cambiamos, y te quedas tú aquí con la espada mientras yo disparo las flechas a treinta bloques de distancia.

—Como si fueras capaz de hacerlo… —dijo ella.

—¡Ya está bien! —dijo el Constructor con voz autoritaria—. Ahora necesitamos ir a algún sitio seguro donde descansar y curarnos, y he encontrado el lugar perfecto.

Se giró y corrió por la calle. Gameknight y la forastera le siguieron obedientes.

«¿Es amiga o enemiga?»

Había algo en aquella chica que lo inquietaba, una sombra violenta y rabiosa parecía envolverla, incluso más que la oscuridad que ahora se cernía sobre la aldea. Gameknight se estremeció e intentó relajar su ansiedad, pero no lo consiguió. Los helados dedos del terror todavía lo estrangulaban por dentro.

CAPÍTULO 8

LA CAZADORA

El Constructor dirigió al grupo hasta el centro de la aldea, donde antes se erguía la alta torre de roca. Las casas de alrededor de la torre también estaban muy dañadas y tenían siluetas carbonizadas de vidas perdidas en las paredes. Gameknight apartó la vista cuando se dio cuenta de lo que eran; aquellos restos sombríos le llenaban de tristeza e inquietud. Se alegraría de entrar tan pronto como fuera posible.

Bajaron por una calle secundaria y el Constructor los llevó hasta una pequeña casa de madera y roca que tenía un porche en el exterior. Gameknight no tardó en reconocer la estructura: era la casa del herrero. Veía la fila de hornos en el porche de roca, con una mesa de trabajo y un cofre al lado.

—Rápido, vayamos dentro —dijo el Constructor mientras subía los escalones y empujaba la puerta.

Pasaron en fila por la entrada y Gameknight la cerró una vez que estuvieron todos dentro. Había antorchas para iluminar el interior que proyectaban un resplandor amarillento. Una mesa reposaba en una esquina de la habitación, con dos sillas de madera contra la pared. Había ventanas en todos los tabiques de la casa, pero faltaba una. Se acercó a ella y llenó el espacio con un bloque de tierra para imposibilitar que la flecha de ningún esqueleto pudiera alcanzar a nadie dentro. En el otro lado de la habitación había una oscura escalera que llevaba a la segunda planta. La mujer sacó su arco y corrió arriba, con una flecha tensa y lista para disparar. El Constructor la siguió con la espada de piedra desenvainada.

—Vamos, asegurémonos de que es un lugar seguro —le dijo a Gameknight.

Este suspiró y desenvainó la espada de oro. Su reluciente hoja afilada teñía las paredes con un brillo azul iridiscente. Siguió de mala gana a los otros dos hasta el segundo piso. Allí no había nada, solo otra habitación iluminada por una antorcha; en ella dos camas junto a la esquina cubiertas con la típica manta roja y unas almohadas de un blanco pulcro y nítido. Todas las paredes estaban decoradas con ventanas de cristal que daban a una espectacular vista de la aldea. Debía de haber sido un lugar excelente y a la vez terrible desde donde observar los horrores que había sufrido aquel asentamiento.

—Esta era la casa de Blacky —dijo la mujer—, el herrero del pueblo. Hacía las mejores flechas y armaduras hasta que…

Subió poco a poco la mano con los dedos completamente estirados, entonces los cerró en un puño sobre su cabeza. Una lágrima rodó por su cara mientras apretaba la mano y mantuvo el ceño fruncido mientras el brazo le temblaba por el esfuerzo. Cuando volvió a levantar el rostro, Gameknight vio una mirada fría y dura en sus ojos. Era como si quisiera hacer pagar a todo el universo por lo que había sucedido en su aldea.

—Vamos, sentémonos y presentémonos —dijo el Constructor mientras señalaba las camas—. Aquí estaremos seguros esta noche.

El Constructor se sentó en una de las camas y animó a los otros para que se sentaran frente a él. Gameknight dejó su espada, se sentó frente al Constructor y dejó algo de espacio para que la mujer pudiera acomodarse a su lado. Se oían los sonidos de la noche desde fuera de los muros de la casa de Blacky. Los monstruos estarían saliendo del bosque cercano para merodear por la aldea. Se oían los lamentos de los zombis y el repiqueteo de los huesos de los esqueletos. Gameknight observó cómo la mujer se acercaba a la ventana y miraba a la noche como si deseara estar ahí fuera con los monstruos en lugar de escondida y a salvo en el edificio. Era extraño.

Ella se alejó de la ventana y se acercó hacia la antorcha. Su pelo le llamó la atención. Lo recordaba vagamente, aunque la batalla con el creeper y los zombis le había hecho olvidarlo. Ahora podía verlo con claridad: tenía el cabello de un rojo vibrante, largo y fuerte, con rizos firmes en cada mechón como muelles estirados. Sus oscuros ojos marrones se clavaron en él mientras los observaba a los dos. Aquella mirada estaba impregnada de una tristeza peculiar que contenía pena y odio al mismo tiempo.

Suspiró y guardó su arco en el inventario. Tan pronto como desapareció el arco, los brazos se le unieron frente al pecho y las manos quedaron cubiertas por las mangas. Dirigió una mirada precavida a Gameknight, se acercó a su lado y se sentó.

—Me llamo Cazadora y esta es mi aldea.

—Encantado de conocerte, Cazadora, aunque haya tenido que ser en estas circunstancias tan tristes —dijo el Constructor—. Ya conoces a Gameknight999. Es el Usuario-no-usuario, el que menciona la profecía.

Ella levantó el entrecejo con curiosidad para mirar a Gameknight y lo perforó con sus profundos ojos marrones.

—¿Quieres decir que es él quien nos salvará a todos? —preguntó al Constructor—. Entonces tenemos un serio problema. —Volvió la mirada hacia Gameknight—. Buen trabajo con el creeper —le dijo con sarcasmo.

Él frunció el ceño.

—Lo primero es lo primero —dijo el Constructor—. Gameknight, vamos a liberarle las manos.

—¿Cómo? —preguntó la Cazadora.

—Ahora lo verás —contestó el Constructor.

Gameknight sacó una mesa de trabajo de su inventario y la colocó en el suelo. Sacó también un pico y se quedó frente al bloque mirando a la nueva.

—Rápido, fabrica algo —dijo el Constructor.

—¿Qué? —preguntó ella.

—No importa —contestó Gameknight999—. Tú fabrica algo y ya verás.

La Cazadora gruñó y, después de quedarse quieta un instante, se dirigió a la mesa de trabajo. En cuanto estuvo frente al bloque marrón de rayas, sus manos volvieron a separarse cuando se empezaron a mover y construyeron una especie de herramienta de madera. Enseguida, Gameknight golpeó la mesa de trabajo con su pico y lo destrozó en pedazos con tres rápidos golpes. Entre la lluvia de astillas, la Cazadora se quedó mirando sus manos con asombro y los ojos de par en par de la emoción.

—Pero ¿cómo…?

—Te lo explicaremos enseguida —dijo el Constructor con una sonrisa irónica—. Primero, cuéntanos qué ha pasado aquí. ¿Qué atacó vuestra aldea?

—¿No te lo imaginas? Atacaron mi aldea, mataron a hombres, mujeres y niños mientras todos estaban amontonados en la cámara de construcción. —Su voz estaba repleta de rabia—. Ya visteis las marcas de las brasas fuera. Los blazes lanzaban una carga ígnea tras otra a la gente, a mis amigos, si no corrían lo suficiente.

Se detuvo para coger aire; al revivir el horror de aquellos recuerdos le temblaba todo el cuerpo. El gruñido de un zombi flotó por el aire, lo que le hizo mirar por la ventana con una mirada iracunda. Luego continuó:

—Al principio ni siquiera dijeron nada, solo disparaban. Entonces los creepers vinieron y comenzaron a echar abajo las paredes de las casas para acorralar a la gente en el centro de la ciudad, cerca de la torre. Utilizaron a la gente como... como...

Tuvo que dejar de hablar durante un instante, pero no porque estuviera al borde de las lágrimas: era más bien porque apenas podía contener la rabia. Gameknight le vio las manos apretadas en puños firmes, preparados para golpear a cualquier monstruo a su alcance. Él se acercó a la otra cama y se sentó junto al Constructor.

Continuó.

—Utilizaban a la gente como diana para practicar, les atacaban con cargas ígneas si no salían de sus casas. Incluso les vi hacer saltar por los aires a algunos niños. Los blazes y los ghasts disparaban sin motivo aparente. Los hombres-cerdo zombi rodeaban la aldea para que nadie pudiera escapar. Unos pocos lo intentaron, pero no llegaron muy lejos.

»Yo volvía de cazar cuando llegaron a la aldea. Un par de hombres-cerdo zombi me vieron salir del bosque y vinieron a por mí, pero no se dieron cuenta de que yo era cazadora. Volví al bosque y entonces los acribillé con mi arco. No murieron al instante, no iba a permitirlo. Los zombis me siguieron por el bosque con las flechas clavadas en el cuerpo. Aquellas criaturas putrefactas no tenían inteligencia suficiente como para volver al pueblo, donde estaban seguros. Así es como funcionan los monstruos, persiguen a su presa hasta el final, sea como sea. Pues bien, yo no iba a dejar que llegara ese final. Quería que los dos zombis sufrieran tanto como fuera posible.

Volvió a parar para tomar aliento. Unos rizos encarnados le cayeron sobre la cara y se los colocó detrás de una oreja con gesto molesto, como si lo hicieran a propósito. Volvió a mirarse las manos recién liberadas y continuó.

—Después de matarlos, fui hasta la linde del bosque, pero había demasiados monstruos en la aldea como para volver. Tejedora, mi hermana pequeña… Sabía que podía ayudarla, así que esperé hasta que se marcharon con su premio, un único superviviente. Yo estaba demasiado lejos como para saber quién era, pero estaba segura de que ya tenían lo que querían. Estoy prácticamente segura de que todos los demás están muertos.

—¿Por qué dices eso? —preguntó Gameknight.

Ella le dirigió una mirada rabiosa, como si su pregunta fuera la responsable de toda la tragedia.

—Porque se marcharon antes del amanecer —le espetó ella—. Si hubiera quedado alguien vivo, los monstruos se habrían quedado y le habrían dado caza.

—¿Qué hiciste cuando se marcharon? —preguntó el Constructor forzando la voz por la emoción.

—Estuve cazando en el bosque un tiempo, buscando algo que hacer, algún sitio al que ir, y entonces encontré una cueva. Estaba llena de zombis y arañas. Centré mi ira en ellos y les hice pagar por lo que sus primos habían hecho a mi aldea. No murieron rápido. No, ellos no se merecían una muerte rápida, así que jugué con ellos y los hice sufrir. —Giró la cabeza y miró al techo con la mente perdida en los recuerdos. Bajó la voz, casi hasta un susurro, y continuó con un tono algo triste—: Pensé que de alguna forma me haría sentir mejor hacer sufrir a esas criaturas, pero solo aumentó mi sed de venganza. —Volvió a dirigir la mirada al Constructor y a Gameknight, y continuó con la voz más alta e impregnada de veneno—: Decidí que me quedaría en aquella cueva alejada de todos los seres vivos, pero sabía que tenía que volver y ver qué le había sucedido a mi aldea y a mi familia.

—¿Y fue entonces cuando nos encontraste? —preguntó el Constructor.

—Así es.

—¿Y no viste a los monstruos llevarse a ningún aldeano? —preguntó el joven.

Sacudió la cabeza mientras los gruñidos se colaban en la casa y los repiqueteos de las arañas añadían percusión a la actuación vocal de los zombis. La Cazadora se giró y miró con detenimiento por la ventana antes de dirigirse de nuevo al Constructor.

—Cuando volví de cazar, los monstruos ya estaban aquí. Pero ¿por qué?

—En la última aldea en la que estuvimos capturaron prisioneros —dijo el Constructor.

—¿Y qué pinta él? —preguntó señalando a Gameknight—. ¿De verdad es el de la Profecía?

—¿Ves el nombre sobre su cabeza? —preguntó el Constructor.

Ella refunfuñó y asintió.

—Solo los usuarios llevan el nombre sobre la cabeza. Como sabes, todos los usuarios están conectados al servidor con el hilo de servidor que se eleva en el aire. Como puedes ver, él no tiene ningún hilo de servidor que lo conecte a la CPU.

Ella volvió a refunfuñar.

—Es el elegido —dijo el Constructor con confianza, incluso demasiada confianza para el gusto de Gameknight—. Salvó el último servidor, mi servidor. Estoy seguro de que salvará este también, ¿verdad, Gameknight?

Esta vez él mismo refunfuñó.

La Cazadora frunció el ceño, se quedó quieta un instante y entonces volvió junto a la ventana. Se podía oír el repiqueteo de los huesos de los esqueletos. De repente, se le materializó el arco en la mano izquierda y una flecha en la derecha. Gameknight no estaba seguro de que ella fuera consciente de haberlos sacado. El sonido de los monstruos la había atraído hasta la ventana y ahora parecía que lo único que quería era salir ahí fuera, a la noche, a matar. Se recuperó y entonces miró al Constructor y a Gameknight. Frunció el ceño y sus ojos se llenaron de una luz fría y muerta, como una criatura que no sintiera más emociones que el odio y el rencor. Gameknight se quedó quieto y se preparó para sacar la espada, sin saber muy bien cuál sería su próximo movimiento.

—¿Y ahora qué? —preguntó ella.

—Estamos reuniendo PNJ para luchar contra los monstruos —dijo Gameknight—. Vamos a detenerlos en este servidor para no permitirles llegar hasta la Fuente.

—La Fuente… —dijo ella con una voz onírica.

La Fuente era el lugar del que provenía todo el código de Minecraft, desde donde fluían las actualizaciones, la corrección de bugs y de procesamiento para mantener todos los mundos de Minecraft en funcionamiento. Si destruían la Fuente, destruirían todo Minecraft.

—¿Vais a detener a las criaturas como lo hicisteis con ese creeper? —preguntó ella con tono acusatorio.

—El creeper me sorprendió, ¡eso es todo! —le espetó Gameknight.

—Por supuesto que sí.

Él refunfuñó y se fue hasta el lado opuesto de la habitación para mirar por otra ventana. La aldea estaba iluminada por la pálida luz de la luna, una luz plateada que hacía que las cosas pareciesen etéreas y de ensueño, excepto por los monstruos, que parecían pesadillas. De vez en cuando se veía algún zombi o esqueleto caminando por las calles en busca de algo a lo que matar. Algunos creepers merodeaban por las afueras del poblado, pero no muchos. Era como si supieran que aquel lugar ya estaba desierto, y la mayoría ya se había marchado a otra parte.

—¿Por qué volviste, Cazadora, si pensabas que habían matado a todo el mundo? —preguntó el Constructor.

—Tenía que ver si mi familia había sobrevivido —dijo ella con una voz tranquila y abatida—. Mis padres habían estado trabajando en la cámara de construcción. Y mi hermana, Tejedora, había... había...

Se quedó en silencio con una expresión de dolor en el rostro.

—Estoy seguro de que está bien —dijo Gameknight. El Constructor asintió con su rubia cabeza.

—¿Y qué sabes tú? —dijo ella con brusquedad—. Podría estar muerta.

—O puede que no —contestó el Constructor—. Los monstruos vinieron aquí a por vuestro constructor, no a por tu hermana. No les importan los aldeanos, solo el constructor.

—¿Cómo lo sabes?

—Porque lo hemos visto en muchas otras aldeas —contestó Gameknight—. No estamos muy seguros de por qué lo hacen, pero el rey de los ghasts del inframundo, Malacoda, es el responsable de toda esta destrucción.

—Gameknight tiene razón —añadió el Constructor—. Malacoda está reuniendo a todos los constructores que puede para urdir un plan y también se está llevando a algunos prisioneros al inframundo.

—Malacoda —refunfuñó ella mientras miraba al suelo un momento. De nuevo miró al Constructor—. ¿De modo que Tejedora podría estar viva? ¿Podrían estar vivos todos?

Después de una pausa, el Constructor le puso una pequeña y reconfortante mano sobre el hombro.

—Sí, y te ayudaremos a encontrarlos si vienes con nosotros.

Durante un momento consideró la oferta, se giró y miró fuera, hacia el grupo de monstruos que poblaban la calle, mientras con los dedos acariciaba las plumas de una flecha casi con cariño. Entonces se dirigió al Constructor.

—¡De acuerdo! Iré con vosotros, pero por la mañana, ahora no.

—Perfecto —contestó el Constructor—. Nosotros también necesitamos descansar. Partiremos por la mañana, entonces.

—Yo vigilo durante el primer turno —dijo ella.

Se giró y bajó las escaleras. Gameknight oyó cómo los peldaños crujían bajo su peso y cómo la puerta delantera se abría y se cerraba de golpe. Se dirigió a la ventana y la vio moverse con la agilidad de un lince, de una sombra a otra, con la flecha tensada en el arco, preparada, esperando.

—Es una historia triste —dijo el Constructor mientras movía la cabeza.

—Es una chica extraña.

—El dolor puede cambiar a cualquiera. Pero vamos, descansemos un rato.

Gameknight se trasladó a la otra cama y se tumbó. Sentía el cuerpo agotado, y un momento después le sobrevino el sueño.

CAPÍTULO 9

SUEÑOS

La niebla de sus sueños inquietos se levantó despacio desde la mente de Gameknight. Tenía el brazo un poco entumecido, con un hormigueo que le recorría los nervios mientras poco a poco la sangre volvía hasta él. Se sentó y estiró la dolorida espalda, resentida por haber estado encorvado tanto tiempo. Tenía las mejillas calientes y adormiladas, como cuando se quedaba dormido en clase de historia. Se estiró y extendió los brazos, se acarició la mejilla y poco a poco volvió a sentir en aquel lado de la cara.

Estaba oscuro y hacía frío. Sentía como si estuviera en algún sitio bajo tierra y una sensación helada y húmeda le caló hasta los huesos. Sin pensar, estiró la mano derecha hacia delante, sin saber muy bien por qué. La mano golpeó contra algo duro con bordes afilados que le rasgaron las yemas de los dedos. Buscó el interruptor que había pulsado miles de veces y encendió el flexo de la mesa, inundando de luz la habitación. Miró el flexo y vio que estaba hecho con las partes antiguas del motor de un reactor, todas soldadas en un complicado patrón de espiral que parecía un tornado mecánico. Era una creación que su padre había bautizado como «flexo CFM56». No tenía ni idea de lo que significaba.

El flexo del escritorio. El flexo del escritorio de su padre. ¡Estaba de vuelta en casa!

Se las había arreglado para salir de Minecraft de alguna manera.

Gameknight se miró las manos y se vio los dedos. Redondos, no cuadrados. Extendió los brazos y vio la sutil curva que le llegaba hasta las muñecas y los antebrazos. Ya no era un personaje de bloques de Minecraft. ¡Era humano!

Miró por el sótano y vio la impresora 3D de regaliz y el abridor de botellas de kétchup y el trasto de las gafas de iPod y la ametralladora de nubes de gominola y el digitalizador, que le apuntaba directamente. Estaba de vuelta en su sótano. ¡Estaba en casa! Le llegó un sonido desde lo alto de la escalera. Era una canción bulliciosa de algún programa para niños. Su hermana.

Gameknight sonrió.

Había vuelto. Sonrió, pensó en su aventura en Minecraft y en los horrores y pesadillas hasta que tembló ligeramente. En su mente todavía estaban vivos los recuerdos de las garras de zombis alcanzándole y de los creepers silbando muy cerca. Y Erebus. Volvió a temblar, esta vez un poco más fuerte. Erebus, la pesadilla entre las pesadillas. Miró a su alrededor y vio extrañas sombras sobre las paredes de cemento. Eran sombras alargadas y dentadas, proyectadas por todos los artilugios que poblaban el lugar. Algunas de ellas parecían manos de monstruos que salían de la oscuridad para atrapar a algún pobre desafortunado. Miró a las sombras, a aquellas zonas donde la débil iluminación no llegaba, y sintió como si estuviera en Minecraft de nuevo, buscando zombis en las sombrías grietas y oscuras esquinas de alguna cueva subterránea.

—Esto es ridículo —dijo en voz alta para sí mismo.

Desterró los miedos que le acechaban y dirigió la

mirada al monitor de su ordenador. En la pantalla se veía una imagen de Minecraft, pero no se movía nada. Mostraba el lugar original donde había aparecido. Había una alta catarata que caía desde un saliente y que hacía saltar el agua hasta una caverna subterránea. Vio antorchas en torno a la entrada de su escondite y una torre de tierra sobre el saliente del terreno. Tenía antorchas en la parte más alta. En el centro de la imagen estaba su personaje, y su alias de Minecraft, Gameknight999, flotaba sobre el monigote acorazado en grandes letras blancas. Se estiró, colocó la mano con suavidad sobre el ratón y le dio un pequeño empujón.

De repente, un zumbido comenzó a sonar tras él, como el sonido de muchas avispas a lo lejos. El sonido aumentó durante el tiempo que le llevó darse la vuelta en la silla y ver qué era. El digitalizador desprendía un resplandor amarillo. Al principio era solo un brillo leve, pero poco a poco creció en intensidad mientras el zumbido cada vez sonaba con más fuerza. Se estaba encendiendo y preparándose para lanzar su ardiente rayo de luz y arrastrarle dentro de nuevo.

—¡No quiero volver! —le dijo con brusquedad al sótano vacío.

El zumbido sonaba cada vez más alto y el resplandor amarillo brillaba ahora como el sol.

—No... ¡NO!

Cuando un rayo blanco de luz salió disparado del extremo del digitalizador, se levantó corriendo de la silla y se alejó del escritorio por el polvoriento suelo de cemento. Se alejó a gatas de aquel zumbido, de la violenta esfera luminosa, y miró por encima del hombro. Esperaba ver el incandescente rayo de luz abriéndose paso hasta el escritorio, partiéndolo en dos como un potente láser o envolviéndolo en su abrazo luminoso y llevándolo de vuelta a Minecraft. En lugar de eso, el rayo había formado un brillante círculo que flotaba en el aire. Entonces, el centro del círculo cambió de color, virando del blanco refulgente hasta un amarillo brillante y, después, al azul oscuro. La sombra cambiaba de un tono a otro en cuestión de segundos. Poco a poco, el color se tornó de un tono lavanda fuerte y consistente, algo que le resultaba familiar, aunque no podía recordar por qué. Unas partículas de color morado oscuro comenzaron a decorar los bordes del círculo: salían disparadas desde la luz, bailoteaban un instante y después caían dentro de nuevo como si las arrastrara alguna corriente invisible.

Parecían… Parecían… ¡Oh, no!

Justo entonces, salió algo del círculo morado. Dos extremidades largas y rectas salieron de la superficie, cada una con cinco garras negras y afiladas. Tenían motas verdes, como si estuvieran hechas de algún material en descomposición. Un apestoso olor a podrido flotó por el aire y llenó el sótano, y a Gameknight le dio arcadas. Conocía aquel horrible hedor.

¡Otra vez no!

Las dos extremidades emergieron un poco más y vio que ambas estaban unidas a una forma de bloques de color azul claro en la mitad superior y azul oscuro en la mitad inferior. Los colores parecían desgastados y desteñidos, como ropas que se hubieran llevado durante todo un siglo. La cosa se movió hacia delante hasta que apareció una cara del círculo de luz violeta. Era un rostro de ojos negros, fríos e inertes que expresaban un odio sobrecogedor por todos los seres vivos.

No podía ser. Gameknight comenzó a llorar mientras gateaba hasta la esquina del sótano. Se arrastró hasta las tambaleantes patas de una mesa vieja que estaba cubierta con trastos inútiles y olvidados de los últimos veinte años. Trataba de alejarse del monstruo tanto como fuera posible.

Entonces oyó aquel sonido. El lamento afligido de una criatura que sufría por algo que jamás podría tener, aunque casi podía saborearlo. Era el sonido de un monstruo que anhelaba estar vivo, pero que sentía que la promesa de la vida estaba fuera de su alcance. Era la voz de una criatura que sentía odio y resentimiento por todos los seres vivos y que quería infligir tanto sufrimiento como pudiera a todos aquellos con los que se cruzase. Era un zombi, un zombi de Minecraft.

—¡La Puerta de la Luz! ¡Han encontrado la Puerta de la Luz!

Eso significaba que la Fuente debía de haber sido destruida. El Constructor, su amigo el Constructor...

Poco a poco, el zombi salió del círculo de luz morada, que Gameknight reconoció como un portal de Minecraft. Se movió hacia delante, estiró los brazos, golpeó la impresora 3D de regaliz y la tiró al suelo. Al caer, la estructura de contrachapado provocó un enorme estruendo. Cuando se alejó del portal, salió otro zombi seguido por una araña gigante. Las criaturas no tenían la habitual baja resolución y aspecto pixelado que tienen en el monitor del ordenador en el juego. Eran más bien terriblemente reales, con la alta resolución que Gameknight había conocido mientras estuvo atrapado en Minecraft. Sus figuras cuadriculadas estaban dotadas de rasgos realistas y terroríficos. La luz del flexo del escritorio resplandeció sobre las garras mortecinas y afiladas que decoraban las manos putrefactas del zombi, y aquello le hizo temblar del miedo. Las uñas sombrías y retorcidas de las patas de las arañas parecían brillar con luz propia mientras las puntas, como alfileres, sonaban contra el suelo de cemento con el correteo de los insectos por la habitación. Las curvadas mandíbulas arácnidas también reflejaban la luz del flexo, que hacía brillar con oscuros propósitos sus chasquidos hambrientos. Gameknight veía los delgados pelos oscuros que cubrían sus patas, que se movían en todas direcciones al mismo tiempo, y la rabia que expresaban sus múltiples ojos rojos.

Ya estaban aquí.

El hedor a carne podrida era más fuerte cuantos más zombis y arañas salían del portal. Los chasquidos de las arañas añadían una melodía percusiva a la sinfonía de lamentos que llenaba el aire, cuyo volumen aumentaba cuantas más criaturas se apiñaban en el sótano. Los monstruos se apretujaban unos contra otros, pero parecían temerosos de aquel entorno desconocido, pues intentaban evitar rozarse con los artilugios que poblaban aquel desorden. No obstante, cuando su número comenzó a aumentar empezaron a adelantarse hacia el caos del sótano, golpeando una vieja máquina de coser que había sido desmontada por partes, rompiendo una aspiradora que su padre había convertido en un poderoso pompero, volcando una vieja máquina de algodón de azúcar reconvertida para lanzar frisbees a alta velocidad... Todas las invenciones fueron destruidas por los monstruos según salían del portal y entraban en la habitación. Entonces, como si todos oyeran órdenes silenciosas, se giraron y arrastraron los pies hacia las escaleras.

Gameknight quería detenerlos, pero estaba sobrepasado por el terror. No tenía nada con lo que defenderse. Ni armadura, ni espada, nada. ¿Qué podía hacer? Solo era una persona, solo un niño.

Las escaleras crujieron cuando los zombis comenzaron a subir. Aún oía los dibujos de su hermana en la planta de arriba, un programa musical, seguramente de unas marionetas de colores o algo igual de insoportable.

—Mi hermana... ¡MI HERMANA!

Quería gritar y advertirla, pero no podía moverse.

«Corre —pensó—, corre»... pero estaba allí congelado. Solo podía quedarse parado entre la colección de cacharros inútiles y olvidados en el sótano, a los que ahora se sumaba él.

A su izquierda había un viejo y olvidado espejo de pared con una raja que lo recorría por el medio. El marco de metal estaba torcido y descolorido, con rasguños por todas partes. Se giró y vio su reflejo en la superficie plateada, observó su aterrado cuerpo escondido entre montones de trastos y cosas inútiles. No soportaba mirarse. La apariencia de cobardía y terror le enfermaba.

—Soy patético.

Justo entonces oyó un grito desde la planta superior, seguido del impacto de unos cuerpos contra la pared. Lo extraño era, sin embargo, que no sonaba como su hermana. Aquella voz tenía un sonido diferente, no era de niño ni tampoco de un padre asustado. No, aquella era la voz de un guerrero, y se percibía violencia y furia en el tono. No era como cuando sus padres le gritaban por alguna trastada, era alguien con ira contenida. La voz de una mujer sin miedo, con el sonido de la autoridad y la acción resonando en su interior.

Alguien estaba arriba luchando por su vida. No, por las vidas de todos ellos. Tenía que hacer algo. Debía ayudar, pero sentía las extremidades como si fueran parte del polvoriento suelo de cemento, pesadas e inútiles.

Salieron más zombis y arañas del portal, seguidos por criaturas del inframundo: blazes cuyos cuerpos llameantes iluminaban el sótano con un furioso resplandor amarillo, y hombres-cerdo zombis con relucientes espadas de oro. Después de ellos llegaron los creepers, con sus múltiples patas de puntos verdes moviéndose con rapidez mientras subían las escaleras. Puede que pudiera usar a alguno de los creepers para detonar el portal, pero la explosión lo mataría de la forma más violenta y dolorosa. El pánico fluyó por su mente con solo visualizar las imágenes de su cuerpo destrozado por la explosión; los recuerdos del tremendo dolor que había sentido en el último servidor eliminaban cualquier rastro de su valentía. No sería capaz de hacerlo.

¡Pum! ¡Zas! Otro cuerpo se estrelló contra la pared en el piso de arriba, seguido de un débil zumbido, como la pulsión de la cuerda de una guitarra.

Las criaturas que salían del portal no parecían preocuparse por el ruido que llegaba desde arriba, continuaban con su marcha desde la Puerta, a través del sótano, hasta la parte superior de las escaleras. Entonces apareció el mayor temor de Gameknight: los enderman. Aquellas altas criaturas larguiruchas, con la piel negra y largos brazos y piernas, salieron del portal con un furioso resplandor blanco en los ojos. Un frío amargo pareció llenar el sótano cuando las pesadillas negras entraron en la habitación. Las paredes y el suelo estaban cada vez más fríos. El espejo comenzó a recubrirse de una capa de hielo, y sus congelados dedos bloqueaban el reflejo de Gameknight.

Apartó la mirada del espejo y dirigió la vista hacia el portal. Por la Puerta llegaban más enderman, que tenían que agacharse para no golpearse la cabeza contra el techo. Esto le hizo sonreír ligeramente, pero su sonrisa se borró enseguida cuando uno de los monstruos se acercó. Sintió carámbanos de terror cuando la criatura se giró e inspeccionó el lugar.

«¿Me estará buscando?»

La terrorífica criatura examinó la habitación y entonces comenzó a brillar, al tiempo que unas partículas moradas bailoteaban a su alrededor. El oscuro monstruo desapareció y se teletransportó a algún lugar desconocido, seguramente para destruirlo. Justo cuando Gameknight pensaba que las cosas no podían ir a peor, se oyó una risa maníaca desde el otro lado del portal. Era una risa malvada que le recordó sus pesadillas pasadas y le heló la sangre. Dio un rápido vistazo al portal, comenzó a sentirse mal y casi vomitó. Erebus salió de él con su piel rojo oscuro, que se veía casi negra debido a la tenue luz del sótano. Todavía tenía aquel aspecto translúcido, no del todo sólido ni tampoco transparente. El rey de los enderman parecía estar allí solo de forma parcial, pero su rabia estaba completamente presente. Sus ojos lanzaban destellos rojos de maldad y odio. Miró a su alrededor, estudió la colección de trastos y frunció el ceño. Extendió los brazos con un gesto rapidísimo y destruyó todo lo que estaba cerca, pisoteó las cajas y lanzó los libros por los aires. La criatura acabó con todo lo que estaba a su alcance. Reía a carcajadas con una especie de alegría destructiva.

Un escalofrío le recorrió la espalda a Gameknight. Sintió mucho frío a la vez que el temor y el pánico le recorrían todo el cuerpo en oleadas.

Erebus estaba allí. En su casa.

Quería correr y atacar al monstruo pero, al mismo tiempo, sentía la necesidad imperiosa de retirarse y escapar. Alguien tenía que detener a la criatura, pero el terror dominaba su mente y su cuerpo. La valentía para él era solo un recuerdo. Se encogió y se apresuró hacia las sombras para alejarse del demonio tanto como fuera posible.

¡Zas! El espejo roto se cayó.

El rey de los enderman se detuvo y giró la cabeza para clavar sus ardientes ojos rojos en las sombras. Se movió despacio hacia delante, cogió una pequeña caja de herramientas y la lanzó lejos. Se estampó contra la pared, y los destornilladores y las llaves inglesas se esparcieron por toda la habitación.

Gameknight se adentró más en las sombras hasta

que finalmente se topó con una pared. Estaba atrapado.

Erebus se acercó, cogió una vieja silla y la lanzó a un lado como si no pesara nada. El polvoriento mueble se estampó contra una estantería. Ahora solo podía verle los pies al monstruo a través de aquella jungla de cacharros, y las largas y oscuras piernas a contraluz frente a la luz morada del portal. El enderman se acercó y dio una patada a un viejo cubo repleto de rollos de papel de envolver de alguna fiesta. Un rollo con un estampado rojo y verde de Papá Noel cayó al suelo y se extendió; el hombrecillo bonachón le sonreía desde el suelo. Erebus apartó una oxidada mesa metálica sobre la que se encontraban algunos de los inventos del padre de Gameknight999. Los equipos y los experimentos retumbaron en el suelo y se rompieron bajo las delgadas y oscuras piernas del monstruo.

—¿Quién se esconde entre las sombras? —gritó Erebus—. ¿Es un ratón?

Empujó una caja de libros como si no pesara nada; la caja se rompió y todo su contenido se esparció por el suelo. Uno de los libros cayó con la portada mirando hacia Gameknight. El título era La lágrima de cristal; lo había leído hacía mucho tiempo. El héroe, desde la portada, le miraba con un ojo de cada color y le alentaba a ser valiente.

—Puede que sea un amigo al que hace mucho que no veo —se rio Erebus—. Sal a saludar. No hay razón para tener miedo. No voy a hacerte daño... al menos no mucho.

El enderman levantó la mesa bajo la que se escondía Gameknight y la lanzó por la habitación.

—¡Pero si es mi amigo! Volvemos a encontrarnos, Usuario-no-usuario.

Erebus se agachó y agarró a Gameknight por la camisa, arrastrándolo junto a él. Entonces lo cogió por los pies y lo levantó en el aire con las Nike colgando. Gameknight temblaba sin control, un terror ardiente le recorría cada nervio del cuerpo.

—Tenías muchas cosas que decirme en el último servidor. Hablabas mucho cuando tenías un ejército de usuarios cubriéndote las espaldas —dijo Erebus. Le olía el aliento a carne podrida—. Parece que ahora ya no hablas tanto, ¿verdad?

Gameknight no dijo nada, solo miró más allá de los ardientes ojos rojos hacia el portal. Salían más monstruos. Había un flujo constante de criaturas que subían las escaleras, pero arriba ya no se oía nada. Suspiró, apartó los ojos del portal y miró a Erebus.

—¿Qué es lo que quieres? —preguntó Gameknight con la voz rota por el terror.

—Que mueras, qué más voy a querer —rio el monstruo—. Y después destruiré este mundo. Había planeado que fueras testigo de mi victoria, que vieras cómo mis tropas destruían a todos los seres vivos de tu diminuto mundo, pero he cambiado de opinión. —Se detuvo y miró a Gameknight con los ojos aún más brillantes—. Creo que te destruiré a ti primero. Y después destruiré tu mundo. ¿Qué te parece?

Soltó una carcajada aterradora que garantizaba la permanencia del miedo de Gameknight.

—Ahora, Usuario-no-usuario, prepárate para morir.

Erebus rodeó el cuello de su enemigo con sus húmedas y frías manos y comenzó a apretar. El pánico se apoderó de la mente de Gameknight. Iba a morir. Todo había acabado. Finalmente, Erebus iba a matarlo y él no podía hacer nada para evitarlo. Le ahogó la desesperación mientras luchaba por respirar, intentando aguantar todo lo posible. Entonces ocurrió algo extraño. Todo el sótano tembló. Erebus tropezó y abrió los ojos de par en par, aflojó un poco la fuerza y permitió que Gameknight pudiera respirar. Un trueno les golpeó los oídos como si un enorme tornado los hubiera arrastrado hasta su centro, pero el sonido no venía de fuera... Venía del portal.

Erebus volvió la mirada al portal cuando el suelo volvió a agitarse, esta vez con más violencia. El trueno cada vez sonaba más fuerte, hasta que el enderman tuvo que liberar a su presa para taparse los oídos con las manos.

Gameknight cayó al suelo entre jadeos. Le dolían los oídos.

El suelo volvió a temblar como si lo golpeara el martillo de un gigante y los lanzó a ambos por los aires. Las atronadoras reverberaciones agrietaron las paredes, y algunos fragmentos de cemento cayeron al suelo. Era como si el trueno gritara su nombre: GAMEKNIGHT... GAMEKNIGHT...

El Usuario-no-usuario miró al rey de los enderman e intentó huir. Erebus miró a su presa e intentó alcanzarle, pero un gran golpe asoló el sótano y destruyó los muros y el suelo hasta que solo quedó polvo. La colección de inventos olvidados se redujo a escombros en cuestión de segundos. Sonaron más truenos, y en todos se oía el nombre de Gameknight. Erebus seguía mirándolo, pero ahora flotaba en el aire al igual que el chico, porque el sótano se había transformado en una nube de escombros. El enderman extendió los negros brazos hacia Gameknight, intentando agarrarlo una vez más con sus malvadas manos. Entonces todo comenzó a emborronarse, lo que quedaba del sótano poco a poco se volvió transparente y borroso. Erebus también comenzó a desvanecerse, aunque sus brazos aún buscaban a Gameknight999. Incluso mientras desaparecía, sus ojos parecían arder con más y más intensidad hasta que la luz rojiza de las pupilas del enderman fue lo único que Gameknight vio, e iluminaba los recovecos más oscuros de su mente con un resplandor rojizo como la sangre.

—¡Has estropeado mis planes por última vez! —chilló Erebus mientras desaparecía—. La próxima vez que nos veamos será tu perdición.

Las palabras del enderman resonaron en la mente de Gameknight durante un instante y después, de repente, todo se sumió en la oscuridad.

Se levantó con la mente confundida. «¿Dónde estoy? ¿Dónde está Erebus? ¿Dónde...?»

—Gameknight, ¿estás bien? —preguntó una voz desde arriba.

Se dio cuenta de que estaba tumbado boca abajo en el suelo. Rodó, miró hacia arriba y vio al Constructor y a Cazadora inclinados sobre él, ambos con gesto preocupado.

—¿Dónde estoy? ¿Dónde está Er...?

Paró, no quería pronunciar el nombre de aquella terrible criatura.

—Estabas gritando en sueños, pedías ayuda —dijo el Constructor mientras se agachaba para ayudarle a levantarse.

Gameknight se puso de pie, avergonzado, y se sentó en el borde de la cama, con el cuerpo fatigado como si no hubiera dormido en absoluto. Se miró las manos y vio que tenían el aspecto pixelado habitual al que se había acostumbrado en Minecraft. No había escapado, solo había sido un sueño. Le invadió una ola de decepción. Su hogar le parecía ahora más lejano que nunca.

«Bueno, al menos Erebus también ha sido solo un sueño», pensó en silencio.

Justo entonces notó el dolor en el cuello. Se levantó y se dio cuenta de que tenía la piel irritada y dolorida, como si le hubieran arañado con algo duro... o hubieran intentado asfixiarle. El Constructor y Cazadora no le vieron acariciarse el cuello, y él rápidamente bajó las manos.

—¿Qué ha pasado? —preguntó.

—Estabas gritando —explicó el Constructor—. No he entendido lo que decías, pero sonaba como si estuvieras aterrorizado y algo te estuviera atacando.

El Constructor se acercó a Gameknight y le colocó su pequeña mano sobre el brazo.

—He intentado despertarte. Te he zarandeado una y otra vez, sin éxito. No he dejado de llamarte por tu nombre, incluso gritándote al oído, pero no ha servido de nada, así que he despertado a Cazadora para pedirle ayuda.

Dirigió la mirada de los brillantes ojos azules del Constructor a los marrones oscuro de Cazadora.

—Así que te he empujado con fuerza y te he tirado de la cama —dijo ella con orgullo—. Ya le he dicho a este —señalaba al Constructor— que cuando hay que hacer algo, hay que hacerlo a lo grande. Te he golpeado con todas mis fuerzas y has salido disparado de la cama. Entonces te has despertado.

Le dirigió una sonrisa de satisfacción, como si hubiera disfrutado tirándolo al suelo.

—¿Con qué soñabas, Gameknight? —preguntó el Constructor.

Pensó en el terrible sueño, en los monstruos que salían del portal, en los ruidos de la batalla en la planta de arriba y en Erebus asfixiándole. Tembló de miedo. ¿Era una premonición de lo que sucedería en el futuro o solo un sueño estúpido? Levantó el brazo e inconscientemente se acarició el dolorido cuello una vez más; volvió a bajar la mano deprisa cuando se dio cuenta de lo que acababa de hacer.

—Eh… la verdad es que no me acuerdo —mintió.

—Bueno —dijo Cazadora—, me dan igual tus sueños. Solo me preocupa encontrar a mi hermana. Además, ya es de día. Es hora de partir.

—Estoy de acuerdo —añadió el Constructor—. Ya es hora de que nos marchemos de esta aldea y de que vayamos a la siguiente para conseguir más respuestas y trazar un plan. Gameknight, ¿preparado?

Gameknight asintió, aunque su ser interno continuaba aterrorizado por el sueño y por Erebus. Suspiró, recogió todas sus pertenencias y siguió a sus dos compañeros fuera de la casa.

—Usaremos la red de vagonetas —dijo el Constructor por encima del hombro mientras se dirigía al túnel secreto que ya no era secreto.

Gameknight siguió al Constructor, todavía perdido en los recuerdos del sueño. ¿Había sido real? ¿Realmente habría llegado Erebus al mundo analógico? Su mente se pobló de pensamientos confusos y terroríficos mientras seguía a los otros dos hacia la cámara de construcción. El miedo invadía poco a poco su corazón.

CAPÍTULO 10

EL ROSTRO DEL TERROR

La vagoneta se detuvo poco a poco al entrar en la cámara de construcción de la siguiente aldea. De inmediato, oyeron los gritos y alaridos de los aldeanos aterrorizados. El Constructor y Cazadora saltaron de sus vagonetas y esperaron al Usuario-no-usuario. Inspeccionaron la sala en busca del peligro que asustaba tanto a aquella gente. Cazadora tenía el arco preparado y una flecha lista, y el Constructor empuñaba la espada y lucía una mirada desafiante. Saltando de su vagoneta, Gameknight desenvainó su espada a regañadientes y se colocó junto al Constructor. Tres aldeanos se adelantaron. Miraron nerviosos las armas de los recién llegados, pero cuando vieron la túnica negra con la franja gris del Constructor, parecieron relajarse. Viendo la agitación en sus ojos, el Constructor envainó la espada y se dirigió a los aldeanos asustados.

—¿Qué está pasando aquí?

Los tres PNJ empezaron a hablar como histéricos. Tenían los rostros contraídos por la preocupación y la incertidumbre y el terror inundaban sus miradas.

—¿Constructor? —preguntó de nuevo.

El muchacho levantó una mano para mandar callar al Usuario-no-usuario un instante mientras escuchaba a los tres aldeanos. Cuando al fin terminaron, el Constructor se giró hacia su amigo.

—La aldea está siendo atacada —dijo.

El miedo de Gameknight asomó sus terribles fauces mientras miraba en derredor, pero no vio ningún monstruo. Confundido, volvió a mirar a su amigo.

—¡Arriba! —dijo bruscamente Cazadora, apuntando al techo rocoso y poniendo los ojos en blanco.

—Pero es de día, ¿cómo van a…?

—Dicen que son las criaturas del inframundo. No deben de ser tan sensibles a la luz del día como las del mundo principal —explicó el Constructor—. Al parecer, pueden soportar la luz sin apenas inmutarse.

«Malacoda», pensó Gameknight.

—Uno de los aldeanos bajó para advertir a su constructor de que habían visto unos blazes acercándose a la aldea —explicó el Constructor—. Aún no han llegado, pero lo harán pronto. La destrucción de la aldea es inevitable. Tenemos que hacer algo. Necesitan al Usuario-no-usuario. Te necesitan a ti.

Gameknight miró al Constructor de nuevo. Miles de preguntas retumbaban en su cabeza y la duda lo inundaba.

«¿Qué puedo hacer yo? Estoy muerto de miedo.»

No quería enfrentarse a un montón de criaturas del inframundo. No era un héroe. De repente, se le ocurrió una idea… Huir. Podían huir todos a través de la red de vías subterráneas.

Gameknight999 se acercó a una de las mesas de trabajo que tenía más cerca, se subió de un salto y gritó para llamar la atención de todos. El Constructor se subió a la mesa de al lado. La presencia de un niño vestido como un constructor con una espada en la mano atrajo las miradas de todos. El pánico se disipó un momento mientras observaban al Constructor.

—¡Escuchadme todos! —gritó, levantando la espada en el aire—. La batalla final ha llegado. Las legiones del inframundo van a invadir vuestra aldea y tratar de destruir lo que más queréis. Pero tened esperanza. Tenemos un arma que no esperan. Tenemos con nosotros al Usuario-no-usuario. Escuchad lo que va a deciros y estad tranquilos.

Giró la cabeza para mirar a su amigo, y los aterrorizados aldeanos que llenaban la cámara giraron sus ojos pixelados hacia Gameknight. Veían las letras brillantes sobre su cabeza. Las miradas se elevaron un poco más en busca del hilo de servidor, del que no había rastro. De repente, sus temores se disiparon por un momento al darse cuenta de que tenían delante al Usuario-no-usuario.

Gameknight tragó saliva para empujar su propio miedo y habló a la multitud.

—Esto es lo que tenéis que hacer si queréis sobrevivir. La mitad de vosotros se pondrá a construir vagonetas… muchísimas vagonetas. La otra mitad hará espadas de hierro todo lo deprisa que podáis. Vosotros —señaló a un grupo de aldeanos ataviados con armaduras de hierro—, subid a la superficie y decidle a todo el mundo que baje aquí. Que abandonen sus hogares y bajen todo lo rápido que puedan. Tendrán que dejar atrás todas sus pertenencias. En este momento, la supervivencia depende de lo raudos que seáis. ¡Adelante!

Los aldeanos se quedaron mirándolo inmóviles, a todas luces confundidos. Pero entonces, un grito de guerra se elevó desde la entrada de la cámara, un grito que contenía tanta ira que sorprendió a todos los que llenaban la caverna. Era Cazadora. Sus ojos desprendían un odio incontenible y sostenía el arco en lo alto.

—Cuando los monstruos lleguen a vuestra aldea, matarán a todo el que se interponga en su camino, como hicieron en la mía —gritó a la multitud—. He visto cómo mataban a mis amigos, a mis vecinos, cómo arrasaban mi aldea por pura diversión. Esas bestias del inframundo lo destruirán todo hasta que no quede absolutamente nada. He perdido mi aldea... y a mi familia... porque no estábamos preparados. Si no queréis perderlo todo como yo, escuchad al Usuario-no-usuario y haced lo que os diga.

Acto seguido, dio media vuelta y salió de la cámara en dirección a los túneles que llevaban a la superficie, con el arco en una mano. Gameknight sabía lo que se disponía a hacer, y rogó en silencio por que no le pasara nada. Su grito de guerra aún resonaba en los túneles mientras subía a la superficie, con un tinte de rabia y de violencia.

Sus palabras pusieron en movimiento a los aldeanos. Los acorazados echaron a correr hacia la entrada de la caverna, y los encargados de la construcción empezaron a fabricar armas y vagonetas.

Alguien le dio a Gameknight una armadura de hierro. Se la puso rápidamente y sacó su pico. La caverna se llenó enseguida con el repiqueteo de la fabricación mientras cincuenta PNJ construían espadas y vagonetas. Moviéndose de una a otra, Gameknight rompía en pedazos las mesas de trabajo y les liberaba las manos. Todos los aldeanos se miraban las manos separadas, asombrados, levantaban la mirada hacia el Usuario-no-usuario y sonreían. Liberó las manos de los PNJ, uno tras otro. Los que ya las tenían separadas, se trasladaban a una mesa de trabajo libre y seguían fabricando espadas. Las armas afiladas hacían un ruido metálico al caer al suelo una vez terminadas. Algunos aldeanos, una vez que hubieron agotado los materiales de construcción, cogieron una espada y se colocaron junto a Gameknight con un gesto de determinación en sus rostros cuadriculados.

El Constructor ayudó a los demás a fabricar vagonetas, y empujó los nuevos vehículos por los raíles, de modo que aguardaran en fila junto a las entradas de los túneles, listos para acoger a los aldeanos que estaban en camino. Cuando las vagonetas estuvieron listas, Gameknight liberó las manos de los aldeanos que faltaban y les dio una espada a cada uno. Su propia espada de oro atraía miradas curiosas, pero ninguno protestó cuando les dijo que guardaran silencio y escucharan al Constructor.

—Tenemos que retrasar a los monstruos para que los aldeanos puedan escapar por los túneles —explicó el Constructor—. Pero primero, antes de nada, ¿dónde está el constructor de vuestra aldea?

Un PNJ anciano de cabello gris, vestido como el Constructor, dio un paso adelante. Su rostro estaba arrasado de arrugas de preocupación.

—Aquí estoy —dijo con voz áspera.

—Estupendo —dijo el Constructor—. Los monstruos vienen a por ti. Les dan igual los aldeanos, pero matarán a todo el que se interponga entre ellos y tú. Tenemos que arrebatarles su premio. Debes huir ahora mismo por la red de vías, antes de que sea demasiado tarde.

—¿Y dejar mi aldea? Nunca —protestó.

—¡Escucha al Constructor! —exclamó Gameknight.

El constructor de la aldea miró las letras que flotaban sobre la cabeza de Gameknight y después elevó la mirada al techo. Sabía que era un usuario, pero no había rastro del hilo de servidor que se elevaba hacia el cielo y lo conectaba a la Fuente.

—De verdad eres el Usuario-no-usuario… —dijo el constructor en voz muy baja.

Gameknight999 asintió, se adelantó y le puso una mano tranquilizadora en el hombro al viejo PNJ.

—Tienes que escuchar a mi amigo —le explicó—. Sé que tiene el aspecto de un niño, pero es un constructor, como tú. Hemos venido a este servidor desde otro plano, donde luchamos contra los monstruos que ahora tratan de destruir la Fuente. La batalla continúa aquí, en este servidor, y por alguna razón esos monstruos están viajando por todo Minecraft y capturando a los constructores. No podemos dejar que te atrapen. Tienes que escucharle.

El anciano PNJ lo miró, clavando sus ojos preocupados en los de Gameknight.

—No te preocupes, amigo —dijo Gameknight, tratando de convencerlo—. Cuidaremos tu aldea y haremos todo lo que esté en nuestra mano.

El PNJ asintió con la cabeza, y a continuación miró al Constructor y asintió de nuevo.

—Deprisa, tienes que irte ya —dijo el Constructor—. Sabemos que los monstruos vienen a por ti y no podemos dejar que te capturen. No sé para qué te quieren, pero tenemos que impedírselo. Tienes que huir, ahora.

—Pero si abandono mi aldea, estos PNJ se convertirán en Perdidos. Los obligaré a marcharse de la aldea en busca de una nueva. Muchos no sobrevivirán a ese viaje.

—El Usuario-no-usuario y yo no permitiremos que eso ocurra —explicó el Constructor—. Los aldeanos te seguirán en las vagonetas. No dejaremos que se conviertan en Perdidos. —Se puso de puntillas y le puso su pequeña mano de niño en el hombro—. Pero si se convirtieran en Perdidos, te prometo que los llevaré hasta mi aldea. Aceptaré a todos los Perdidos como parte de mi pueblo y los protegeré. No tienes de qué preocuparte, tu gente está en buenas manos.

La preocupación se borró del rostro del viejo constructor y asintió con la cabeza. El PNJ se acercó a una vagoneta y se quedó junto a ella, aún algo preocupado.

De repente, se oyeron unos ruidos provenientes de la entrada del túnel. Sonaba como una horda de criaturas —PNJ o monstruos— avanzando hacia ellos. Gameknight y el Constructor se giraron hacia las puertas de hierro abiertas.

—Situaos todos junto a las puertas, tenemos que ganar algo de tiempo para vuestro constructor —ordenó el Constructor a los que tenían espadas en las manos. Volvió adonde estaba el anciano PNJ—. Compañero, ahora tienes que irte.

Acto seguido, el Constructor se giró y comenzó a subir los escalones que llevaban a la entrada de la caverna. Gameknight se dio la vuelta y miró cómo su amigo guiaba a las tropas hasta las puertas de la gruta y desaparecía en los túneles. Era muy valiente. Gameknight deseó tener siquiera la mitad del valor que demostraba el Constructor. En aquel momento se sentía como un recipiente rebosante de miedo.

Observó de nuevo al constructor de la aldea y vio cómo subía despacio a la vagoneta. El anciano PNJ dirigió una última mirada a sus amados aldeanos, que se dirigían en masa a las escaleras para enfrentarse a los peligros que se aproximaban. Por último, miró a Gameknight.

—Cuidadlos bien —dijo el constructor con lágrimas en los ojos.

—No te preocupes, haremos todo lo que esté en nuestra mano. Te reunirás con ellos pronto, pero ahora tienes que marcharte o te atraparán, y no podemos dejar que eso ocurra.

El constructor asintió, deslizó la vagoneta por los raíles y desapareció en la oscuridad de un túnel. Malacoda había perdido su objetivo, pero aún quedaba otro constructor. *Su* Constructor.

Dirigiéndose hacia la entrada de la caverna, Gameknight subió los escalones con la esperanza de alcanzar al Constructor y conseguir escapar. Una vez arriba, esprintó a través de las puertas de hierro, abiertas de par en par, y entró en la gran estancia circular, idéntica a aquella otra en la que vio por primera vez al

Constructor. Estaba llena de PNJ armados, y las antorchas de la pared proyectaban sombras puntiagudas en el suelo de las espadas en alto. El Constructor y los PNJ de la aldea, transformados en soldados, estaban listos. Gameknight podía oler el miedo en la estancia; la primera batalla era siempre la más terrorífica. Pero sabía que los PNJ no estaban ni la mitad de asustados que él. Visualizó las garras afiladas de los zombis acechándole desde su imaginación, las bolas de fuego de los blazes en busca de su carne. Se estremeció.

Se acercó al Constructor y le susurró al oído:

—El constructor de la aldea está a salvo, pero tenemos que sacarte de aquí a ti también. Malacoda puede utilizarte para llevar a cabo su plan. Tenemos que huir antes de que sea demasiado tarde.

—No hasta que hayamos ayudado a escapar a los demás aldeanos —dijo el Constructor con la voz rebosante de coraje—. No sabemos lo que hará ese ghast cuando se dé cuenta de que el constructor ha desaparecido. Puede que mate a todos los que queden allí. Tenemos que ayudarles.

Gameknight se acercó más.

—Constructor, esta no es nuestra guerra —susurró.

—¿Qué dices? —le espetó el joven dando un paso atrás—. Todas las batallas son nuestra guerra. El mundo entero es nuestra guerra. Estamos aquí para detener a esos monstruos y salvar Minecraft, y todo lo que sirva para echar por tierra los planes de Malacoda *es* nuestra guerra. Así que empuña tu espada y prepárate.

La regañina del Constructor lo avergonzó, así que le hizo caso y desenvainó la espada. Gameknight estaba aterrorizado ante la idea de enfrentarse a los monstruos del inframundo, pero le preocupaba aún más fallarle a su amigo. En pie junto a los defensores de la aldea, esperó.

«Odio estar tan asustado —pensó—. ¡Lo odio! ¿Por

qué no puedo mostrar arrojo y valentía como el Constructor?»

La vergüenza provocada por su cobardía lo consumía por dentro, y el miedo envolvía su corazón como una víbora hambrienta lista para morder.

«¡Vamos, Gameknight, tú puedes!», se gritó. Sus pensamientos le sonaban ridículos. La frustración se apoderó de él.

Estaba muy asustado.

«Venga, arrojo y valentía —pensó. Y luego imploró—: ¡Arrojo y valentía!»

—¡¡¡Arrojo y valentía!!!

«Ay, ¿he dicho eso en alto?»

Los PNJ estallaron en vítores y las manos cuadradas palmearon hombros y espaldas a medida que un sentimiento de coraje y valentía se extendía por todos los rostros.

—¡Eso es! —gritó el Constructor—. Arrojo y valentía, como dice el Usuario-no-usuario. ¡Nos enfrentaremos a esas bestias y salvaremos la aldea!

Algo o alguien se acercaba.

Oyeron unos cuantos pies arrastrándose, parecían solo unos pocos, pero luego el ruido se hizo más fuerte. El arrastrar de muchos pares de pies resonaba por el túnel.

Muchos *algos* se acercaban.

Gameknight empuñó su espada con fuerza y miró alrededor. Vio las puertas de hierro que conectaban con la cámara de construcción, que estaban abiertas. Tuvo que hacer acopio de todas sus fuerzas para mantener los pies inmóviles y no salir huyendo por aquellas puertas.

«¡Odio tener miedo!»

Agarró su espada aún más fuerte y volvió a concentrar su atención en el túnel y en la masa de cuerpos que se avecinaba. Ya podía distinguir las formas —muchas— en el túnel a medida que las criaturas se acercaban a la estancia.

«¿Qué tipo de monstruos serán? ¿Zombis, creepers, arañas?»

Justo entonces, una multitud de aldeanos entró como una avalancha en la sala, con los entrecejos fruncidos de preocupación. Un suspiro de alivio se extendió por toda la estancia. No eran los monstruos... al menos no todavía.

—Deprisa, seguid por aquí hasta la caverna —los dirigió el Constructor—. Montaos en las vagonetas y huid por los túneles. Hay suficientes para todos... Vamos, deprisa.

Los aldeanos miraron con asombro al muchacho que les hablaba, pero sus palabras sonaban a orden. El Constructor se adelantó para que pudieran ver su atuendo. Enseguida se dieron cuenta de que era constructor e hicieron lo que decía. El flujo de aldeanos era casi constante, los padres guiaban a sus hijos y los vecinos ayudaban a los ancianos y a los enfermos. Todos corrían hacia la salvación subterránea: la red minera de vías.

Justo entonces, percibieron un olor a humo proveniente de la entrada del túnel. Al principio era muy leve, como si alguien hubiese encendido una cerilla cerca, pero se fue acentuando más y más. Pronto, el túnel se llenó de humo y el olor acre hizo que a Gameknight le picara la garganta con cada bocanada de aire.

Los monstruos... se acercaban.

Los últimos aldeanos salieron del túnel cubiertos de cenizas y hollín, algunos con la ropa medio quemada.

—Ya vienen —dijo uno con voz aterrorizada—. Son blazes, y son muchísimos.

—Y ghasts, y zombis y slimes magmáticos —añadió otro—. Hay cientos... o miles, aunque hay una mujer reteniéndolos con el arco.

—¿Qué mujer? —preguntó el Constructor—. ¿Quién es?

—No lo sé —dijo la última aldeana en entrar mientras se dirigía hacia la escalera de acceso al piso inferior de la caverna—. Nunca antes había visto a esa aldeana pelirroja, pero está impidiendo que los monstruos accedan a la torre con su arco. Cuando se quede sin flechas... estará perdida.

—¿Has oído eso? —preguntó el Constructor a Gameknight—. Tenemos que ayudarla. Vamos, todo el mundo, la batalla se libra ahí arriba.

Acto seguido, el Constructor avanzó a través de la humareda que llenaba el túnel hasta la escalerilla que subía a la superficie. El resto de soldados aldeanos siguieron a su joven líder mientras que Gameknight se quedó inmóvil, presa del miedo.

No era un héroe. Solo era un niño al que le gustaba jugar a Minecraft, pero no podía dejar que su amigo, su único amigo en aquel servidor, el Constructor, se enfrentara solo a aquel peligro. Tenía que ayudarle a pesar del miedo que envolvía su cabeza y pese a que el coraje que había mostrado en el anterior servidor no fuera ya más que un recuerdo lejano. Se acercó al pasadizo y acertó a distinguir un eco del choque de espadas. El Constructor...

Esprintó todo lo deprisa que pudo a través del túnel, a través de las nubes de humo que lo inundaban todo, con la espada dorada en alto. Delante de él, vislumbró destellos de hierro y oro: sus soldados estaban luchando con los hombres-cerdo zombis. Se abrió paso entre la multitud y atacó a un zombi cuya carne putrefacta colgaba del cuerpo en tiras, y con partes del cráneo y costillas al descubierto por la ausencia de piel. Era un blanco perfecto para su afilada espada. Había hecho aquello muchas veces, en ocasiones a monstruos y en otras a jugadores. Su historial como matón cibernético no era algo de lo que se sintiera orgulloso, pero la experiencia le resultaba útil ahora que tenía que esquivar los ataques de los zombis y atravesarlos con la espada. Gameknight999 era una máquina de matar, actuaba sin pensar, con la mente perdida en el fragor de la batalla. Con la eficiencia que da la práctica, atravesaba la horda enemiga ensartando su espada bajo las corazas y bloqueando ataques letales, desplazándose con destreza por la línea de batalla.

Monstruo tras monstruo, Gameknight luchó con toda la caterva de cuerpos en un intento de llegar hasta su amigo. Divisó a lo lejos al muchacho, que atacaba a los monstruos a las piernas con su espada de hierro, agachándose después de cada golpe aprovechando su corta estatura. Gameknight999 derribó a un monstruo y propinó un espadazo a otro. Su cuerpo putrefacto desapareció con un «pop» al consumirse sus PS. Giró sobre sí mismo para esquivar una espada dorada y golpeó al zombi a la vez que acuchillaba a una araña, matándolos a ambos. El Usuario-no-usuario asestaba un golpe tras otro, luchando por puro instinto mientras se abría paso por el túnel. Al fin alcanzó a su amigo.

El Constructor se estaba enfrentando un hombrecerdo zombi ataviado con una armadura dorada que parecía mantequilla derretida sobre el monstruo. A la velocidad del rayo, Gameknight asestó varios golpes en los puntos débiles de la armadura: debajo de los brazos, junto al cuello, en la cintura… Atacaba las zonas donde se unían las distintas partes de la coraza, y maniobraba con la espada para que la hoja se introdujera en las juntas y atravesar así la carne. Destrozó a la criatura en cuestión de minutos, ganando tiempo para hablar con su amigo.

—Constructor, tenemos que sacarte de aquí.

—No hasta que salvemos a Cazadora —objetó el Constructor.

—Pero Malacoda quiere atraparte, como a los demás constructores. Ahora mismo su objetivo eres tú, no estos PNJ. Vamos, tenemos que largarnos de aquí.

Justo entonces apareció Cazadora cubierta de hollín.

Parte de su vestimenta estaba chamuscada y los bordes de la túnica aún desprendían un poco de humo. Su rostro parecía hecho de piedra, en su expresión se mezclaban la determinación adusta y un odio inconmensurable que llevaba grabados a fuego en la piel.

—¡Menos mal que estáis aquí! —dijo a toda velocidad—. ¿Tenéis flechas? Me estoy quedando sin munición.

Les dirigió una sonrisa con los ojos llenos de emoción y ganas de pelea.

—¿Se puede saber qué haces? ¡Tenemos que salir de aquí! —gritó Gameknight por encima del fragor de la batalla.

En aquel preciso instante, un hombre-cerdo zombi los embistió. Cazadora desvió la espada dorada con su arco a la vez que Gameknight le asestaba tres golpes rápidos y certeros en el costado a la criatura. El monstruo se evaporó, dejando tras de sí varios orbes de experiencia que absorbió Gameknight.

—Bien —dijo Cazadora con una sonrisilla extravagante. Después se giró y lanzó otra flecha hacia el túnel oscuro, alcanzando a un monstruo a distancia.

De repente, una bola de fuego salió de la oscuridad y pasó sobre sus cabezas.

—Blazes, o algo peor —aventuró Gameknight, cuya voz dejaba traslucir la inquietud—. Tenemos que irnos.

—Creo que tienes razón —repuso Cazadora.

—¡Todo el mundo atrás, volved a la red de vías! —gritó el Constructor; su voz aguda atravesó el clamor de la batalla.

Los aldeanos iniciaron la retirada hacia la sala de construcción. Los hombres-cerdo zombis se mostraron algo confundidos al principio, pero enseguida echaron a correr tras sus presas. Gameknight y el Constructor los atacaban desde la retaguardia, golpeándolos en brazos y piernas para matarlos rápido. Las flechas de Cazadora, que buscaba blancos sin descanso, pasaban rozándole la cabeza a Gameknight y mataban a los monstruos del pasadizo. En pocos minutos hubieron matado a todos los zombis del túnel y pudieron seguir a los aldeanos hasta las vagonetas. Esprintaron hasta la cámara de construcción y bajaron los escalones que llevaban a la base de la caverna. Cuando llegaron allí, la sala empezó a llenarse de bolas de fuego. Impactaban una tras otra en los aldeanos, que salían ardiendo y perdían PS a toda velocidad... hasta que morían. Más bolas de fuego se colaron en la cámara y un ejército de blazes irrumpió por las idénticas puertas de hierro que daban paso a la sala. Las criaturas estaban hechas de fuego y humo, con varillas giratorias amarillas en el centro y una cabeza también amarilla que flotaba sobre el cuerpo de fuego. Sus inertes ojos negros miraban hacia abajo, a los aldeanos supervivientes, con un odio tremendo. Los blazes lanzaban proyectiles en llamas a los PNJ, cargas ígneas que se estrellaban contra ellos y consumían sus PS en cuestión de minutos. Apuntaban con cuidado para no darle al Constructor, de lo cual se beneficiaron Gameknight y Cazadora por encontrarse a su lado.

—¡Deprisa, subid a las vagonetas! —gritó el Constructor—. ¡Los últimos que rompan las vías tras de sí! ¡Vamos!

Los aldeanos que aún quedaban con vida se dirigieron a las vagonetas, y Gameknight y sus compañeros hicieron lo propio. De repente, oyeron un ruido proveniente de la entrada de la caverna. Era un sonido horrible, como el maullido de un gato herido y quejumbroso. Provenía de una criatura rebosante de una desesperación inenarrable mezclada con la sed de venganza contra todo ser vivo y feliz. Pocos habían oído aquel sonido y habían vivido para contarlo, pues provenía de la más terrible de las criaturas del inframundo: un ghast.

Gameknight se dio la vuelta y vio una gran criatura blanca que flotaba lentamente hacia ellos desde la entrada de la caverna. Del cubo blanco y grande colgaban nueve largos tentáculos, que se retorcían deseosos de atrapar a su siguiente víctima. Aquel no era un monstruo cualquiera. Era la criatura de mayor tamaño que Gameknight había visto en Minecraft, mucho más grande que los ghasts comunes. No... Aquello era distinto... y era horrible. Aquel horrendo ghast era el rey del inframundo y respondía al nombre de Malacoda.

Gameknight estaba petrificado de miedo. Era la criatura más terrorífica que había visto jamás, a su lado Erebus parecía un juego de niños. El monstruo era la encarnación misma de la desesperanza y la desesperación unidas por oxidados hilos de rabia y odio. Era el rostro mismo de las pesadillas, la cara del terror.

Los gemidos de Malacoda instauraron un silencio fantasmal en la sala. Los aldeanos se giraron hacia el sonido y se quedaron boquiabiertos de asombro. No habían visto nada tan terrorífico en sus vidas, y enseguida cundió el pánico. Los PNJ chocaban entre ellos al intentar subirse en las vagonetas, casi trepando unos por encima de otros en su intento de escapar.

El rey del inframundo atacó a uno de los aldeanos. Disparó una bola de fuego gigante hacia la desventurada víctima y sepultó al condenado en una tormenta de fuego que, afortunadamente, consumió sus PS en cuestión de segundos.

Malacoda se echó a reír.

—¡Ja, ja, ja, ja! —tronó—. Ha sido rápido.

Escudriñó la cámara en busca de su siguiente víctima y lanzó bolas de fuego a un PNJ, y luego a otro, y a otro más, así hasta que su ígnea mirada roja se posó en el Constructor, Gameknight y Cazadora, momento en el que detuvo su ataque. Los aldeanos que quedaban con vida aprovecharon, saltaron dentro de las vagonetas y huyeron, dejando a los tres camaradas frente a frente con el rey del inframundo.

—Pero ¿qué tenemos aquí? —Sus ojos rojos y brillantes examinaron al Constructor meticulosamente—. Un niño que es mucho más que un niño… Interesante. —Su voz maligna inundaba la cámara. Apuntó al Constructor con uno de sus tentáculos de serpentina—. Te he estado buscando.

—¡No conseguirás llevarte a ningún constructor de esta aldea, demonio! —le gritó el Constructor al monstruo.

—¿Ah, no? —contestó Malacoda.

Agitó sus tentáculos hacia un grupo de blazes. Las criaturas ígneas flotaron lentamente hacia el trío. Sus cuerpos refulgentes lanzaban chispas y ceniza.

—Deprisa, a las vagonetas —ordenó el Constructor—. Yo iré el último. No se arriesgarán a alcanzarme con sus bolas de fuego.

Con tres pasos rápidos, Cazadora saltó en una vagoneta y salió como una bala hacia el túnel. Luego, Gameknight y el Constructor se subieron a la última, pero Malacoda lanzó una enorme bola de fuego hacia el túnel en un intento de cortarles el paso. La vagoneta corrió por las vías justo delante de la carga ígnea, mientras la parte trasera del túnel era consumida por las llamas. El túnel se derrumbó justo detrás de su vagoneta y quedó sellado.

Habían escapado, pero por los pelos.

Mientras discurrían a toda velocidad por las vías, Gameknight aún oía los ensordecedores gritos de frustración de Malacoda, el rey ghast, que vociferaba con todas sus fuerzas.

—¡Os atraparé…!

CAPÍTULO 11

LA CONFESIÓN DE LAS PESADILLAS

El Constructor y Gameknight se agacharon el uno junto al otro en la vagoneta y recorrieron el túnel a toda velocidad. El calor de las cargas ígneas de Malacoda aún inundaba el pasadizo y hacía que les cayesen gotas de sudor por la frente y les picasen los ojos. Una neblina ligera reinaba en el aire, pero se iba disipando de forma gradual a medida que avanzaban.

—Ha estado cerca —dijo el Constructor, apoyando una mano en el hombro de su amigo—. Malacoda parecía enfadado por nuestra huida.

—¿Enfadado? —dijo Gameknight—. Estaba loco de ira, una ira letal directamente contra nosotros. Y muy probablemente siga igual. No sé si tendremos tanta suerte la próxima vez.

—Quizá sí.

Gameknight apartó la mirada y la fijó en los raíles. El túnel partía en línea recta de la cámara de construcción, pero ahora ascendía ligeramente. El traqueteo de las ruedas en las traviesas tenía un efecto hipnótico sobre él, el chucuchú chucuchú chucuchú alejaba el horripilante recuerdo de Malacoda de su cabeza.

De repente, la vagoneta llegó a pendiente muy pronunciada. Giró a la izquierda y luego a la derecha, y después a la izquierda de nuevo, abriéndose camino por las entrañas de Minecraft. Gameknight sabía que las vías rodeaban las zonas de la red férrea que habían dejado de funcionar correctamente, zonas que eran ya visibles para los usuarios. Cuando aquello ocurría, los PNJ convertían aquellas secciones de las vías en una mina abandonada y dejaban allí cofres con objetos, como una espada, comida o herramientas. Eso era lo que hacían los PNJ: mantenían en funcionamiento el mecanismo de Minecraft. Deseó que fuesen en línea recta, porque los giros bruscos estaban afectándole al estómago y el traqueteo no le estaba sentando nada bien. Pero justo cuando iba a quejarse, las vías emprendieron una línea recta de nuevo. Suspiró y se relajó un poco.

De pronto, la pared de roca del túnel se abrió después de una curva en una enorme grieta por la que se veía el cielo. La parte inferior de la grieta empezaba mucho más abajo del nivel de los raíles. Gameknight miró hacia arriba y observó las nubes cuadradas flotando por el estrecho trozo de cielo que se veía por la grieta. Debajo de ellos vio un río estrecho que fluía sin prisa, con algunas corrientes de lava que se añadían al torrente de agua. La mezcla de agua y roca fundida formaba bloques de obsidiana del color de la medianoche, cuyas motas moradas lanzaban destellos desde la distancia. Las sombras cubrían el valle; las paredes escarpadas y el paso estrecho protegían el barranco de la luz del sol a todas horas excepto al mediodía. Dichas sombras permitían que los monstruos de la noche, las criaturas del mundo principal, vagaran por la zona sin ser pasto de las llamas. Vio a zombis y esqueletos apiñados junto a los muros verticales, con miedo a estar al aire libre, tan cerca del sol que haría su aparición a mediodía.

La escena le recordó al sueño que había tenido días atrás, aquel en el que Erebus había aparecido por primera vez… el inicio de aquella pesadilla constante. Se puso a temblar y se le heló el gesto al volver a revivir aquel sueño terrorífico en su cabeza; no podía cerrar los ojos ni la boca por culpa del miedo. Los ojos de Gameknight saltaban de un lado a otro esperando ver brazos verdes y putrefactos extendiéndose hacia él desde las sombras. Escudriñaba ambos lados del túnel a la vez que intentaba no mover ni un solo músculo para que los monstruos de su cabeza no advirtieran su presencia.

Una mano en su hombro lo arrancó del trance, a la vez que una voz le entraba por los oídos.

—Gameknight... ¿estás bien? —dijo el Constructor—. ¿Qué ocurre?

—Eh... pues... Nada, no es nada.

—Creo que es hora de que empieces a decirme la verdad —le pidió el Constructor con el entrecejo fruncido por la preocupación.

—Bueno... He tenido unos sueños... —confesó Gameknight. Se sentía un poco ridículo hablando de meras pesadillas.

—¿Sueños? Los PNJ no soñamos cuando dormimos; simplemente dormimos. Supongo que el código con el que funcionamos en Minecraft se detiene y los recursos de la CPU se usan para otra cosa. Solo conozco un PNJ que haya tenido un sueño: mi tío tatarabuelo Carpintero. Decía que era sonámbulo, aunque nunca entendí qué significaba aquello. —Hizo una pausa. Tenía una expresión emocionada en la cara, como un niño pequeño—. ¿Cómo es... cómo es soñar?

Gameknight suspiró. A pesar de la emoción en el rostro del Constructor, sabía que tenía que contarle la verdad.

—En realidad no son exactamente sueños.

—¿Exactamente? ¿Qué quieres decir?

De repente, un rayo de luz entró en el túnel. Los

muros desaparecieron de nuevo para revelar otra caverna con una abertura en la parte superior. Vieron más monstruos deambulando por debajo, ocultos en las sombras que los protegían del sol. Le vinieron a la mente imágenes de Erebus.

Volvió a estremecerse.

—No son sueños. Son pesadillas. Estoy teniendo pesadillas con Erebus. —La voz se le rompió de la emoción. Tragó saliva y continuó—: La primera pesadilla la tuve hace unos días. El escenario era parecido a este túnel. Estaba en una vagoneta, avanzando por las vías, llegué a una caverna como las que acabamos de pasar... y la vagoneta se detuvo.

Dejó de hablar un momento, en espera de que la vagoneta hiciera lo que narraba el sueño y se parase. En lugar de eso, continuó descendiendo por las vías; el túnel se estrechó de nuevo y dejaron la caverna atrás.

Con un suspiro de alivio, continuó:

—En el sueño estaba rodeado de una niebla extraña. Había monstruos a mi alrededor; no podía distinguirlos bien, pero sabía que estaban allí. Extendían sus brazos hacia mí, con sus garras afiladas y sus colmillos puntiagudos. Salían zombis y arañas de todos los rincones. No podía siquiera defenderme... estaba demasiado asustado. Me quedé inmóvil y dejé que los monstruos me atacaran. El dolor era terrible, como si todos los nervios de mi cuerpo estuvieran ardiendo. Grité pidiendo ayuda, pero no había nadie más... solo yo y todos aquellos monstruos. —Se estremeció al reproducir las imágenes en su memoria, pero continuó—: Hasta que, de repente, dejaron de atacarme.

Gameknight hizo una pausa para respirar. El corazón le latía con fuerza en el pecho y tenía la mente perdida en aquellos recuerdos tan dolorosos. Miró de reojo al Constructor. El viejo PNJ no se movía, todo su ser estaba paralizado por lo que le estaba contando su amigo, así que prosiguió con su relato.

—Los monstruos retrocedieron y creí que la pesadilla había acabado, pero entonces oí una risa, una carcajada escalofriante que me inundó de oleadas de pánico. Conocía aquella risa maquiavélica.

»Era Erebus —dijo Gameknight en voz baja, con los ojos clavados en las sombras que envolvían la vagoneta—. Ha vuelto.

—Pero ¿cómo es posible? Dijiste que murió en la explosión en el último servidor.

—Ya lo sé, pero ha debido de cruzar… Habrá conseguido suficientes PE para aparecer en este plano de servidor, igual que hicimos nosotros. No parece completamente sólido, es más bien insustancial y transparente, como si no estuviera físicamente presente, pero sigue dando un miedo de muerte.

—Entonces, ¿crees que está aquí?

—No estoy seguro. No sé qué significan estos sueños ni si son de verdad, pero lo que sí sé es… que Erebus toma más cuerpo en cada pesadilla. Está empezando a ser sólido, y eso me asusta mucho.

Gameknight se rascó el cuello. Todavía tenía la piel arañada y en carne viva.

—¿Esto es lo que estabas soñando anoche cuando Cazadora y yo te tiramos de la cama?

Gameknight suspiró. Miró a las vías durante un rato largo y vio otra vagoneta a lo lejos; una melena roja y enredada flotaba al viento. Era Cazadora. Deseó tener su fuerza, su valentía.

Asintió con la cabeza y continuó:

—El último sueño ha sido el más real de todos. Soñé que estaba de vuelta en casa, en el mundo analógico. Bueno, yo creía que era mi casa y que todo esto había sido un sueño, pero entonces en el sótano se abrió un portal, justo al lado de mi escritorio. Los monstruos empezaron a salir por él: zombis, arañas, creepers… en mi sótano. Subieron las escaleras de mi casa. Escuché forcejeos, pero no sé qué ocurría.

Bajó la voz, avergonzado.

—Estaba demasiado asustado para subir a ver. Puede que estuvieran atacando a mis padres o… o a mi hermana. —Una lágrima cuadrada le rodó mejilla abajo—. Estaba demasiado asustado para salir del sótano. Me escondí debajo de una mesa y me oculté en las sombras. No podía hacer más. No tenía armas, ni armadura, nada… ¿Qué iba a hacer?

Hizo una pausa, en espera de recibir alguna respuesta, pero el Constructor siguió en silencio, escuchando, con una expresión de absoluta empatía. La vagoneta tomó una curva de forma brusca, inclinándose hacia la izquierda, y se enderezó de nuevo. La sacudida devolvió a Gameknight a la historia.

—Y cuando pensé que nada podía ir peor, Erebus salió del portal. Era como si supiera que yo estaba allí. Apartó los muebles bajo los que me ocultaba, me agarró por la camiseta y me levantó por los aires como a un muñeco. Después comenzó a estrangularme.

»Sentía que me estaba muriendo. No podía respirar, y el pánico se apoderó de mí. Estaba tan aterrorizado que no podía siquiera pensar. Estaba allí colgado, atrapado por el monstruo, mientras la vida se me escapaba… y entonces me despertasteis. Me salvasteis. —Hizo otra pausa, intentando ahuyentar los terribles recuerdos de su mente—. Pero hay algo más de lo que me di cuenta en el sueño. Algo importante.

—¿Qué? —preguntó el Constructor con delicadeza.

—Erebus tenía un aspecto más sólido que en el primer sueño… más presente. Creo que ya casi está aquí.

Se llevó la mano al cuello para rascarse de nuevo en la

marca que Erebus le había dejado al tratar de estrangularlo. En realidad no creía que el sueño le hubiese hecho aquella marca —o quizá no quería creerlo—, pero por alguna razón se guardó aquel dato para sí.

—Constructor, tengo miedo todo el tiempo. Cuando bajamos a la primera cámara de construcción estaba aterrorizado. Y cuando quisiste ir en busca de supervivientes en la aldea de Cazadora, casi no te sigo del miedo que tenía. Estoy al borde del pánico a cada segundo que pasa... No soy un héroe. No puedo hacer esto, no puedo enfrentarme a Malacoda y a sus monstruos del inframundo. Y ahora además todo indica que tendremos que volver a luchar contra Erebus. —Suspiró y se enjugó una lágrima de la mejilla—. No puedo librar más batallas épicas, ni derrotar a esos monstruos tan poderosos, ni vencer a estas criaturas. No soy un héroe, solo soy un niño cobarde y asustado.

Tras decir aquello, guardó silencio.

El Constructor lo miró durante un buen rato, con una expresión tranquila y comprensiva y el entrecejo fruncido en un gesto amable. Le puso a Gameknight una mano pixelada en el hombro. Justo cuando parecía a punto de decir algo, la vagoneta hizo otro de sus giros bruscos. Zigzagueó a la derecha, luego a la izquierda y por último enfiló una cuesta abajo durante veinte bloques antes de enderezarse de nuevo.

—Entiendo que estés asustado. Todos lo estamos.

—Cazadora no —dijo Gameknight en un tono recriminatorio consigo mismo.

—Cazadora ha elegido un camino peligroso que solo tiene como consecuencia la violencia y la muerte. Necesita matar monstruos para acallar la angustia que habita en su corazón. No es valiente, solo tiene ganas de matar. Pero tú, Usuario-no-usuario, tú eres mucho más que eso.

—Pero tengo demasiado miedo para realizar actos heroicos.

—¿Te acuerdas de Excavador de mi antigua aldea? —le preguntó el Constructor.

—Claro que sí —dijo Gameknight con voz solemne. Él había provocado la muerte de la esposa de Excavador cuando era un griefer, de los que jugaban a Minecraft con el único fin de destruir cosas. Su comportamiento imprudente había roto una familia por el simple placer de ver cómo los monstruos mataban PNJ. Se avergonzaba de su pasado. Era una culpa con la que cargaba desde que conoció al Constructor y lo averiguó todo sobre los habitantes de Minecraft y la batalla que allí se libraba—. Lo recuerdo perfectamente.

—Bien, pues a su hijo le daba pánico el agua. No sabía nadar, pero le encantaba la pesca. Todos sus amigos salían a pescar en barcas al lago que había junto a la aldea, para conseguir pescado para comer. Pero el hijo de Excavador no iba con los demás niños… porque no sabía nadar. Venía a verme llorando cada vez que alguno de los otros chicos se metía con él, pero aun así le aterrorizaba el agua.

—¿Qué tiene que ver esto con…? —le interrumpió Gameknight.

El Constructor levantó una mano para que guardara silencio.

—Un día, uno de los demás niños trajo a la aldea un pez enorme. Todo el mundo estaba emocionado. Era el pez más grande que habían visto jamás. Excavador estaba tan impresionado que felicitó al niño delante de todo el mundo, y su hijo se echó a llorar. El hijo de Excavador tuvo que ver cómo su padre hablaba con orgullo de otro niño, y aquello le hizo sentirse como un inútil. Le avergonzaba que le diese miedo el agua y que ese miedo le impidiera aprender a nadar. Así que se fue de allí sin decirle nada a nadie.

El Constructor se detuvo y miró a Gameknight con sus ojos azules, sosteniéndole la mirada sin parpadear.

—¿Y bien? —preguntó Gameknight999—. ¿Qué pasó? Uno no puede irse corriendo así como así, sin armas ni nada. Eso en Minecraft es peligroso, y más para un niño. ¿Alguien lo siguió?

—Sí, yo lo seguí, pero sin decir nada y sin que me viera. Lo seguí por el bosque y por el puerto de montaña hasta que llegamos al lago. ¿Y sabes qué me encontré al llegar allí?

Gameknight lo miró con un gesto inquisitivo. Empezaba a irritarse. «¿Cuándo va a terminar la historia?»

—¿Qué te encontraste? —preguntó con brusquedad.

—A un héroe —contestó el Constructor con una sonrisa.

—Eh… ¿Cómo?

—Me encontré a un héroe en el lago: el hijo de Excavador. Vio el respeto en los ojos de su padre al admirar aquel pez, y sabía que tenía que hacer algo o estaría eternamente avergonzado de no intentarlo siquiera. Me encontré al hijo de Excavador, al que más adelante todo el mundo conocería como Pescador, tirándose de cabeza al lago.

—¿Y qué pasó? Si le daba miedo el agua, ¿por qué dices que era un héroe?

El Constructor se acercó para que el Usuario-no-usuario pudiera oírle por encima del traqueteo de las ruedas de la vagoneta.

—El miedo al agua de Pescador era enorme. Lo paralizaba hasta el punto de no dejarle pensar, y temblaba y lloraba de miedo ante la sola idea de meter un pie en el agua. Tenía que pescar desde la parte más alejada de la orilla con una caña más larga para poder pillar algo. Los otros niños se reían de su caña y le preguntaban si es que quería atrapar un calamar u otra criatura de las profundidades marinas. Pero Pescador no contestaba a los insultos, pues pensaba que se los tenía merecidos.

»El día en que el otro muchacho pescó aquel pez tan grande fue la gota que colmó el vaso. No pudo soportarlo más, así que bajó al lago y se enfrentó a sus miedos... Es lo más valiente que he presenciado en Minecraft. Vi cómo un niño asustado se ponía delante de lo que más miedo le daba en el mundo, aquello que hacía que un escalofrío le recorriera la columna vertebral y que lo paralizaba por completo. Lo vi luchar contra sus demonios con una fuerza que ni él mismo sabía que tenía. Porque algo había cambiado en el interior de Pescador, algo muy importante.

El Constructor dejó de hablar para mirar las vías. Cazadora seguía delante de ellos, justo al borde de la oscuridad que los envolvía. Su cabello pelirrojo flotaba como una bandera de libertad... o un estandarte de guerra.

—¿Pero qué...? Constructor, ¿qué había cambiado? —preguntó Gameknight.

—Empezó a aceptar la posibilidad de que quizás era capaz de conseguirlo, de vencer su miedo al agua y aprender a nadar. Empezó a visualizarse a sí mismo superando aquel obstáculo... Empezó a creer.

Gameknight levantó las manos presa de la exasperación.

—¿Y eso lo convierte en un héroe? ¿Que empezó a creer? ¿Cómo vas a convertirte en un héroe solo por aprender a nadar, por algo tan insignificante como eso?

El Constructor se acercó aún más para que Gameknight valorara la importancia de sus palabras.

—Pescador dejó de ser la víctima y se enfrentó a su miedo, y eso es lo que lo convierte en un héroe. Lo que te hace un héroe no son tus acciones, sino el obstáculo que tienes que vencer. Claro que alguien que mata a un enderman es un héroe, pero ¿dirías que Cazadora es una heroína por todos los monstruos que ha matado?

Gameknight sopesó la pregunta... Cazadora. Su valentía era admirable, su destreza con el arco era legendaria, pero no, no creía que fuera una heroína. Diría más bien que era temeraria, alguien que mataba por venganza, como si aquello fuese a hacerle sentirse mejor. No, Cazadora no era una heroína. Era temeraria y violenta, solo miraba por sí misma y no por los demás y, además, era una máquina de matar.

—El miedo al agua, el miedo a ahogarse que tenía Pescador era tremendo —continuó el Constructor—. El miedo se había apoderado de él hasta el punto de convertirlo en una sombra de sí mismo. Se pasaba la vida tratando de disimular su inseguridad y su miedo ante los demás, poniendo excusas, encubriendo a su auténtico yo. Pero cuando trajeron aquel pez gigante a la aldea, cuando su propio padre expresó su admiración por aquel otro chico, algo se quebró dentro de Pescador. Las paredes del miedo que habían servido de barricada a su valentía empezaron a resquebrajarse y a agrietarse por la esperanza, por la certeza repentina de que podía aprender a nadar. Y la posibilidad de superar el miedo fue lo que lo animó a intentarlo. Cuando se enfrentó a su demonio, al miedo, y se cuadró ante él sin pestañear, con decisión y seguridad en sí mismo... entonces se convirtió en un héroe.

—¿Aprendió a nadar? —preguntó Gameknight, cada vez más atrapado por la historia.

—Se convirtió en el mejor nadador de la aldea, y en el mejor pescador, mucho mejor que los adultos... era la envidia de todos los pescadores. —Hizo una pausa y dejó que la historia sedimentara en su interlocutor—. No son las hazañas las que hacen al héroe, Gameknight999

—dijo en voz alta, como si se lo estuviese contando al mundo entero—. Lo que hace a un héroe es la forma en la que vence sus miedos.

No dijo nada más.

Gameknight cerró los ojos y procesó aquellas palabras que aún resonaban en los muros del túnel, penetrando en él desde todas direcciones. Reverberaban en su cabeza, y notó que empezaba a comprender. No se percató de que el final del túnel se iluminaba a medida que la vagoneta se aproximaba a una nueva cámara de construcción; otra aldea, que parecía en paz. Con todos los sentidos puestos en las palabras del Constructor, sintió que allí había algo importante para él... y para todos.

Abrió los ojos y sus pensamientos se vieron interrumpidos por la sensación que le inspiró la aldea a la que acababan de llegar. Sentía que aquel era el lugar que buscaban, que el foco del conflicto que estaba a punto de estallar en el reino digital estaba allí mismo. Percibía toda la ira y el odio de los monstruos del mundo principal y de las criaturas del inframundo. Toda su rabia se centraría pronto en aquel lugar... y en él. Estaba seguro de que la batalla final de aquel servidor comenzaría allí.

—Constructor —dijo en voz baja el Usuario-no-usuario—, esta aldea... Creo que es aquí. Aquí es donde se librará la batalla final de este servidor. En este preciso lugar.

El joven PNJ de ojos ancianos miró a Gameknight, asintió con la cabeza, se giró y observó la cámara de construcción en la que acababan de entrar.

—No sé cómo —prosiguió Gameknight—, pero tenemos que traer aquí a todas nuestras fuerzas... a todos los PNJ de este servidor. ¿Cómo lo hacemos?

—Eso déjamelo a mí.

El Constructor saltó de la vagoneta y desenvainó su espada. La sujetó con ambas mano, la levantó en alto y acto seguido la dejó caer contra el suelo de piedra. Cuando lo golpeó, un ruido fortísimo interrumpió la actividad de la cámara y atrajo todas las miradas hacia ambos. Hincó una rodilla en el suelo y mantuvo la empuñadura de la espada aferrada con firmeza, cerró los ojos y se concentró. El PNJ reunió todo su poder y lo expandió por todo el servidor, haciendo que recorriera todas las líneas de código que recorrían aquel plano de existencia, lanzando una llamada de socorro a sus aldeanos. Se concentró aún más y expandió sus poderes todavía más, llamando a todos los PNJ, a todos los Perdidos, convocándolos en aquel punto... a la batalla final. Mientras enviaba aquella señal silenciosa, empezó a desprender un resplandor azul, brillante e iridiscente, que tiñó la cámara con un tono índigo.

Un silencio atronador asolaba la cámara, y todos los PNJ observaban el espectáculo, conscientes de que algo importante estaba sucediendo, aunque la mayoría no sabía que la batalla final de su servidor acababa de comenzar.

CAPÍTULO 12

Y LA PESADILLA SE HIZO REALIDAD

Una explosión de luz, como una tormenta eléctrica de alto voltaje o las chispas de un millón de descargas eléctricas, empezó a formarse en mitad de la llanura. El remolino brillante latía como una especie de corazón eléctrico. Se contraía y se expandía, ligeramente al principio y luego con un movimiento amplificado y más pronunciado. Las pulsaciones hacían que la esfera de luz chisporroteante se retorciera como si estuviese sufriendo un dolor terrible, con cargas ígneas saliéndole de las profundidades. Las chispas y las llamas abrasaban la tierra, mataban todo lo que tocaban y dejaban una marca negra y enfermiza en la superficie de Minecraft. La bola de luz desprendía un hedor putrefacto, un olor que atacaba los sentidos y ofendía a la mismísima naturaleza. Era tan asqueroso y desagradable que ahuyentaba a todos los animales que andaban cerca y hasta las hojas de hierba parecían querer escapar de la tierra.

Entonces algo comenzó a emerger de dentro. Primero un par de piernas largas y oscuras, luego un torso pequeño con unos brazos también largos y desgarbados, y finalmente una cabeza sombría de ojos rojos relucientes que miraban con odio a todo ser vivo.

Erebus estaba en Minecraft de nuevo.

El rey de los enderman observó aquella nueva tierra

con una mirada de desdén por la belleza. Su alta figura se cernió sobre los animales que había cerca. Los delgados brazos y piernas le hacían parecer aún más alto. Las vacas mugían a lo lejos. Una piara de cerdos gruñía más cerca. Las ovejas pacían despreocupadamente junto al enderman, y sus balidos estaban provocando la furia de Erebus. Con la velocidad del rayo, enfiló a la oveja que tenía más cerca, le propinó un puñetazo brutal y la mató al instante. La oveja desapareció con un simple «pop», dejando tras de sí un bloque cuadrado de lana.

Erebus sonrió y observó las distantes montañas. Sabía que allí encontraría un pasadizo hacia las entrañas de Minecraft. Allí es donde habitaban sus monstruos. Ellos no sabían que eran suyos —todavía—, pero pronto serían conscientes de que era su rey… o, de lo contrario, perecerían. Empezó a formarse a su alrededor una nube de partículas moradas al invocar sus poderes de teletransporte y, a la velocidad de la luz, apareció al pie de la montaña.

Escudriñó la falda y enseguida localizó una abertura que lo conduciría bajo tierra. Se teletransportó hasta allí y se materializó en la abertura. Entró en el túnel como si nada y dejó escapar su risa escalofriante y maquiavélica. Sabía que así atraería a los demás monstruos, como siempre ocurría. Se adentró aún más en el pasadizo subterráneo y encontró zombis y arañas escondidos en los rincones y creepers deambulando por todas partes. Los atrajo hacia sí con la mente y continuó bajando; la horda que lo seguía crecía a cada paso. Otros enderman se materializaron en los túneles, teletransportados desde lugares desconocidos, para unirse a la causa. Adentrándose cada vez más en la montaña, Erebus avanzó por el laberinto de túneles que descendía sin cesar. A veces se veía obligado a abrir algún túnel sellado que bloqueaba el paso. Ordenaba a un creeper que se colocase junto al muro de piedra y hacía que la bestia de motas verdes detonara; siempre le obedecían. La explosión que ponía fin a sus vidas abría sin dificultad los pasajes bloqueados y permitía a su creciente ejército continuar su camino.

Por fin, una vez que hubieron llegado a las profundidades del inframundo, llegó hasta el nivel de la lava y se sintió como en casa. Había guiado a la horda de monstruos hasta una caverna gigante con una cascada en un extremo y un gran lago de lava en el otro. Donde se unían, había franjas de roca y obsidiana, resultado de la mezcla de lava y agua. Utilizó sus poderes de enderman para invocar a todos los monstruos de la zona, para que se dirigieran a la cámara y se postraran ante él. Los monstruos, poco inteligentes y llenos de odio hacia todos los seres vivos, acudieron en masa a Erebus y su promesa de destrucción. En veinte minutos —una hora como máximo—, cientos de monstruos habían acudido a unirse a la turba.

El rey de los enderman se teletransportó a un saliente rocoso para poder erigirse sobre sus súbditos, observó a su ejército y levantó los largos brazos para ordenar silencio.

—¡Hermanos! —chilló con su voz aguda—. Ha llegado la hora del fin de Minecraft. La batalla final se acerca y la profecía al fin se cumplirá, cuando vosotros, hermanos míos, arraséis con todo.

Los monstruos estallaron en vítores. Los lamentos de los zombis se mezclaban con los chasquidos de las arañas, los botes de los slimes y las carcajadas de los enderman. Los creepers siseaban y se iluminaban, iniciando su proceso de detonación, que luego interrumpían (era la única forma que tenían de emitir sonidos).

Unos cuantos withers flotaban sobre la multitud, mirando con desdén con sus ojos negros a aquellos monstruos inferiores a ellos, y después a Erebus. Los monstruos de tres cabezas emitieron un repiqueteo reverberante mientras se desplazaban flotando por el aire; sonaba como un saco de huesos que alguien estuviera agitando dentro de una estancia vacía con las paredes de piedra. El eco los siguió en su trayectoria, y los demás monstruos dieron un paso atrás. Tenían tres cráneos que salían de una caja torácica; eran unas criaturas aterradoras. Los tres cráneos miraban en todas direcciones a la vez, buscando enemigos con sus ojos fríos e inertes. Se sentaron sobre un montón de huesos ennegrecidos como si alguien los hubiese embadurnado en las cenizas de un fuego antiguo. La columna vertebral y las costillas de los esqueletos estaban completamente al descubierto, como las de sus parientes del mundo principal, los esqueletos normales, pero ellos no tenían piernas, solo una especie de rabadilla corta que les salía del extremo inferior del torso. Los wither se desplazaban flotando por el aire sobre unas patas invisibles; podían subir muy alto, su protuberancia ósea nunca tocaba el suelo.

Era terrible mirarlos, pero aún peor era luchar contra ellos. Lanzaban calaveras venenosas en llamas —conocidas como calaveras wither— desde gran distancia y desde muy alto, lo que las hacía muy difíciles de matar. Podían apuntar a un blanco distinto con cada una de sus cabezas, ya fuesen usuarios solitarios o PNJ, y eran rivales temibles en el campo de batalla. Erebus lo sabía y por eso asintió con su negra cabeza cuando los vio flotando por el aire; eran una gran incorporación para su ejército.

«Los wither pueden ser buenos generales en mi ejército», pensó Erebus mientras observaba cómo los demás monstruos se apartaban al paso de las criaturas flotantes. Una sonrisa espeluznante se dibujó en su cara.

—Ha llegado la hora de los monstruos en este servidor y, muy pronto, en todos los servidores. Estamos a un paso de la Fuente, pronto será nuestra.

Las criaturas volvieron a lanzar vítores, esta vez más fuertes.

—He visto la Puerta de la Luz. Sé que existe de verdad, y también que está casi al alcance de nuestra mano. Dentro de poco, dejaremos los confines de este mundo digital para invadir el mundo analógico, donde conquistaremos a todos los seres vivos y yo lo gobernaré todo.

—¿Por qué debemos seguirte? —chilló una bruja junto al mar de lava.

Tenía el mismo aspecto que los PNJ, con los brazos unidos sobre el pecho y una nariz prominente que dominaba la mayor parte de su cara. El cabello, largo y negro como la medianoche, reflejaba la luz del lago de lava, que le daba un brillo y un lustre increíbles. Llevaba el sombrero puntiagudo, símbolo de su especie, ligeramente inclinado hacia un lado y fabricado con diminutos cubos marrones.

Erebus se giró hacia la voz y se teletransportó en un instante junto a la bruja. Con una rapidez que empequeñecía el ataque a las ovejas de un rato antes, la derribó de tres golpes veloces y devastadores. Cada puñetazo la hacía retroceder un tramo, y el rey de los enderman avanzaba un paso cada vez para continuar con su ataque. El último golpe la empujó por la cornisa rocosa, y cayó al mar de lava. Murió al instante. Se giró para mirar a los que tenía más cerca y se teletransportó de vuelta al saliente.

—No cometáis ningún error. En el anterior servidor, yo era el rey de los enderman y gobernaba aquel reino. Ahora, soy el rey del mundo principal aquí, en este servidor. Reclamo esta tierra por derecho. ¡¡¡Soy vuestro rey!!! —Su voz resonó por toda la cámara, casi haciendo temblar las paredes—. ¿Alguna objeción?

Erebus esperó a que hablara algún otro desgraciado, pero nadie se atrevió a desafiarle.

—Lo que me imaginaba —dijo en tono de satisfacción.

Recorrió con la mirada el ejército de monstruos que aguardaban a sus pies; los miró a los ojos, a todos y cada uno. Aquellas criaturas querían destruir a los que vivían arriba en la superficie: los PNJ y los usuarios que infestaban Minecraft. Casi podía saborear su miedo, el de aquellos patéticos aldeanos, siempre hablando de sus patéticas vidas, siempre asustados.

Erebus esbozó una sonrisa irónica y malvada.

«Muy bien, les daré a esos PNJ y a esos usuarios algo de lo que asustarse de verdad —pensó mientras estiraba la sonrisa—. Ahora entenderán por qué les da miedo la oscuridad.»

Haciendo uso de sus poderes de teletransporte, empezó a dar órdenes silenciosas a la horda, susurrándoles al oído casi al mismo tiempo a todos. Les dijo que se dispersaran. Tendrían que usar los túneles para llegar a la aldea más cercana, el primer objetivo de su campaña de terror y destrucción.

Limpiaría el servidor de seres vivos y los monstruos lo dominarían. Cerró los ojos e imaginó la ola de destrucción que sobrevenía sobre Minecraft; sería una marea implacable y despiadada de dolor y perdición. Solo había una cosa —una persona— que se interponía en su camino: el Usuario-no-usuario. Erebus había visto en sueños al tal Gameknight y sabía que ya no era una amenaza. Algo le había ocurrido al Usuario-no-usuario cuando cruzó al nuevo servidor, ahora vivía consumido por el miedo; no cabía la más mínima posibilidad de que aquel cobarde lo detuviera. Pronto, el rey del mundo principal haría que Gameknight se arrodillara ante él y obligaría al Usuario-no-usuario a presenciar su triunfo sobre todos los seres vivos. Y cuando llegase al culmen de su desesperación, cuando ya no tuviese fuerzas ni para implorar su propia muerte, entonces

Erebus lo destruiría, y su victoria sería completa. Buscó a su adversario con sus poderes de teletransporte. Dobló el terreno con la mente tratando de percibir la presencia de Gameknight999, hasta que lo encontró. Pero, como en el sueño, no era más que un niño asustado, no el gran guerrero que destruyó a su ejército en el último servidor. Era patético y débil... Mucho mejor.

Esbozando una mueca aterradora y horrible, Erebus soltó una carcajada sanguinaria que hizo eco en toda la cámara. Sus risotadas ondularon la lava de la caverna y hasta el mismísimo tejido digital de Minecraft.

—Voy a por ti, Usuario-no-usuario —dijo, en voz alta, hablándole a nadie ... o quizás a todos.

CAPÍTULO 13

ELEGIR UN CAMINO

Un extraño escalofrío recorrió a Gameknight999. Sintió como si esparcieran copos de nieve diminutos por cada centímetro de su piel, y a la vez todo le quemaba por dentro; le afloraron gotas de sudor en los brazos y en el cuello. No era solo una sensación física, sino también emocional. Se sentía como en los últimos minutos de una batalla; se le aceleró el pulso, se le entrecortó la respiración y la adrenalina le corrió por las venas. Al mismo tiempo, no obstante, estaba paralizado por un miedo que le resultaba familiar, y sabía perfectamente de dónde provenían aquellas sensaciones... De un sueño. No, de una pesadilla.

—Gameknight, ¿estás bien? —le preguntó el Constructor. El muchacho de ojos sabios y experimentados se acercó rápidamente hasta donde estaba su amigo—. Estás pálido... y mira cómo respiras. Apenas tienes resuello. ¿Qué pasa?

Estaban en la aldea sobre la cámara de construcción a la que los había llevado la vagoneta, instalándose en la torre fortificada que protegía la entrada a la caverna. Gameknight estaba mirando la aldea por la ventana cuando lo asaltó aquella sensación.

—Ven, siéntate —dijo el Constructor mientras conducía a su amigo hacia una silla de madera que había en un rincón de la habitación—. Cuéntame qué ocurre.

Gameknight se sentó y se quedó mirando la pared de roca, en un intento de ordenar las emociones que recorrían su cuerpo. Hasta que empezó a temblar levemente por culpa del miedo que ondulaba cada nervio de su cuerpo. Un ruido proveniente de debajo de ellos desvió la atención del Constructor de su amigo: alguien había entrado en la torre y estaba subiendo por la escalerilla hacia el piso superior. El sonido de unas manos y unos pies ascendiendo por la escalera de madera se acercaba cada vez más. Entonces, la melena pelirroja de Cazadora apareció por el agujero en el suelo. Trepó el trecho que le faltaba y entró en la habitación. Se quedó inmóvil junto a la escalerilla, segura y fuerte, observando la escena.

—Gameknight, dime qué ocurre —repitió el Constructor con voz preocupada.

—Está aquí —musitó Gameknight.

—¿Qué?

—Es él… está aquí —gimió.

—¿Quién? —preguntó Cazadora desde la puerta.

Percibiendo el peligro, colocó una flecha en su arco y se dirigió rápidamente a la ventana, desde donde escudriñó la aldea en busca de enemigos.

Gameknight se agitó con violencia un instante cuando los dedos fríos del miedo estrangularon su corazón, y después la terrible sensación se fue desvaneciendo.

—Se ha reído con su risa espeluznante de enderman —dijo Gameknight, con la voz aún temblorosa—. Puedo sentirlo. Y creo que él a mí también. Sabe que estoy aquí, en este servidor. —Hizo una pausa para obligarse a respirar lenta y profundamente. La extraña sensación había desaparecido, pero el miedo seguía allí—. Viene hacia aquí, y siente mi miedo.

—Gameknight, no pasa nada, seguro que… —empezó a decir el Constructor, pero lo interrumpieron.

—El miedo… el miedo es bueno —dijo Cazadora con voz fortalecida—. El miedo indica que aún tienes algo que matar. No tienes que tener miedo del tal Erebus. Un enderman es igual que el siguiente, un monstruo más que matar.

—No lo entiendes —le espetó Gameknight—. Se trata de Erebus, el rey de los enderman, como él mismo se proclama. Dirige un ejército de monstruos despiadados y sanguinarios. Atacarán aldea tras aldea hasta destruir el servidor entero. En el anterior servidor conseguimos detenerlos, pero teníamos ayuda. Varios usuarios célebres de Minecraft acudieron a ayudarnos a combatir contra los monstruos. Ahora solo tenemos aldeanos… pero no será suficiente para cambiar las tornas, aquí no. Además, no podemos luchar contra Erebus en el mundo principal y contra Malacoda en el inframundo. No sabemos si están colaborando o van por separado, pero sea como sea, son demasiados monstruos para enfrentarnos a todos.

Se puso de pie, sintiéndose por fin mejor, y volvió a la ventana para estudiar la aldea, donde reinaba la calma. Observó a los PNJ que seguían haciendo sus vidas, afortunadamente ignorantes de la ola de destrucción que se les venía encima. Se dio la vuelta y miró al Constructor con la esperanza de que el muchacho tuviese alguna respuesta fruto de su gran experiencia.

—Necesitamos información —dijo el Constructor mientras cruzaba la habitación para situarse junto a Gameknight—. Tenemos que saber qué está haciendo Malacoda para averiguar qué peligro es más acuciante, si el rey del inframundo o el rey de los enderman. Debemos elegir un camino y enfrentarnos a uno de ellos ya. —Hizo una pausa para mirar a Cazadora, en cuyos ojos se adivinaban las ganas de aventura y de matar. Después volvió a mirar a Gameknight—. Tenemos que viajar al inframundo.

—El inframundo... —se lamentó Gameknight. Sabía lo que aquello significaba: hombres-cerdo zombis, blazes, cubos magmáticos y, por supuesto, los temibles ghasts. Era un lugar peligroso, una auténtica pesadilla... Estaba asustado, pero las palabras del Constructor aún resonaban en su mente como una vela encendida en la oscuridad. «No son las hazañas las que hacen al héroe...» Aún tenía muchos miedos que vencer, pero la hazaña no era en absoluto desdeñable.

—O hacemos eso —advirtió el Constructor—, o esperamos aquí hasta que llegue Erebus, y puede que entonces tengamos que enfrentarnos a dos ejércitos.

La imagen de dos grandes ejércitos invadió el cerebro de Gameknight: una vasta horda de criaturas del mundo principal a un lado y los monstruos del inframundo al otro. El pensamiento le hizo estremecerse. Sabía que el Constructor tenía razón. Miró a su alrededor y observó a los dos PNJ que tenía delante: el Constructor, con su amistad inquebrantable, su sabiduría y su compasión, y Cazadora, con su valentía inconmensurable y, a veces, irracional.

Suspiró y se dio cuenta de que sabía qué camino habían de tomar, y a dónde les llevaría.

—De acuerdo, Constructor... vamos al inframundo.

—Vosotros estáis locos —intervino Cazadora—. En el inframundo solo hay fuego y muerte. Ya hay suficiente muerte en el mundo principal, ¿para qué queréis más?

—Porque debemos averiguar el plan de Malacoda —repuso el Constructor—. Ya viste a todos aquellos monstruos del inframundo en la última aldea. Ha movilizado a su ejército para reunir a todos los constructores que puedan, y tiene que haber una razón para ello. Tenemos que averiguar cuál es.

—Vale, pues conmigo no contéis —soltó—. Tengo suficientes cosas que matar en este mundo. No necesito ir a ese escenario de pesadillas en llamas para encontrar algo a lo que disparar con mi arco. Podéis ir sin mí.

—Nos vendría bien tu ayuda —dijo Gameknight con suavidad, mirando al suelo avergonzado por tener que pedirle ayuda.

—No, me niego —contestó. Su melena roja y brillante voló por el aire cuando se dio la vuelta y se encaminó al agujero del suelo. Se aferró a los peldaños y bajó por la escalerilla hasta el piso inferior.

Gameknight y el Constructor la observaron descender por la escalera y la oyeron cerrar la puerta de un portazo cuando salió al exterior.

—Me temo que no podemos contar con ella para nada —dijo Gameknight, esbozando una media sonrisa.

El Constructor se rio y le dio una palmada en la espalda a su amigo.

—Puede que no… Venga, acabemos con esto. Vamos a echar un vistazo, a ver qué hacen ahí abajo, en el inframundo. Volveremos enseguida.

Gameknight asintió con aprensión y siguió al Constructor al piso de abajo, bajando detrás de él por la escalera secreta que conducía a la cámara de construcción.

Una vez allí, a Gameknight lo asaltaron el ruido y el estruendo. Habían convencido al constructor de la aldea para que pidiera a los PNJ que fabricaran armas y armaduras, cientos de espadas de hierro y armaduras para el gran ejército que pronto se alzaría para luchar contra la marea enemiga que iba a invadir el servidor. Por toda la cámara de construcción se veían PNJ fabricando artefactos de guerra. Las pilas de armas y armaduras se amontonaban en los rincones y debajo de los raíles, y los cofres rebosaban de material.

Mientras el proceso de fabricación continuaba, Gameknight vio cómo llegaban vagonetas a la caverna con PNJ dentro, algunos con una expresión de optimismo pintada en la cara; comunidades enteras habían acudido a la llamada del Constructor. Pero otros PNJ parecían haber perdido toda esperanza. Eran los Perdidos, aldeanos sin constructores que buscaban un nuevo hogar. El Constructor se había convertido en una leyenda entre los PNJ. Los que no tenían hogar ni aldea acudían allí para que el Constructor los adoptara y pudieran entrar a formar parte de una comunidad de nuevo. Cuando llegaban a la caverna, se arremolinaban en torno al Constructor; todos querían apoyarse en su nuevo líder. Gameknight retrocedió para que los PNJ pudieran rodear a su amigo. Vio cómo el Constructor desprendía un resplandor azul claro cuando aceptaba a los nuevos PNJ bajo su cuidado. Los rostros de los PNJ se iluminaban a su vez de orgullo y júbilo.

Gameknight999 sonrió.

Se alejó para inspeccionar algunas de las espadas que estaban fabricando los PNJ mientras observaba cómo el Constructor charlaba con el constructor de la aldea. El muchacho y el viejo PNJ iban vestidos iguales, pero el constructor de la aldea mostraba un enorme respeto y deferencia ante los años de experiencia y la sabiduría del Constructor. Tras una breve conversación, el Constructor subió los escalones y se acercó a Gameknight.

—Los excavadores van a empezar a buscar obsidiana en las minas —explicó.

Gameknight vio a una veintena de PNJ con picos de hierro al hombro que desaparecían por la entrada de una mina; otros tantos armados con espadas los seguían de cerca. Siempre era peligroso descender al nivel de la lava, puesto que era territorio de los monstruos. Los mineros y los guerreros miraron a Gameknight una última vez y se irguieron al comprobar cómo el Usuario-no-usuario se despedía de ellos.

—Necesitamos la obsidiana para construir un portal al inframundo —dijo el Constructor—. Yo me quedaré al mando. Tú deberías tratar de dormir un poco. Tienes un aspecto horrible.

—Vaya, gracias —dijo Gameknight con una sonrisa.

—Además —prosiguió el Constructor—, creo que vamos a necesitar hasta el último resquicio de energía para viajar al inframundo. Descansa un rato. Yo subo en cuanto empiecen a fabricar el portal.

Gameknight asintió, dándose cuenta de pronto de lo cansado que estaba.

El inframundo… Solo pensar en bajar a aquel reino de humo y llamas lo turbaba. Pero sabía que no podía quedarse escondido en aquella aldea hasta que Erebus lo encontrase. Tenía que hacer algo para inclinar la balanza hacia su lado o estarían perdidos. Con un suspiro, dio media vuelta y subió los escalones que ascendían a la superficie. Descansaría un rato, aunque mientras caminaba podía imaginarse a los monstruos del inframundo afilándose las garras mientras esperaban su llegada.

CAPÍTULO 14

UNA NUEVA PESADILLA

Gameknight999 trató de ver algo entre la bruma plateada, pero la neblina opaca y húmeda era demasiado espesa para poder penetrar a través de ella con los ojos. Sentía su beso empapado en los brazos y en la cara. Hacía que la camisa se le pegara al cuerpo. Un escalofrío le recorrió todo el cuerpo.

Había formas extrañas moviéndose a lo lejos, figuras sombrías que aparecían y desaparecían mientras se desplazaban entre las espesas nubes. Sus cuerpos eran simples siluetas borrosas, irreconocibles. Un miedo helado empezó a agarrotar sus sentidos al ver a aquellas apariciones moviéndose entre la bruma; había una presencia indefinida, una figura oscura y sombría que flotaba por la neblina plateada y le producía auténtico terror. Las criaturas se movían a su alrededor como si quisieran atormentar sus sentidos y provocar su imaginación. Su propio miedo llenaba los huecos del espacio con detalles escalofriantes. Se echó a temblar.

—¿Dónde estoy? —preguntó a las sombras—. ¿Qué es este lugar?

Su voz resonó en la niebla y volvió de nuevo hasta él. Era como si estuviera rodeado. Entonces, una risa perforó la bruma. Al principio no era más que una débil voluta de una risa entre dientes, pero fue creciendo en intensidad hasta convertirse en un rugido maníaco que acabó con los últimos resquicios de su coraje. El ruido llegaba hasta él desde todas partes, obligándolo a taparse los oídos con las manos, pero no resultó de gran ayuda. Al contrario, el movimiento hizo que aumentara el ruido, como si saliese de dentro de él y no de la terrorífica niebla de plata.

De repente, la risa se interrumpió.

Gameknight miró a su alrededor tratando de discernir por qué se había silenciado el ruido de forma tan abrupta; a pesar de todo, agradeció el respiro. Aun así, en lo más profundo de su ser sentía que aquel silencio era tan peligroso y terrorífico como la risa. Las formas misteriosas de la niebla habían dejado de moverse y estaban perfectamente inmóviles. Aquellas estatuas fantasmales lo rodeaban.

Entonces comenzó... Un ronroneo suave que derritió algunos de los carámbanos de miedo que estaban anclados en su interior. El sonido suave y tranquilizador hacía que lo invadiera una calidez que se le extendía por todo el cuerpo. El ruido provenía de su izquierda. Era como si hubiera un montón de gatos entre la niebla que volcaran todo su bienestar en cada ronroneo. Aquello le obligó a esbozar una débil sonrisa. Entonces, el sonido empezó a variar. Un sollozo ahogado se mezcló con el ronroneo, como un bebé que llorase desesperadamente desde muy lejos, llamando a su madre. El llanto aumentó de volumen y se acercó en el espacio, pero, a medida que se acercaba, variaba de nuevo. Ya no sonaba como un niño que extrañase a su madre. No, el llanto ahora era cruel y vengativo, como si al niño lo hubieran castigado por hacer algo horrible y ahora planease una venganza. El llanto aumentó la sensación de ira y maldad.

Una figura empezó a materializarse entre la niebla; era sin duda el origen de aquellos aullidos. Era una forma enorme y cuadrada, y le colgaban cosas del cuerpo gigantesco. Gameknight999 sintió que debía reconocer aquella figura, pero sabía que se encontraba de nuevo en el reino de los sueños, y la memoria y la razón no funcionaban de la misma forma allí. Lo único que sabía era que aquello le daba mucho miedo, un miedo que se fue convirtiendo en terror a medida que la monstruosidad se acercaba.

La criatura gigante se abrió paso entre la niebla. Una cara cuadrada, enorme e infantil emergió de la bruma y lo miró; tenía lágrimas de ira moteándole la piel bajo los terroríficos ojos. Era Malacoda.

—Bienvenido al reino de los sueños, Usuario-no-usuario —atronó. Su voz profunda reverberó—. Llevo un tiempo esperándote.

—¿Qué es este lugar? —preguntó Gameknight, levantando la mirada hacia la bestia—. Esto no es real... no eres real. Es solo un sueño.

El rostro de Malacoda se iluminó al esbozar una sonrisa siniestra, y estalló en una carcajada que resonó como un trueno. Enseguida se sumaron las risas del resto de figuras que poblaban la bruma, algunas de ellas iluminadas como si estuvieran en llamas.

—Los usuarios no sabéis nada sobre Minecraft —dijo Malacoda. Agitó un tentáculo para callar a su séquito. Sus risas se apagaron y solo quedó un silbido mecánico—. En el reino de los sueños todo es tan real como quiera el que sueña. ¿Acaso no te has dado cuenta todavía, Usuario-no-usuario?

—Yo... eh...

A la velocidad del rayo, Malacoda dirigió uno de sus tentáculos hacia Gameknight y rodeó su cuerpo con el pegajoso apéndice, aprisionándole los brazos a los lados.

Con una lentitud insoportable, atrajo a Gameknight hacia su rostro blanco hueso, levantándolo del suelo y alzándolo hasta la altura de sus ojos. El Usuario-no-usuario forcejeó para liberarse del grueso tentáculo, pero era duro y sólido como el hierro.

—Te he traído hasta aquí para darte una oportunidad de esquivar la muerte —le explicó el rey del inframundo—. No puedes detenerme. Llevaré a mi ejército hasta la Fuente y destruiré todos los mundos de Minecraft, tratéis o no de impedírmelo. Tú y ese constructor de pacotilla no sois nada comparados conmigo. Mis fuerzas limpiarán este mundo y harán lo mismo con la Fuente, y no puedes hacer nada para evitarlo. Tu única esperanza es huir y esconderte. Disfruta los últimos días de tu vida. Tu muerte es inevitable.

El miedo hervía dentro de Gameknight999, aquellas palabras le abrasaban el corazón. Imaginó a su hermana en lo alto de las escaleras del sótano, gritando mientras los monstruos subían hasta allí, y todo por su culpa. Casi podía verla entre la niebla, y cada uno de sus gritos silenciosos eran como una puñalada. Todos aquellos pensamientos desfilaban por su mente, y Malacoda esbozó una sonrisa confiada y maligna, como si supiera lo que Gameknight estaba pensando.

—Una hermana —dijo el ghast—. Así que tienes una hermana… Qué interesante. No veo el momento de conocerla. ¡Ja, ja, ja!

El aire se llenó con la risa atronadora de Malacoda.

—Voy a enseñarte lo que haré con tu hermana y con el resto de tu familia.

Entonces, una serie de imágenes empezaron a materializarse en la mente de Gameknight, como si estuviese viendo una película y no pudiese dejar de mirar. Intentó cerrar los ojos, pero daba igual. Las imágenes se reproducían dentro de su cabeza.

Vio a Malacoda saliendo del portal creado por el digitalizador de su padre. La enorme criatura apenas cabía por la abertura. Derribó varias pilas de cajas y libros al flotar por el sótano. Cuando llegó a las escaleras, uno de sus tentáculos se disparó hacia arriba y agarró algo de la puerta del sótano. Atrajo su presa hacia él y Gameknight vio que era su hermana, pálida de miedo y con las lágrimas arrasándole las mejillas. Malacoda la sujetó con fuerza y subió flotando los escalones. El monstruo se coló con dificultad por la puerta del sótano y llegó a la cocina. Los blazes y los hombres-cerdo zombis siguieron a su rey por la casa en busca de más víctimas. Pronto, los padres de Gameknight estaban acorralados en el salón, rodeados de esqueletos apuntándolos por la espalda con sus flechas afiladas. Malacoda lanzó sendos tentáculos y atrapó también a los padres de Gameknight999, apresándolos junto a su hija. Su forcejeo no servía de nada; estaban prisioneros e indefensos.

Malacoda agitó otro de sus tentáculos y ordenó a los blazes que derribaran uno de los muros de la casa. Las criaturas en llamas lanzaron varias cargas ígneas a la pared del salón y la rompieron en mil pedazos; el sofá y las sillas prendieron fuego enseguida. El humo salía de la casa, y con él salió Malacoda a la calle, escoltado por un flujo continuo de monstruos que seguían a su rey. Agitó los tentáculos para ordenar a los monstruos que atacaran todas las casas cercanas. Los zombis echaban abajo las puertas y los creepers volaban los tabiques, dejando que las arañas gigantes y los esqueletos entraran en las casas y atacaran a los indefensos habitantes.

La escena se repitió por todo el barrio, por toda la ciudad, por todo el estado, el ataque era incesante. Los ciudadanos no podían hacer frente a la invasión de monstruos que salía de la Puerta de la Luz en su sótano. Gameknight999 era el causante de toda aquella destrucción; era todo culpa suya. Miró a su hermana y vio cómo esta lo miraba con una expresión de absoluto terror, como si esperara que su hermano mayor hiciese algo y la salvara. Se sintió totalmente fracasado y se retorció intentando escapar. Malacoda apretó con más fuerza a la familia de Gameknight en sus tentáculos y los obligó a presenciar la destrucción de su mundo; el ghast los estaba reservando para el final.

Gameknight intentó ahuyentar aquellas imágenes de su cerebro, pero no lo consiguió. Malacoda controlaba su mente.

—¡Noooooo! —gimió, con lágrimas en los ojos pixelados.

Malacoda rio.

—Sí, dejaré a tu familia para el final y los obligaré a ver cómo extermino a su especie —dijo, con la voz profunda henchida de orgullo—. Después acabaré con sus inútiles vidas y lo dominaré todo. Mi ejército arrasará el mundo analógico como una tormenta imparable, destruyéndolo todo a su paso.

—¡Nooooo! —sollozó Gameknight de nuevo. Le picaban los ojos.

—Sí, tengo muchas ganas de conocer a esa hermana tuya.

El monstruo volvió a reír, y varios témpanos de miedo atravesaron el corazón de Gameknight. Pensó en la mirada de auténtico terror en el rostro de su hermana y se puso a temblar sin control. «Estaba muerta de miedo, y yo debería protegerla —pensó—. Soy su hermano mayor, se supone que es mi deber mantenerla a salvo.»

La ira empezó a crecer en su interior, no contra el monstruo abominable que lo envolvía con sus tentáculos helados, sino contra él mismo.

«No puedo fallarle. Me niego.»

—Por cierto, Usuario-no-usuario, dile a ese pigmeo

que llamas Constructor que él es el siguiente —dijo
Malacoda con un tono especialmente vil. Estrechó un
poco más los tentáculos, tanto que a Gameknight le
costaba respirar—. Estoy construyendo algo muy
especial, y ya casi está listo. Tengo un lugar exclusivo
reservado para él.

En aquel momento, la mente de Gameknight se llenó
de imágenes del inframundo. Vio una fortaleza gigante,
hecha de piedra oscura, que se alzaba entre columnas
altísimas y galerías alrededor. La fortaleza desfiló ante
sus ojos a toda velocidad, como si estuviese volando,
recorriéndola desde lo alto. Se dio cuenta de que seguía
atrapado entre los tentáculos de Malacoda. El monstruo
flotaba sobre la fortaleza en el reino de los sueños, aso-
mándose por los balcones y las ventanas protegidas por
barrotes. A Gameknight le impactó el tamaño del edificio. Debía de medir al menos doscientos bloques de altura, si no más.

De pronto, Malacoda voló hacia la enorme torre que
se erigía en el centro de la fortaleza y se coló dentro por
un balcón abierto. Llegaron a una gran estancia en cuyo
interior se elevaba una celda de infiedra cuajada de ventanas con barrotes. Gameknight vio a gente dentro de la
estructura, varias siluetas cabizbajas vestidas con túnicas negras adornadas con anchas franjas grises verticales en el centro: constructores.

—Admira el futuro hogar de tu amigo —dijo
Malacoda con voz siniestra—. Pronto será un hués-
ped más de esta celda, pero su lugar de honor está en
otro sitio.

El ghast se dio media vuelta y salió volando de la
torre. Atravesó el muro de la fortaleza sin romper ningún bloque y salió al exterior. Flotó sobre el inmenso
mar de lava y se giró para admirar su poderosa ciudadela. Gameknight distinguió una gran abertura al pie de la

fortaleza y unos escalones que llevaban hasta la entrada. Incontables criaturas entraban y salían de la ciudadela; algunos eran PNJ prisioneros que hacían trabajos forzados. La entrada se abría al mar de lava que se extendía sin fin; la orilla contraria no era visible por culpa del humo y la neblina. Varios puentes estrechos cruzaban el mar fundido hasta una isla circular de piedra. Alrededor de la isla contó doce bloques de obsidiana, a la misma distancia uno de otro, repartidos como los números que indican las horas de un reloj. Sobre la mayoría de los bloques de oscura obsidiana había un bloque azulado que no reconoció. Parecían mesas de trabajo, pero no era exactamente eso. Le resultaba extraño y familiar al mismo tiempo. Gameknight se fijó en que no todos los bloques de obsidiana tenían aquello encima, pero sí la mayoría. En el centro de la isla se erigía una estructura de unos cuatro bloques de altura, con escaleras en los cuatro costados, todo de obsidiana. Allí era a donde Malacoda llevaba a Gameknight.

—Quiero enseñarte dónde conocerás tu derrota. Aquí me vengaré de ti y destruiré a ese insignificante constructor al que llamas amigo. Su caída servirá para allanar el camino de mi victoria, y cuando ya no me sea de ninguna utilidad, acabaré con él.

Los tentáculos alrededor de Gameknight999 se estrecharon un poco más. Cada vez le resultaba más difícil respirar.

«El Constructor... No puedo verle morir otra vez, como en el último servidor.»

La ira dio paso entonces a una rabia ardiente, a medida que las imágenes de las llamas inundaban su mente. En aquel preciso instante, miró hacia abajo y vio que había prendido fuego de verdad. Unas llamas extrañas, azuladas e iridiscentes, recorrían todo su cuerpo. Eran del mismo color que adquirían las armas cuando tenían un encantamiento, entre azul y morado, y le insuflaron una sensación de poder. A medida que su rabia aumentaba, la intensidad de las llamas de zafiro también se incrementaba, y los tentáculos de Malacoda empezaron a retorcerse al tacto de las mismas.

Gameknight se dio cuenta de repente de que las llamas salían de su interior, de su imaginación, de su sueño. Al darse cuenta de aquello, se originó en él un destello de esperanza. Tenía muchísimo miedo de Malacoda, el rey del inframundo, que ahora habitaba también en sus pesadillas, pero una frase del Constructor bullía en lo más profundo de su mente: «No son las hazañas las que hacen al héroe, Gameknight999, sino la forma en que vence sus miedos».

«¡No! —pensó—. ¡No pienso permitirlo!»

No son las hazañas las que hacen al héroe...

Las llamas azules brillaron aún más, provocando espasmos en los tentáculos de Malacoda. Aún lo sujetaba con firmeza, pero estaba aflojando.

«No, no pienso seguir haciéndome la víctima», pensó Gameknight. Las llamas ardieron con más fuerza aún, formando un círculo azul a su alrededor en la niebla.

... sino la forma en que vence sus miedos...

—No... ¡No! —dijo en voz alta.

Gameknight era un sol ardiente de fuego azul. Sus llamas lamían los tentáculos de Malacoda como una espada de diamante con un poderoso encantamiento. El ghast lo soltó y se fue flotando hacia lo alto.

—Vaya, el cachorro está aprendiendo —dijo Malacoda, sarcástico, mientras la sonrisa de su rostro daba paso a una mueca maligna—. Mucho mejor. Ahora te daré una lección, pero no olvides que Minecraft me pertenece. Muy pronto, tu mundo también será mío, y no puedes hacer nada para evitarlo.

Una bola de fuego enorme y naranja empezó a tomar

forma entre los tentáculos de Malacoda. Se encendió cada vez más, hasta que apagó las llamas azules de Gameknight. Entonces, Malacoda lanzó la carga ígnea hacia Gameknight con la velocidad del rayo. En un instante, este se vio rodeado por la bola de fuego. Le dolía todo el cuerpo y notaba la cabeza en llamas. Cuando creyó que ya no podía soportar el dolor, el fuego se apagó y el rostro de Malacoda apareció frente a él.

—Vas a perder esta batalla, Usuario-no-usuario —dijo el rey del inframundo—. Y entonces serás mío.

Acto seguido, Malacoda agitó su enorme cuerpo y golpeó a Gameknight en la cabeza con sus tentáculos. La oscuridad lo engulló.

CAPÍTULO 15

CAMBIO DE TORNAS

Gameknight se despertó bruscamente, como si algo lo hubiese despertado de golpe.

«¿Nos están atacando? ¿Qué ocurre? ¿Dónde estoy?» Los pensamientos acribillaban su cabeza a medida que la niebla del sueño se evaporaba gradualmente.

Se incorporó y miró a su alrededor. Estaba rodeado de paredes de roca. Las antorchas en cada una de ellas proyectaban un círculo de luz dorada que inundaba la habitación. Miró a su izquierda y vio al Constructor en la cama de al lado, respirando de forma regular. Aún dormía.

Gameknight se levantó despacio de la cama, cruzó la habitación y miró por la ventana. Era de noche. Vio monstruos vagando por la aldea, zombis y esqueletos al acecho de cualquier incauto. Pero estaban bien preparados. Habían colocado bloques de piedra delante de las puertas de madera para que los zombis no pudieran derribarlas con los puños. También había antorchas por toda la aldea para que hubiese suficiente luz y así los monstruos no apareciesen directamente en las calles. Pero a pesar de todos los preparativos, había monstruos. Siempre había monstruos por la noche.

Mientras miraba por la ventana, Gameknight notó

algo distinto. Algo había cambiado. La música del mundo había sido alterada de algún modo, una alteración tan leve que era casi imperceptible, pero el mecanismo electrónico y constante que mantenía aquel universo en funcionamiento estaba tocando una melodía ligeramente distinta aquella noche. Notaba la diferencia, pero no sabía exactamente cuál era. Sentía que las reglas del juego habían cambiado, como si hubiese habido alguna actualización del software, pero los efectos aún no eran visibles. Gameknight siguió a un zombi con la mirada mientras trataba de ordenar aquel cambio en su cabeza, intentando identificar qué era lo que había cambiado. No tuvo suerte; la nueva música de Minecraft guardaba su secreto bajo llave. Suspiró.

Cerró los ojos e intentó concentrarse en el sonido de Minecraft —el murmullo constante del engranaje que mantenía aquel mundo electrónico en funcionamiento—, la música de Minecraft. Pero en cambio, los recuerdos del sueño asaltaron su mente. Los constructores atrapados en la celda de infiedra y el montículo de piedra en el mar de lava; aquellas imágenes parecían importantes, muy importantes.

—Gameknight, ¿va todo bien?

Se giró y se encontró al Constructor de pie junto a la cama espada en ristre.

—Sí —contestó—, creía que había oído algo.

El Constructor se acercó un poco más y, de repente, se detuvo, con la preocupación pintada en la cara.

—Tu cara… ¿Qué ha pasado?

Gameknight levantó la mano cuadrada y se frotó el mentón. Le dolía, estaba hinchada y tenía un moratón.

«¿Cómo me he hecho daño en la cara?»

Entonces, recordó el final de la pesadilla con todo detalle… Malacoda. El rey del inframundo lo había golpeado con su tentáculo y el puñetazo le había dejado inconsciente y lo había expulsado del reino de los sueños. Era la segunda vez que salía herido del reino de los sueños: primero Erebus había intentado estrangularlo, y ahora Malacoda lo había golpeado.

¿Qué significaba todo aquello?

—He tenido otro sueño —dijo Gameknight despacio. Las imágenes aún atravesaban su cerebro como un torrente.

—¿Erebus?

—No… Esta vez era Malacoda.

Gameknight se frotó el mentón de nuevo y el Constructor se acercó para mirar la herida más de cerca.

—Constructor, me enseñó lo que piensa hacerle… a mi familia… ¡a mi hermana! —Paró de hablar, con la voz entrecortada por la emoción. Le caían lágrimas pequeñas y cuadradas al ver la agonizante reproducción del sueño en su mente. Agitó la cabeza para ahuyentar las imágenes y continuó—: Me contó lo de los constructores. Los tiene presos en una celda en su fortaleza, allí abajo.

—¿Cómo? ¿En su fortaleza?

Gameknight asintió.

—Los tiene encerrados en una celda. Pero aún hay más. —Se frotó el mentón de nuevo y miró a su amigo a los ojos azul brillante—. Me ha dicho que va a por ti, que te tiene reservado un lugar especial. En una isla de piedra en el centro de un mar de lava. Había unos bloques muy raros alrededor de la isla, como mesas de trabajo pero de diamante. Creo que había por lo menos diez, quizá más, y eran…

El Constructor lo miró boquiabierto, con los ojos como platos y una expresión de miedo.

—¿Qué has dicho? —preguntó el joven PNJ acercándose aún más.

—He dicho que habría unos diez, todos alrededor de la isla y…

—No —interrumpió el Constructor—, antes de eso. ¿Cómo eran esos bloques que dices que había?

—No estoy seguro. Nunca he visto nada parecido. Parecían mesas de trabajo de diamante, pero eso no tiene ningún sentido. ¿Cómo van a...?

—Doce —dijo el Constructor—. Habrá doce, y una en el centro.

—Sí, eso es. ¿Cómo lo sabes?

—Es una antigua profecía, la profecía de los monstruos, y parece que se está cumpliendo en el inframundo —dijo el Constructor en voz baja, con la mirada fija en el suelo—. Nuestra profecía dice que el Usuario-no-usuario vendría a salvarnos a la hora del juicio, cuando los monstruos del mundo principal intentasen invadirlo y llegar hasta la Fuente. Pero hay otra profecía... La profecía perdida.

»Todos los constructores conocen la profecía perdida. Habla de las criaturas del inframundo y de un círculo de bloques de diamante, de mesas de trabajo de diamante. Solamente las pueden construir los constructores, y se dejan la vida en ello. Cuando las doce mesas se activen formando un círculo, con una decimotercera en el centro, se formará un portal que conducirá a las criaturas del inframundo directamente hasta la Fuente.

El Constructor hizo una pausa para tomar aliento y dejó que sus palabras reposaran. Levantó la mirada hacia Gameknight999 con una expresión de incertidumbre y miedo en su rostro cuadrado. Suspiró y continuó.

—Si concluye el portal, podrá guiar a su ejército directamente hasta el servidor donde está alojada la Fuente e intentar destruirla. —Se detuvo un momento, perdido en sus pensamientos, y después continuó—: ¿Tiene un gran ejército?

—Vi un montón de monstruos en la fortaleza, pero no creo que sea tan, tan grande... Al menos, no aún —dijo

Gameknight—. En cualquier caso, lo preocupante es la cantidad de generadores que había. Tiene cientos y cientos de generadores de monstruos. En una o dos semanas, su ejército será tan grande que será imposible detenerlo.

—Si terminan lo que estén haciendo ahí abajo y construyen ese portal gigante, Malacoda llevará a todos sus monstruos a la Fuente —dijo el Constructor, cuya voz sonaba ahora afilada—. Y si sigue expandiendo su ejército, entonces... —Una expresión de desolación cruzó el rostro del PNJ—. Tenemos que hacer algo... ahora.

—¿Qué podemos hacer para detener a Malacoda?

Nada más decir aquello, a Gameknight le vino una imagen a la cabeza, una imagen de Malacoda gritando de rabia al encontrar vacía su prisión de obsidiana, con los presos de vuelta en el mundo principal. Una sonrisa se dibujó en su cara.

—Ya sé lo que tenemos que hacer —dijo el Usuario-no-usuario, orgulloso—. Le arrebataremos a los constructores. Eso lo detendrá... por el momento.

—Eso es —exclamó el Constructor, dándole una palmada en el hombro a su amigo—. Es hora de cambiar las tornas de la guerra. Vamos a llevar la guerra hasta Malacoda, en lugar de esperar a que lo haga él, y sé exactamente cómo hacerlo. Vamos a la cámara de construcción. Necesitamos suministros y un portal al inframundo. A ver qué tal van los mineros.

El Constructor corrió hasta el agujero en el suelo y se deslizó por la escalerilla hasta la planta baja. Gameknight vio irse a su amigo, pero vaciló.

«El inframundo... ¿De verdad quiero ir al inframundo? —pensó—. ¿Qué otra elección tengo? No puedo dejar que el Constructor vaya solo. Tengo que estar allí para ayudarle.»

Las imágenes de los hombres-cerdo zombis, los blazes, los esqueletos wither y los ghasts invadieron su mente...

Todas las criaturas del inframundo querían matar al Usuario-no-usuario. Y, por supuesto, la sola idea de enfrentarse a Malacoda lo paralizaba y no lo dejaba moverse. Malacoda... La nueva pesadilla de Gameknight casi hacía parecer insignificante a Erebus. Nunca pensó que pudiese haber una criatura en Minecraft más terrorífica que el rey de los enderman, pero Malacoda... era la cosa más terrorífica que Gameknight podía imaginar.

«¿Qué voy a hacer?», pensó mientras un terror abrumador le atravesaba todo el cuerpo, y lo recorrió un escalofrío.

De pronto, una cabeza diminuta apareció en el agujero del suelo, y un par de ojos azules se elevaron hasta el Usuario-no-usuario.

—Eh, Gameknight... ¿vienes? —preguntó el Constructor.

—Sí —contestó Gameknight999. Se encaminó hacia el agujero, a pesar del miedo que lo atravesaba.

CAPÍTULO 16

LA IRA DE EREBUS

Erebus aulló presa de la rabia. Habían llegado a otra aldea sin rastro de aldeanos... ¿Qué ocurría? Quería matar PNJ, necesitaba sus PE para poder pasar al siguiente servidor y avanzar hacia la Fuente, pero no estaba haciendo ningún avance. Alguien o algo estaba llegando antes que él a las aldeas y las estaba vaciando antes de que pudiese matar a nadie. Aquello le provocaba una ira furibunda.

—¿Dónde están? —chilló, arañando los tímpanos de los que tenía más cerca con su voz estridente.

—No lo sabemos —respondió uno de los generales wither.

Erebus miró al medio esqueleto flotante. Costaba distinguir a la criatura en la oscuridad de la noche. Por el día, sus huesos oscuros habrían destacado sobre el verde de las praderas que rodeaban la aldea, pero el abrazo oscuro de la medianoche lo hacía más difícil. El rey de los enderman solo distinguía las tres calaveras que coronaban el torso óseo, dos de las cuales escudriñaban la zona en todas direcciones en busca de enemigos, mientras que la del centro devolvía la mirada a Erebus.

—Esta es la tercera aldea que los ojeadores encuentran abandonada —informó el general wither—. Estaban todas totalmente vacías, sin signos de que haya habido batalla alguna. Es como si todos los PNJ se hubiesen ido sin más.

—En algunas aldeas debía de haber al menos un centenar de PNJ. ¿No habéis visto huellas, no los habéis seguido? —preguntó Erebus, que apenas podía contener la rabia.

Entraron en una de las casas, la herrería, y miraron por todas partes. Erebus tuvo que agacharse para no golpearse la cabeza con el techo. En un extremo de la estancia había un cofre. La tapa estaba abierta y no había nada dentro, como si alguien hubiese tenido que marcharse con mucha prisa... pero ¿adónde? Erebus se teletransportó del umbral al cofre abierto y miró dentro, y luego lo cerró de un golpe cuya fuerza hizo astillas la caja. Las astillas volaron por los aires y le cayeron encima, lo que hizo que su ira aumentará aún más.

Tragándose el enfado, Erebus volvió fuera. Divisó la alta torre fortificada que se alzaba en el centro de la aldea, cuya estructura se cernía sobre los demás edificios. Se dirigió hacia ella. Todas las aldeas tenían una torre parecida, era el puesto vigía. El recuerdo de Gameknight999 en lo alto de una de aquellas torres en el último servidor durante aquella terrible batalla en la aldea aún perseguía al enderman. Aquel molesto Usuario-no-usuario había conseguido que los aldeanos se defendieran y lucharan. Lo recordaba en lo alto de aquella torre cuando Erebus y su ejército de monstruos se aproximaban a la aldea fortificada. Erebus recordaba el odio ardiente que había sentido casi de inmediato, y cómo su derrota en aquel servidor no había hecho más que avivar las llamas de su ira.

—Te atraparé, Usuario-no-usuario —dijo Erebus en voz queda y estridente, a nadie en particular.

Llegó rápidamente a la torre, con la horda de monstruos siguiéndolo a cierta distancia, sin acercarse demasiado a su líder, fácilmente irritable; solo los withers se atrevían a aproximarse a él. Erebus aún oía la risa burlona de Gameknight al final de aquella batalla, al igual que los insultos que le había dedicado al rey de los enderman; el recuerdo estaba vivo en su memoria. Todos los aldeanos habían vitoreado al Usuario-no-usuario desde las murallas que habían levantado alrededor de la aldea, y algunos también se burlaron de Erebus al ver cómo observaba lo que quedaba de su ejército replegándose en las sombras. El recuerdo hacía que su ira creciese más y más. Aquella torre era sin lugar a dudas un símbolo de su derrota. Tenía que destruirla… AHORA.

—Creepers, adelante —ordenó.

Un grupo de creepers con motas verdes se apresuró hacia delante moviendo sus diminutas patas a toda velocidad. Corrieron hasta donde estaba Erebus y alzaron hacia él sus ojos negros y fríos, con las bocas abiertas y su perpetuo gesto de enfado.

—Quiero a doce creepers dentro de esa torre —ordenó—. Buscad aldeanos. Buscad hasta que os ordene que salgáis.

Los creepers, conscientes de que negarse les habría costado la muerte, se metieron rápidamente por la puerta abierta y se apiñaron en la planta baja de la torre. Unos cuantos subieron por las escaleras que llevaban al primer piso, en busca de aldeanos que el rey de los enderman sabía perfectamente que no había.

Aún oía la risa de Gameknight en el fondo de su mente. La furia que le había provocado la derrota en aquella aldea aún lo dominaba. Se giró hacia su general y pronunció dos palabras en voz muy baja, para que solo las escuchase el wither.

—Quémalos —dijo.

—Pero, señor… —contestó el general, confundido.

—¿Qué es lo que no has entendido, wither?

Erebus desapareció y reapareció al instante al otro

lado de la criatura, a continuación se teletransportó para situarse justo frente al esqueleto de tres cabezas y por último apareció a su espalda, golpeándolo ligeramente cada vez para que supiera que podía destruirlo en cualquier momento. De vuelta en su posición original, el rey de los enderman volvió a mirar a la bestia.

—¿Tengo que repetírtelo? —preguntó Erebus. La ira impregnaba su voz.

Todavía veía a Gameknight999 en lo alto de la torre en su mente, sonriendo de forma estúpida. El recuerdo le impedía razonar.

—¿Qué haces ahí parado sin hacer nada? ¡HAZLO!

Enseguida, el wither lanzó una ráfaga de calaveras negras en llamas por la puerta abierta que alcanzaron a los creepers que estaban más cerca y activaron el proceso de detonación. Las bestias verdes empezaron a iluminarse y a expandirse, se hicieron más y más grandes, sus cuerpos se volvieron blancos, hasta que…

BUM… BUM, BUM, BUM.

Una explosión en cadena hizo estremecerse la aldea. Los creepers que detonaron primero encendieron la mecha de los demás, y se generó un efecto dominó que devastó la torre como un puño explosivo. Los bloques de roca cayeron como granizo por toda la aldea y una grieta enorme se abrió en la superficie de Minecraft. Cuando los bloques ya descansaban en el suelo y el humo se disipó, Erebus miró los restos de la torre con regocijo. Aquello que tanto le recordaba aquel día tan humillante, aquella terrible derrota, ya no existía, y en su lugar solo había un profundo cráter.

—Un momento, ¿qué es eso? —preguntó, apuntando al cráter con uno de sus brazos largos y oscuros.

En la base del cráter humeante había un agujero oscuro que bajaba a las profundidades. Claramente era obra de los aldeanos, porque se trataba de un túnel perfectamente vertical, y los restos de una escalerilla colgaban de uno de los lados. Erebus se teletransportó hasta la base del cráter y una nube de partículas moradas flotó a su alrededor un instante después de que se materializara. La tierra aún estaba caliente. Un olor acre a sulfuro flotaba a su alrededor; el viento esparcía los restos de los creepers.

Se agachó y escudriñó el interior del túnel. La escalera de la pared se perdía en la oscuridad. El final del túnel no era visible, ni siquiera para los agudos ojos de un enderman.

«Es obvio que esto lo han construido esos estúpidos PNJ para desplazarse de su patética aldea a algún lugar subterráneo —pensó—. Pero ¿por qué? ¿Qué hay ahí abajo?»

Se incorporó y vio que su ejército rodeaba el cráter: zombis, esqueletos, creepers, enderman, arañas y slimes, todos miraban hacia abajo, hacia él. Uno de los withers flotó hasta donde estaba. Su esqueleto ennegrecido destacaba contra la piedra gris y la tierra marrón que rodeaban el hoyo.

—¿Cuáles son sus órdenes, señor? —preguntó el wither con su voz seca y crepitante.

Los ojos de Erebus estudiaron sus tropas en el borde del cráter. Miró a un grupo de esqueletos y les ordenó que se acercaran. Los monstruos se miraron unos a otros, aún con el terror pintado en los ojos negros e inertes. Con paso lento y vacilante, los cuatro esqueletos se dirigieron hacia su líder; el sonido de los huesos entrechocándose reverberaba en el aire.

—Bajad por esta escalera y averiguad a dónde lleva —ordenó Erebus—. Cuando lo sepáis, que uno de vosotros vuelva y me informe. Los demás os quedaréis allí para vigilar.

Rápidamente, los esqueletos descendieron por la escalerilla y desaparecieron en la oscuridad. Diez minutos después, la cabeza de uno de ellos se asomó por el túnel como un trofeo incorpóreo.

—Hay una gran cámara —dijo el esqueleto. Su voz estentórea era como el ruido de dos huesos al frotarlos—. Hemos visto una veintena de mesas de trabajo en el suelo de la caverna, y hay un montón de vagonetas que llevan a unos túneles, unos treinta o cuarenta que parten en todas direcciones.

—Entonces, así es como lo hacen —murmuró Erebus.

—¿El qué, señor? —preguntó el general wither.

—Los PNJ —contestó el rey de los enderman—. Siempre he sabido que se comunicaban con las demás aldeas y se desplazaban de un sitio a otro sin moverse por la superficie. Tienen una red de vías subterráneas.

La voz empezó a crujirle de la indignación. De repente se dio cuenta de que aquella red férrea había contribuido a su derrota en el último servidor, y esa certeza lo llenó de ira y de ganas de matar.

—¿Y las vías están en buen estado? —preguntó. La irritación quedaba patente en su voz chirriante.

—Creo que sí —contestó el esqueleto con tono dócil, consciente de que si se equivocaba en su apreciación podía costarle la vida.

—Muy bien —dijo Erebus, y acto seguido se giró hacia sus tropas—. Los aldeanos nos han ocultado este secreto a los monstruos del mundo principal. Ellos pueden desplazarse de una aldea a otra por vía subterránea, mientras que nosotros tenemos que arriesgarnos a cruzar el terreno por la superficie, corriendo siempre el riesgo de que nos sorprenda la luz del sol, que es letal para algunos de nuestros hermanos y hermanas. Los PNJ han mantenido esta red subterránea en secreto a sabiendas de que nos jugábamos la vida.

Algunos monstruos empezaron a murmurar, presas de la agitación. Erebus desapareció y reapareció en el borde del cráter, rodeado de las partículas moradas del teletransporte.

—Los PNJ desean veros sufrir consumidos por los rayos del sol para quedarse con el mundo principal solo para ellos. Se regodean en vuestra agonía, conscientes de que nosotros, los monstruos del mundo principal, nos vemos obligados a vivir bajo tierra y disfrutar únicamente de los restos del festín de Minecraft.

Más murmullos de descontento se elevaron desde la horda a medida que su ira aumentaba, pero Erebus aún no había conseguido llegar hasta donde se proponía, así que continuó.

—Nos hemos conformado durante mucho tiempo con una porción demasiado pequeña de este mundo —chilló—. Esta red férrea nos permitirá movernos por todas partes a nuestro antojo, fuera del alcance de los estragos del sol.

Los zombis y los esqueletos empezaron a rugir y vitorear, seguidos por los chasquidos de las arañas gigantes. La indignación y el rencor estaban a punto de estallar.

—Mi ejército arrasará este mundo como una riada y castigará a los PNJ y a los usuarios con una venganza salvaje hasta eliminarlos por completo. Una vez que nos hayamos deshecho de ellos, cruzaremos el paso a la Fuente, nos liberaremos del yugo de Minecraft e invadiremos el mundo analógico.

El ejército vitoreaba y coreaba:

—Hay que destruir a los PNJ… Destruir a los PNJ… Destruir a los PNJ… —Los cánticos resonaban por toda la zona.

—Ahora, amigos, seguidme, os guiaré hasta nuestro destino.

Acto seguido, Erebus se teletransportó hasta la entrada del túnel y se zambulló en la oscuridad seguido de su ejército, que bajó al cráter como un torrente imparable de monstruos iracundos con una idea fija: la destrucción.

CAPÍTULO 17

DUELO DE REYES

Erebus y su ejército fueron de una aldea a otra por la red de vías subterráneas, sin preocuparse ya de la hora que fuese. La primera aldea a la que llegaron estaba vacía: la cámara de construcción estaba desierta y las pertenencias de los aldeanos cubrían el suelo de piedra. Erebus envió a algunos de los monstruos inmunes al sol a la superficie, pero volvieron con la noticia de que no había nadie en la aldea.

Erebus se enfadaba más y más... «¿Dónde están los aldeanos?»

La horda se arremolinó alrededor de las vagonetas y se montaron de nuevo rumbo a la siguiente aldea, donde la escena se repitió, puesto que también estaba abandonada.

Erebus se enfadó aún más... «¿Qué ocurre aquí?»

—Quizá deberíamos separarnos —sugirió el comandante wither—. Esos insignificantes aldeanos no suponen una gran amenaza.

—No —le cortó Erebus—. El Usuario-no-usuario está ahí, en alguna parte, colocando las piezas para esta partida. No podemos arriesgarnos y dividir nuestras fuerzas.

—Pero los aldeanos no pueden defenderse —insistió el wither.

—Sí que pueden, imbécil. No tienes ni idea. La presencia del Usuario-no-usuario lo cambia todo, incluso las reglas de la guerra. No hay que subestimarlo. Ya cometí ese error una vez, no volveré a hacerlo. No vamos a separarnos.

Los monstruos se apilaron en las vagonetas de nuevo: primero los withers y los enderman, seguidos por los esqueletos, los creepers, las arañas, los zombis y los slimes en la retaguardia. Erebus iba a la cabeza, haciendo las veces de punta de lanza. El ejército avanzaba sin dificultad por los túneles, y su ira crecía con cada aldea desierta que encontraban. Erebus percibía que había un patrón de algún tipo... y sabía que Gameknight tenía algo que ver con aquello.

—Te encontraré muy pronto, Usuario-no-usuario —dijo para sí mientras recorría los túneles a toda velocidad en la reconfortante oscuridad.

Y entonces lo vio... Una luz tenue al final del túnel. Se dio la vuelta y les hizo una seña a los withers para que estuviesen alerta. Cuando irrumpieron en la cámara iluminada, Erebus fue recibido con un sonido maravilloso que era música para sus oídos: gritos de terror.

—¡Monstruos en la cámara de construcción! —chilló uno de los PNJ—. ¡Corred!

Antes de que pudiesen huir, Erebus se teletransportó al otro extremo de la cámara. Agarró los bloques de tierra donde estaban anclados los raíles y los extrajo de modo que las vías cayeran al suelo, cortando así esa vía de escape. Se teletransportó de un raíl a otro y destruyó todas las vías que salían de la cámara de construcción, encerrando a los que allí estaban sin escapatoria posible.

Los withers entraron en la cámara y procedieron a disparar sus letales calaveras negras. Los proyectiles en llamas impactaban contra los PNJ sin remordimientos, matando a los blancos e hiriendo a cualquiera que estuviese cerca. A medida que los monstruos invadían la cámara, el ambiente se llenaba con los alaridos aterrorizados de los PNJ. El repiqueteo de los huesos empezó a generar un eco ensordecedor cuando los esqueletos se unieron a la batalla; sus flechas mortales silbaban en el aire y se hundían en la carne de los aldeanos.

Cuando el resto del ejército de Erebus hubo salido de los túneles, una explosión hizo temblar el suelo... una explosión enorme seguida del *bum, bum, bum* de otras detonaciones menores. De repente, la puerta de la cámara se abrió de golpe. Erebus no daba crédito a lo que veían sus ojos: un ghast de ojos rojos como la sangre.

—¿Qué les ocurre a mis prisioneros? —atronó el ghast, asolando la estancia con su voz felina.

Una masa de blazes surgió por la puerta arrancada de sus goznes en cuanto el ghast se movió por el aire, flotando casi al nivel del techo, con sus nueve larguísimos tentáculos retorciéndose de la emoción. Detrás de los blazes aparecieron los hombres-cerdo zombis, y después los esqueletos wither, primos lejanos de los comandantes wither de Erebus. La sala se llenó de monstruos, confusos y sin saber muy bien qué hacer.

—Estos PNJ no son tus prisioneros —dijo Erebus—. Soy el rey de los enderman y estas son mis víctimas.

La mirada de Malacoda se posó rápidamente sobre Erebus. En su rostro de aspecto inocente se adivinaba una ira venenosa.

—Escúchame bien, enderman —dijo Malacoda con una mueca de desdén—. No tienes ni idea de lo que está ocurriendo aquí. Minecraft está en guerra y tú estás interfiriendo en mis planes.

—Por supuesto que sé que estamos en guerra, ghast —replicó Erebus, dando un paso adelante, absorbiendo a su paso tres esferas brillantes de PE. La sensación de poder cuando aumentaba el nivel de experiencia era estimulante. Sonrió y le sostuvo la mirada a la criatura—. Yo

ya me he enfrentado al Usuario-no-usuario en una batalla en el último plano de servidores, y lo he seguido hasta
este servidor para acabar con él. Voy a absorber todos los
PE de este mundo, y después llevaré a mi ejército hasta la
Fuente. Y tú te estás interponiendo en mi camino.

Malacoda se desplazó lentamente por el aire, y después bajó como un relámpago hasta Erebus, a una velocidad que parecía imposible para una criatura tan grande.
Rodeó al enderman con sus tentáculos y volvió al techo,
con el rey de los enderman atrapado en su abrazo, forcejeando sin éxito. Un resplandor morado empezó a envolver a Erebus, pero se apagó rápidamente.

—No puedes teletransportarte en mi presencia, enderman. Yo controlo el manejo de los portales, y tus débiles
habilidades de teletransporte no son una excepción.

Malacoda esperó para asegurarse de que todos lo
miraban. Quería asegurarse de que la horda del mundo
principal supiera quién estaba al mando. Sus tropas
seguían entrando en la cámara mientras él sostenía en
alto al rey de los enderman. Los blazes se situaron en posiciones estratégicas alrededor de los withers, que eran las
criaturas más peligrosas.

—Ahora voy a soltarte, enderman.

—Me llamo Erebus.

—Muy bien… Voy a soltarte, Erebus, y harás lo que
yo diga o sufrirás mi cólera. ¿Lo has entendido?

Erebus soltó un gruñido agudo, estridente y afirma-
tivo que sonó como el chirrido de una bisagra oxidada,
y dejó de forcejear. Malacoda descendió un poco y lo
soltó, dejándolo caer en el último tramo. Mientras caía,
Erebus intentó teletransportarse, pero sus poderes
seguían bloqueados, probablemente porque aún estaba
muy cerca del ghast. Impactó con fuerza contra el suelo
y perdió varios PE. Un grito ahogado de sorpresa emergió de sus tropas.

Se puso en pie rápidamente y ordenó:

—¡Withers, atacad al ghast! ¡¡Ahora!!

Antes de que ninguno de los monstruos de tres cabezas pudiera moverse siquiera, una descarga de bolas de fuego cayó sobre ellos. Los blazes disparaban desde sus posiciones en el perímetro de la cámara. Los ghasts más pequeños que acababan de entrar en la sala abrieron fuego, apuntando con sus cargas ígneas a los monstruos tricéfalos. En cuestión de segundos, diez withers habían perecido y yacían convertidos en montoncitos de carbón y huesos que alumbraban el suelo de la caverna. Los monstruos del mundo principal retrocedieron varios pasos y bajaron la mirada con la esperanza de no ser ellos el próximo ejemplo.

—Y ahora, déjame que te explique cómo funciona esto, Erebus —dijo Malacoda con una voz como un ronroneo que hizo estremecerse de miedo a todos los PNJ de la caverna—. Soy Malacoda, el rey del inframundo, y yo estoy a la cabeza de esta guerra. Te contaré mis planes para acabar con este mundo y con la Fuente, pero solo cuando me demuestres que mereces la pena.

Uno de los esqueletos se situó junto a Erebus con una expresión desafiante en el cráneo. Malacoda bajó a la velocidad del rayo y envolvió a la criatura con sus pálidos tentáculos. Lo izó hasta el techo de la cámara y el rey del inframundo apretó y apretó. Todo el mundo oyó un crujido, como si un gigante hubiese pisado un montón de ramas... y después se hizo un silencio abrupto. Malacoda soltó a su presa y dejó caer una pila de huesos, que se esparcieron por el suelo de la caverna. Todos dirigieron la mirada a los restos del esqueleto y, acto seguido, de vuelta al ghast.

—Mi primera orden es que detengas esta estúpida masacre de PNJ —prosiguió Malacoda—. En lugar de matarlos, los atraparás y me los traerás, especialmente a los constructores. Necesito mano de obra en el inframundo, y tú me la conseguirás. Puedes matar a algunos para hacer que los demás obedezcan, pero no les hagas ningún daño a los constructores... Son especiales y no pueden sufrir ningún daño.

Malacoda señaló con uno de sus tentáculos al constructor de la aldea; el PNJ de la túnica negra estaba en un rincón, rodeado de aldeanos acorazados. Un grupo de blazes apartaron a la escolta y rodearon al constructor. Los demás aldeanos se encogieron de miedo.

—¡Monstruos del mundo principal! —atronó Malacoda—. Estoy preparándome para abrir una puerta a la Fuente por la que también vosotros podréis pasar si accedéis a servirme. Vuestro patético «rey» será uno de mis generales y ayudará a acelerar la recolecta de PNJ y constructores. Todo depende de estos, y cada vez quedan menos, por la razón que sea. Todos me ayudaréis, o de lo contrario sufriréis la misma suerte que esos huesos del suelo.

Los ojos de los monstruos pasaron del ghast flotante a la pila de huesos que flotaba en el suelo de la caverna. También observaron las siluetas humeantes de los withers tricéfalos que quedarían marcadas para siempre en la superficie de roca. Acto seguido, volvieron a elevar la mirada a su nuevo líder.

—Los aldeanos sanos y fuertes serán trasladados al inframundo para trabajar para nuestra causa. Con los débiles y enfermizos podéis hacer lo que os plazca. —Malacoda estudió atentamente a Erebus—. Traedme aldeanos y constructores, y os recompensaré. Desobedeced y os destruiré. Enviaré blazes y ghasts con vosotros para asegurarme de que cumplís mis órdenes. —Flotó hasta abajo para poner su cara inmensa y cuadrada a la altura de la de Erebus—. ¿Entendido?

Erebus ahogó su rabia en el rincón más oscuro y profundo de su alma y tragó saliva. Se tragó el orgullo y asintió con la cabeza.

—Bien —contestó Malacoda—. Consígueme a esos aldeanos y a los constructores, rápido. Quiero que me los traigas en persona al inframundo. Los blazes te enseñarán dónde están los portales. —Se acercó aún más y habló en voz baja para que solo Erebus pudiese oírle—: No tardes si no quieres que te castigue.

A continuación, el rey del inframundo se giró y volvió a la entrada de la cámara, escoltado de cerca por un círculo de ghasts que llevaban al constructor.

Erebus miró la espalda del ghast, completamente enfurecido. «¿Cómo se atreve esa criatura a tratarme así? Soy Erebus, el rey de los enderman»

Entonces, un pensamiento atravesó su mente y le hizo esbozar una sonrisa casi imperceptible. «Cuando esa monstruosidad menos se lo espere, me vengaré… Pero primero está el Usuario-no-usuario… Después, este intento de rey… Y, por último, la Fuente.»

A medida que las piezas del rompecabezas empezaban a encajar en su mente retorcida y violenta, una sonrisa maligna se dibujó en su rostro.

CAPÍTULO 18

EL RESCATE

La cámara de construcción era un bullir continuo. Los grupos de excavadores ampliaban la caverna para los PNJ que llegaban en manada a la aldea. Mientras, la voz de Constructor resonaba entremezclada con la música de Minecraft. La llegada de los PNJ en las vagonetas era casi una constante, y las casas de la superficie estaban completas. Los excavadores fabricaban más túneles y abrían huecos en los nuevos pasadizos: las casas de los nuevos guerreros de Minecraft.

Pero los excavadores no solo ampliaban la cámara de construcción; muchos de ellos también abrían profundos hoyos en el suelo. Gameknight observaba con curiosidad cómo los PNJ emergían de la mina, cargados con enormes piezas de piedra, hierro mineral o carbón. Aquellos cuyas excavaciones eran más profundas salían a la superficie con pequeñas cantidades de diamante y obsidiana. Llevaban días allí, abriéndose paso en las entrañas de Minecraft en busca de minerales raros. Por supuesto, la obsidiana era el objetivo más preciado. Era la piedra necesaria para la construcción del portal al inframundo, y la forma más segura de conseguirla era excavar hasta la lava y extraerla con picos de diamante.

Cuando daban con las bolsas de lava, los mineros se

apresuraban a abrir pasadizos alrededor de la piedra fundida y marcaban el perímetro. Los PNJ, con cubos de agua, creaban fuentes y las conducían con cuidado hasta la lava. Cuando esta entraba en contacto con el agua, templaba la roca fundida y se formaban los bloques morados. Era entonces cuando los mineros procedían a extraer la obsidiana recién formada con sus picos de diamante, la única herramienta lo suficientemente fuerte para romper aquellos preciados cubos.

El portal fue tomando forma a medida que los mineros abandonaban la galería con sus recompensas. Primero, los constructores colocaban dos bloques de obsidiana en los socavones del suelo, después añadían tres bloques apilados a cada lado y, por último, los remataban con dos bloques de obsidiana oscura; en total se emplearon diez bloques, y pronto el anillo de piedra estuvo terminado.

Gameknight estaba impresionado por la rapidez con que los mineros encontraban los materiales. Cuando el anillo estuvo completo, se acercó para contemplar la hermosa obsidiana. Los bloques oscuros, con sus destellos púrpura, contrastaban con la piedra gris predominante en la enorme cámara de construcción. Era como si sintiera su llamada; los destellos de color le recordaban a las partículas que danzaban alrededor de los enderman.

Caminó hasta el anillo silencioso, extendió el brazo y posó la mano sobre la suave superficie. La obsidiana era fría al tacto, pero también parecía entrañar una energía viva. Sentía el poder latente bajo las piedras; el poder del fuego y el agua, lo que quedaba del violento choque que originaba el bloque.

Al tocarlo con sus propias manos, no sabía cómo, Gameknight podía percibir algo al otro lado de los bloques; no debajo, sino al otro lado, en la dimensión a la que estaban a punto de acceder. Percibió una furia blanca y candente que acechaba en la dimensión paralela; un calor furioso, procedente de los riachuelos de lava que surcaban el inframundo o del odio que dispensaban sus fieras criaturas a los habitantes del mundo principal. De repente, notó que de la oscura piedra emanaba una explosión de maldad. Al otro lado, el espectro de un ser vil y maligno percibía su presencia. Intentó golpearlo, aunque el portal no estaba del todo completo; la imagen de un tentáculo pálido, similar a una serpiente, le atravesó la mente como un relámpago.

Malacoda.

Gameknight retiró la mano enseguida y se apartó del anillo de obsidiana, cerciorándose de que sus dedos pixelados no hubieran sufrido ninguna herida ni quemadura. Miró a su alrededor para comprobar si alguien en la sala lo había visto. Con el ajetreo que había en la cámara —mineros que subían de las minas, PNJ que fabricaban armas y armaduras, bloques de hierro mineral que se fundían para lingotes, vagonetas que iban en todas direcciones desde el centro de las vías— nadie advirtió su reacción, excepto el Constructor.

—¿Qué ha sido eso? —preguntó el joven, en cuyos ojos se advertía una sombra de preocupación.

—Nada —mintió—. Tocaba la piedra antes de que activemos el portal.

—Bueno, ya falta poco. ¿Estás preparado?

Un millón de pensamientos —los motivos por los que no estaba preparado— atravesaron la mente de Gameknight, pero en el fondo sabía que solo eran excusas para no ir. Ningún motivo era real, todos derivaban del miedo que lo envolvía. Al mirar a su amigo, en los brillantes ojos azules de Constructor pudo ver la esperanza, la confianza reflejada en su rostro joven y rectangular, y supo que no podía defraudarlo. Tenía que ver más allá de sus miedos.

—Sí, supongo que estoy más preparado que nunca. Vamos allá.

—Espera —contestó Constructor—. Primero tenemos que vestirte como es debido.

Pidió a un grupo de PNJ que se acercara y señaló al constructor de la aldea. El PNJ dio un paso al frente y se situó frente a Gameknight.

—Imagino que estarás acostumbrado a algo mejor, pero es lo único que hemos podido prepararte con tan poco margen —dijo en voz baja y áspera.

Abrió el inventario, sacó una armadura de hierro y tiró las piezas al suelo, a los pies del Usuario-no-usuario. Frente a él, la coraza blindada oscilaba con suavidad de arriba abajo. Gameknight se preguntó por un momento por qué las cosas hacían eso en Minecraft, por qué el creador de Minecraft, Notch, lo había programado de aquella forma.

Puede que no fuera el momento de responder a aquella pregunta.

Gameknight999 recogió las piezas de la armadura y se fue poniendo el peto, las mallas, las botas y el casco. Enseguida sintió más confianza, como si la capa metalizada le hubiera levantado el ánimo. Flexionó los brazos y las piernas y se sorprendió de lo ligera que era la armadura. Hacía mucho que se había deshecho de su vieja armadura de hierro, cuyo metal quedó resquebrajado y agujereado por los numerosos monstruos que se habían visto obligados a dejar sus marcas en ella. Pero esta armadura tenía algo diferente. Un bonito cordel de acero ribeteaba el cuello y la cintura, y unos elaborados motivos decoraban las rodillas y los hombros, todo ello unido con unos pequeños remaches y una banda que abarcaba todo el pecho. Los petos estaban cubiertos por una malla que cerraba el espacio entre ambos, para evitar que objetos punzantes alcanzaran la carne. En definitiva, era todo un ejemplo de la destreza de los artesanos en Minecraft. Era un verdadero orgullo que se la hubieran regalado.

—¿Mejor ahora? —preguntó Constructor.

Gameknight asintió y sonrió.

—Dásela —dijo Constructor al constructor de la aldea.

El viejo PNJ se volvió, dándole la espalda a Gameknight, abrió el inventario y sacó algo alargado y metálico que parecía desprender una luz azul e iridiscente. Al darse la vuelta, el constructor mostró una espada de hierro de cuya hoja afilada y letal irradiaban unas ondas de energía cálidas y azules como el cobalto. Primero la sujetó por la empuñadura y después se la entregó al Usuario-no-usuario. Gameknight miró el filo y sintió el peso de la responsabilidad que conllevaba el arma. Se asustó y dio un paso atrás.

—Lo siento, Usuario-no-usuario, pero todos los diamantes que encontramos tuvimos que usarlos para los picos —dijo el constructor—. En cambio teníamos hierro de sobra para esta espada, y todos los mineros donaron sus PE para que tuvieras una espada en condiciones. Tiene Retroceso 2 y Afilado 3.

Gameknight alargó el brazo para alcanzar la espada, pero vaciló. Constructor vio visos de perturbación en el rostro de su amigo y se acercó a él.

—Mi tío abuelo Tejedor me habló una vez de la primera gran invasión zombi de Minecraft, en los viejos tiempos —dijo con suavidad mientras se acercaba—. Me contó que los monstruos casi arrasaron con todos los aldeanos de nuestro servidor, pero algo evitó que los PNJ acabaran destruidos: la esperanza. Tejedor me dijo: «La esperanza es un arma muy poderosa, incluso para los que no tienen espada ni arco. La esperanza impide que la gente se dé por vencida y claudique ante sus miedos. Hace que las masas atemorizadas crean en algo más fuerte que ellas mismas». —Dejó que sus palabras permearan y prosiguió—: «La esperanza es el sueño de que algo mejor es posible».

El Constructor se acercó más. Estaba tan cerca que sus labios, al susurrar suavemente, rozaban la oreja de Gameknight, para que solo este pudiera oír sus palabras:

—Todas estas personas han asumido la posibilidad de que pueden vencer. Antes, todos pensaban que estaban condenados, que Malacoda, Erebus y sus tropas eran demasiado para ellos. Pero ahora que el Usuario-no-usuario los lidera, han aceptado la idea de que la salvación de Minecraft es posible. Y la asunción de que el éxito es una posibilidad real, por muy difícil que sea, es el primer paso hacia la victoria.

El Constructor se detuvo un momento y miró alrededor, mientras Gameknight seguía su mirada. Posó en él sus ojos brillantes y esperanzadores, y las sonrisas fueron sustituyendo a las caras de preocupación.

—Aceptar que se puede hacer algo convierte la causa en algo factible, cueste lo que cueste, y tú has concedido esa posibilidad a esta gente. Les has dado esperanza.

«Ojalá tuviera la misma esperanza depositada en mí», pensó para sí Gameknight, aunque sabía que ahora no podía defraudar ni al Constructor ni a los otros PNJ.

Estiró el brazo, rodeó con sus dedos pixelados y rechonchos la empuñadura, que seguía esperando su mano, y la apretó con fuerza. Con suavidad retiró la espada de la mano del Constructor, la alzó y apuntó al techo. Los vítores colmaron la cámara de construcción, y las paredes retumbaron ante la ferocidad de los alegres gritos. Empuñó la espada con determinación y sintió el poder mágico que latía en el arma, cuya hoja estaba ya preparada para la batalla. Al mirar a su alrededor, Gameknight se dio cuenta de que quizá, solo quizá, podían ganar la batalla final y salvar Minecraft.

Al bajar la espada, un par de PNJ se acercaron al Constructor con las manos repletas de explosivos. Dejaron los bloques rojos y negros a sus pies. El joven creador los recogió rápidamente y los guardó en su inventario.

—¿Para qué son todos estos explosivos? —preguntó Gameknight.

El joven se volvió para mirar a su amigo mientras metía el resto en su inventario.

—Para algo que me enseñó mi tío abuelo Tejedor. Siempre decía que «muchos problemas con los monstruos pueden solucionarse con algo de creatividad y unos pocos explosivos». Imagino que en el inframundo nos cruzaremos con algún que otro monstruo, así que quizá lo mejor sea llevar un montón de explosivos para asegurarnos.

Gameknight miró al Constructor, pero no sonrió. El peso de la responsabilidad cayó sobre él con una fuerza apabullante, como un telón de plomo. Se estremeció y miró al portal silencioso para intentar deshacerse de la ansiedad. Caminó hasta el anillo de obsidiana y desenvainó la espada mientras el creador de la aldea sacaba un encendedor de sílex y acero. Con un rápido giro de muñeca, del sílex saltó una chispa que impactó contra los bloques oscuros, y en un instante se abrió un campo purpúreo en el oscuro anillo. Unas chispas de color ciruela revoloteaban en el aire frente a la puerta, similares a las que aparecían cerca de los enderman al teletransportarse. Las partículas flotaban alrededor de la entrada al portal y entonces desviaron su trayectoria hacia ella, como empujadas por una corriente invisible. El campo de teletransportación tiñó de un lavanda intermitente los muros grises de la cámara.

De repente se oyó un grito desde la entrada de la caverna. Las palabras eran ininteligibles, pero el tono era claro: alguien estaba enfadado y ahogado por la furia. A Gameknight no le costó adivinar de quién se trataba. Se dio la vuelta, de espaldas al portal, y miró hacia las dos puertas de hierro que permanecían abiertas en la entrada a la cámara de construcción. Cazadora entró por la puerta como una exhalación, con su melena pelirroja flotando en el aire mientras bajaba los escalones hasta el suelo de la cueva.

—¡Aparta de mi camino! —gritó a otro PNJ mientras descendía por los escalones que desembocaban en la cámara.

Cruzó la cámara con su arco encantado en la mano y fue directa hasta el Constructor y Gameknight, provocando el tintineo de su armadura. La multitud de trabajadores se abrió al ver que se acercaba con paso firme y decidido. La mayoría de los PNJ prefirieron guardar las distancias con ella; siempre es bueno evitar a alguien con ansias de matar.

—¿Estáis locos? —ladró Cazadora al acercarse, sin intención aparente de bajar la voz—. ¡Ir al inframundo con apenas un puñado de tropas es una locura!

—Cazadora, sé lo que puede parecer, pero lo hemos hablado y creemos que es la mejor solución —explicó el Constructor—. Vamos a infiltrarnos con unos cincuenta PNJ y liberar a los creadores de la fortaleza de Malacoda. Con solo cincuenta podremos pasar prácticamente desapercibidos en el inframundo. Con un ejército más nutrido, nos localizarían enseguida. Es la mejor opción: colarnos de forma rápida y silenciosa.

—Estáis locos —le espetó Cazadora, que después se giró para mirar a Gameknight—. ¿Te parece bien este ridículo plan?

—Bueno… ehhh… Creo que…

—Bueno… ehhh… —se mofó Cazadora—. Pues yo creo que eres idiota.

Justo entonces un grupo de PNJ entró en la cámara, todos ataviados con armadura de hierro al completo y empuñando sus espadas resplandecientes. Se acercaron al Constructor y a Gameknight, pero se detuvieron a unos metros, temerosos de Constructor.

—Shhh —la acalló el Constructor—. Vamos a seguir con el plan, para bien o para mal. Estoy harto de que lo único que hagamos sea responder a los ataques de Malacoda. Si seguimos rezagados con respecto al rey del inframundo, al final vencerá. Sé lo que está construyendo ahí abajo: o lo detenemos o estaremos perdidos. Ya va siendo hora de que tomemos la iniciativa y le plantemos cara. —El Constructor miró a los cincuenta voluntarios acorazados y sonrió. Después rodeó a Gameknight con el brazo—. Ya va siendo hora de que ataquemos a esos monstruos del inframundo, y de que se enteren de que no vamos a quedarnos de brazos cruzados —dijo en voz alta para que todos oyeran sus palabras. Los vítores resonaron en cada rincón de la cámara—. ¡Este mundo nos pertenece! Se trata de nuestras familias, nuestros amigos... nuestra comunidad. Y no vamos a dejar que nos los arrebaten. ¡Es hora de atacar y decir BASTA!

El Constructor miró a Gameknight y sonrió. El Usuario-no-usuario le devolvió la sonrisa, consciente del papel que le tocaba representar. Gameknight desenvainó su espada y la alzó por encima de la cabeza. El brillo de la espada mágica iluminó la cámara con su resplandor azul y apaciguador. Miró a Cazadora y le dio un ligero codazo. Ella puso los ojos en blanco, levantó su arco sobre la cabeza y lanzó un tímido grito de guerra.

—¡Síiii! —dijo sin convicción.

—¡Por Minecraft! —gritó Gameknight.

—¡POR MINECRAFT! —respondió toda la cámara a pleno pulmón.

Los muros de la cueva vibraron ligeramente.

—¡VAMOS! ¡SEGUIDME! —gritó el Constructor mientras corría hacia el portal, que brillaba en un extremo de la cámara como si de un mal presagio se tratase.

Se giró, miró por encima del hombro y esbozó una sonrisa irónica. Después corrió a toda prisa hacia el portal, seguido inmediatamente por Gameknight y este, a su vez, por Cazadora.

—Esto me da mala espina —dijo ella mientras atravesaban de un salto el portal y desaparecían del mundo principal, a la cabeza de las tropas acorazadas.

CAPÍTULO 19

LOS PLANES MEJOR TRAZADOS

Cuando salieron del portal esperaban que los monstruos estuvieran allí, aguardando su llegada. Pero, para su sorpresa, no había ninguno; solo el calor apabullante, que les golpeaba en la cara, y el humo acre, que les ardía en la garganta.

—Rápido, dispersaos —ordenó el Constructor—. Matad a cualquier monstruo que intente darse a la fuga. Malacoda no puede enterarse de nuestra llegada. Pero no toquéis a ningún hombre-cerdo zombi. No queremos enfrentarnos a esas criaturas aquí al descubierto.

Los guerreros se dispersaron, cerciorándose de que la zona era segura. El aire destilaba humo y ceniza; a Gameknight999 le ardían los ojos y no paraba de toser. Se aclaró la garganta y miró hacia la escarpada colina. Vio como los hombres-cerdo zombis se movían sin rumbo de un lado a otro, con sus espadas resplandecientes a la luz anaranjada y abrasadora del inframundo.

Inspeccionó la zona y vio que estaban en una meseta alta a unos cien bloques sobre el nivel de la llanura distante. A un lado había una colina con una pendiente suave, que se extendía y se perdía en el horizonte. Habrían tardado mucho si hubieran bajado en esa dirección. Al otro lado había unos acantilados altos, probablemente imposibles de escalar, pero justo a la derecha Gameknight vio lo que necesitaban: un barranco muy profundo insertado en medio del paisaje. Desde lejos parecía una profunda herida abierta en la superficie del inframundo, como si fueran los vestigios de alguna terrible guerra entre gigantes. Las paredes escarpadas de la grieta y el interior sombrío tenían un aspecto siniestro y amenazador.

Tras el barranco, en la distancia, se asentaba la fortaleza de Malacoda, tan oscura y amenazadora que parecía destilar maldad y odio. Se veían unas formas desplazándose de un lado hacia otro; algunas de ellas brillaban como si estuvieran ardiendo, mientras que otras caminaban con pasos de plomo, encorvados por el arduo trabajo. Al afinar la vista, vio que eran los aldeanos a los que obligaban a levantar la poderosa estructura con el fin de ampliar la fortaleza que albergaría más monstruos. Cerca de los desgraciados aldeanos estaban sus guardianes, unos blazes que posiblemente se convertirían en sus verdugos cuando el cansancio les impidiera seguir con el trabajo.

«Pobres», pensó.

—¿Disfrutas de las vistas? —dijo una voz burlona por encima de su hombro.

Gameknight se giró y vio a Cazadora a su lado con sus ojos oscuros clavados en él. Su pelo rizado y rojizo parecía brillar a la luz del inframundo, que le daba la apariencia de un halo incandescente que flotara alrededor de su cabeza.

Justo entonces reparó en el brillo azul e iridiscente de su arco.

—¿De dónde has sacado ese arco encantado? —le preguntó.

—Se lo quité a un esqueleto que merodeaba cerca de la aldea —replicó con orgullo—. Pensarás que esa criatura era capaz de disparar con puntería con esta arma, pero la realidad confirma que un arma solo es certera si lo es su portador.

Gameknight comprendió y asintió.

—De hecho —añadió—, te he conseguido uno igualito que el mío. Tiene Poder IV, Llama I e Infinidad I.

Levantó el arma resplandeciente a la altura de sus ojos y contempló el arco como si tuviera vida propia, como si fuera una extensión de su cuerpo.

—Adoro este arco. Espero que estés a su altura.

Sacó otro arco de su inventario y se lo lanzó al Usuario-no-usuario. Gameknight lo recogió con rapidez, agradecido por semejante arma. Recordó el arco encantado que tenía en el último servidor y lo extrañó como a un viejo amigo, pero con este tenía de sobra por ahora. Sonrió y le dio una palmadita en la espalda a Cazadora, que le devolvió el gesto con una sonrisa en un sorprendente alarde de camaradería.

De repente, el Constructor apareció junto a ellos, seguido por uno de sus guerreros PNJ.

—Todo en orden, todavía no saben de nuestra llegada —aseveró el PNJ dirigiendo su mirada hacia Gameknight y después al Constructor. No parecía tener muy claro quién estaba al mando.

—Espléndido —dijo el Constructor—. Usuario-no-usuario, ¿estamos listos para marchar?

Gameknight se giró hacia su amigo. Vio a toda la expedición, un muro de guerreros acorazados que lo contemplaban con expectación.

—Es la hora —dijo Gameknight, intentando imprimir el máximo valor posible en su voz débil—. Vamos a recuperar a nuestra gente.

Los vítores de los PNJ resonaron en el ambiente cuando Gameknight se dio la vuelta y bajó la colina hacia el terrorífico barranco, seguido muy de cerca por los soldados. Se desplazaba, cuando podía, de refugio en refugio, escondiéndose tras un montículo de cuarzo, bajando después a hurtadillas por otro de infiedra, tratando de pasar desapercibido a los ojos vigilantes que aguardaban en la fortaleza. Echó la vista atrás y vio que sus tropas seguían sus movimientos, que también se agazapaban y se agachaban en la medida de lo posible para evitar que los vieran.

Al bajar a pie, el descenso fue lento. La obligación de pasar desapercibidos los hacía ir aún más despacio, si bien los PNJ y los usuarios no eran rápidos por lo general cuando atravesaban un campo de batalla. Y ese era uno de los puntos flacos de su plan. Por juegos como *StarCradt*, *Command & Conquer* y *Age of Empires*, sabía que en una batalla la velocidad era una cuestión vital. Los que gozaran de mayor movilidad y reaccionaran de forma más rápida podían modificar la estrategia en el curso de la batalla. La frase «ningún plan de batalla sobrevive al contacto con el enemigo» se había corroborado una y otra vez a lo largo de la historia, y Gameknight había aprendido la lección varias veces en infinidad de batallas online. Aquí su plan flaqueaba en dos factores: velocidad y sigilo. Tenían que llegar hasta los constructores sin hacer ruido, sin que nadie advirtiera su presencia. Cuando franquearan los muros de la prisión y liberaran a los prisioneros, era probable que saltaran las alarmas, y a partir de entonces todo sería cuestión de velocidad y suerte.

Todos aquellos factores aterraban a Gameknight. La simple idea de tener que enfrentarse de nuevo a Malacoda y a su horda le provocaba escalofríos a la par que lo hacía sudar de asfixia. El miedo lo consumía, y solo tenía ganas de cavar un hoyo y esconderse en él, pero sabía que no podía. Aquellos PNJ prisioneros dependían de él, al igual que los amigos que lo seguían ahora. Tenía que ser capaz de ver más allá de eso, aunque la anticipación de la inminente batalla parecía exprimir todo su valor. Gameknight se deshizo de todas aquellas preocupaciones y se concentró en el momento, en aquel preciso instante, y puso toda su atención en seguir caminando. Ignoró con decisión las imágenes de la inminente batalla, de Malacoda y de los monstruos a los que se tendría que enfrentar más adelante. Se limitó a pensar en sus pasos. Y, sorprendentemente, la ansiedad cesó durante un rato. Las imágenes del rey del inframundo y sus secuaces se desvanecieron en cuanto consiguió expulsar todas aquellas posibilidades de su mente.

«Quizá pueda hacerlo.»

Gameknight salió de un recoveco en la infiedra y se dirigió rápidamente a la grieta del barranco, donde el suelo emprendía su descenso. Las paredes escarpadas del barranco le transmitían cierta seguridad, y le daban la certeza de que los ojos vigilantes de los monstruos apenas los alcanzarían desde allí. Tras avanzar unos cincuenta bloques por el barranco, se detuvo y esperó a sus amigos. El Constructor lo alcanzó pronto, envainó su espada y se detuvo para tomar aire. Cazadora se apresuró hacia él, pero en lugar de detenerse siguió bajando por el barranco, dejándolos atrás en su carrera, como si la misión fuera exclusivamente suya. El resto de las tropas llegó al barranco y se detuvieron a descansar un momento mientras sus armaduras tintineaban con el choque de los cuerpos acorazados, reverberando en el aire.

—Shhh —dijo el Constructor en voz baja, con la mirada puesta en sus guerreros.

Se relajaron al instante y se dispersaron para que, literalmente, corriera algo de aire entre sus cuerpos jadeantes. El único sonido que podían percibir ahora eran los chillidos de los murciélagos, que revoloteaban de un lado para otro, algunos ascendiendo hasta el cielo y sobre la cumbre del barranco. Al rato volvió Cazadora, subiendo a toda velocidad por la senda. En sus gestos se percibía la violencia y todo su cuerpo, en tensión, parecía dispuesto a quitar de en medio a cualquier persona o cosa que se interpusiera en su camino. Sus ojos, como agujeros negros en el cielo, desprendían una rabia inextinguible. Era como si hubiera vuelto a ver a su familia sufriendo en las garras de los monstruos.

—¿Qué estáis haciendo? —preguntó a Gameknight y al Constructor.

—Necesitamos descansar un poco —replicó el Constructor.

—Uno no descansa hasta que su posición no está asegurada —sentenció Cazadora—. Coloca a un soldado delante y a otro detrás de ti. —Se giró hacia los guerreros—. Pero no os apiñéis, idiotas. Una simple bola de fuego lanzada por un ghast bastaría para acabar con la mayoría de vosotros.

Gameknight y el Constructor se miraron, avergonzados por su descuido.

—Para estar a la altura del enemigo, tenéis que pensar como él. Si quisiera atrapar a esta banda de idiotas, pondría un ghast delante y otro detrás de ellos y los atraparía en un fuego cruzado. —Cazadora volvió a mirar a los guerreros—. Vosotros tres, sacad vuestros arcos, volved al barranco y cubridnos las espaldas. Y vosotros cuatro —dijo, señalando a otro grupo de PNJ—, tensad los arcos y vigilad. Matad a cuantos blazes o ghasts veáis. Recordad, es posible que solo podáis disparar una o dos veces antes de que ellos respondan al ataque, así que todos debéis apuntar al mismo blanco. ¡Ahora, EN MARCHA!

Los guerreros miraron al Constructor y a Gameknight como si pidieran permiso con la mirada.

—Ya la habéis oído —dijo Gameknight—. En marcha.

Asintieron y corrieron por la senda, mientras los otros tres retrocedieron para vigilar la retaguardia.

—Ahora, en marcha —ordenó Cazadora—. Cuanto antes arreglemos este entuerto, antes llegaremos a casa. —Giró rápidamente sobre un pie, se dio la vuelta y emprendió la marcha barranco abajo—. ¡MOVEOS! —gritó sin mirar atrás.

El Constructor y Gameknight se miraron, se encogieron de hombros y siguieron a su compañera, dejando atrás al resto de la tropa.

—Dispersaos —dijo Gameknight por encima del hombro—. Haced lo que Cazadora ordene.

Los guerreros asintieron y formaron una larga y estrecha fila de corazas, intentando hacer el menor ruido posible y con los ojos puestos en la cima del barranco, en busca de amenazas.

Se desplazaron deprisa y sin incidentes, descendiendo poco a poco por la senda serpenteante que se abría paso a través del barranco. En el extremo más bajo, el pasillo se abría ante una enorme llanura que se extendía a lo largo de todo el paisaje. Gameknight veía cómo los hombres-cerdo zombis caminaban cargados con sus espadas doradas que contrastaban con el gris del terreno. Su carne putrefacta parecía viva a la luz roja de los numerosos ríos de lava que surcaban la zona. Las criaturas descerebradas arrastraban los pies de un lado para otro sin rumbo fijo, mientras sus espadas doradas refulgían a la luz.

En la distancia, Gameknight 999 podía ver un mar de lava gigantesco en el que la masa abrasadora de roca fundida desprendía un brillo naranja. El humo y la ceniza emergían del mar ardiente y formaban una niebla grisácea que oscurecía cualquier hito que pudiera apreciarse en su extensa costa, lo que le daba un aspecto de imposible eternidad. El pánico se apoderaba de él al pensar que toda esa lava pudiera extenderse hasta los confines de Minecraft.

«¿Cómo un lugar puede contener tanta lava?», pensaba mientras contemplaba el mar burbujeante.

Pero lo que más pánico le provocaba era la fortaleza gigantesca que se extendía por todo el terreno. Unos bloques ígneos de infiedra, que contrastaban con el naranja óxido predominante, coronaban las oscuras torres. Se elevaban hasta el cielo como si fueran las garras en llamas de una bestia titánica. Estas torres amenazadoras estaban conectadas por unos elevados pasajes, muchos de ellos cerrados por completo. El ladrillo oscuro de infiedra del que estaban construidas les daba un aspecto sombrío y siniestro. Las antorchas salpicaban los laterales de la enorme estructura con unos círculos luminosos que proyectaban luz por todas partes, aunque la iluminación no la hacían menos terrorífica.

Era la estructura más grande que Gameknight había visto en Minecraft.

Los pasos elevados se abrían paso en todas direcciones, se esparcían por el terreno. Pero lo más increíble y terrorífico de toda la estructura era la torre central. Era un enorme edificio cuadrado que se elevaba hasta el cielo, de al menos unos cien bloques, si no más. Estaba rematada por unas almenas dentadas, hechas de bloques incandescentes de infiedra, que decoraban la cúspide. Gameknight podía ver a ambos lados unos balcones que sobresalían por todas partes. Sabía que aquellos balcones atesoraban artefactos hacedores de monstruos llamados generadores; lo había visto en sueños. En esos balcones se traían a la vida a cientos de monstruos, que sumaban sus voces furiosas a los gritos y lamentos ya presentes en el cálido viento. La fortaleza ponía histérico al Usuario-no-usuario, pues sabía que era la gran amenaza de las vidas electrónicas que intentaba proteger.

Apartó la mirada de la fortaleza y centró su atención en la llanura que se extendía ante él. Un terreno abierto y amplio mediaba entre la grieta del barranco y la fortaleza de Malacoda, salpicado de bloques incandescentes, ríos de lava e innumerables hombres-cerdo zombis. A izquierda y derecha se veían unas colinas irregulares de infiedra, cuyas laderas, rocosas y escarpadas, contrastaban con el descenso suave de la planicie.

De repente, un murciélago pasó a su lado como una exhalación, revoloteando desorientado de un lado a otro hacia una de las colinas, probablemente su hogar. Mientras volaba le oía chillar, incómodo quizá por tanto calor. Los murciélagos habitaban en las cuevas, acostumbrados a lugares fríos y húmedos bajo tierra. Aquí, en el inframundo, ni hacía frío ni había humedad, y era probable que el animal se sintiera considerablemente agobiado.

Por precaución, el grupo decidió avanzar y cruzó la llanura a toda velocidad a través de un camino sinuoso, rodeando a los hombres-cerdo zombis, que colmaban el aire de lamentos. Enfilaron por la senda más directa para no llamar la atención de ningún monstruo putrefacto, corriendo lo más deprisa posible para llegar a su destino: la fortaleza.

La enorme estructura ocupaba todo el campo de visión, y se extendía desde las altas colinas en el horizonte brumoso, pasando por la llanura inclinada, hasta desembocar en la orilla del mar de lava. Gameknight veía el terrorífico círculo de piedra que se erigía en la superficie de lava solidificada, donde la vista apenas alcanzaba a ver los oscuros pedestales de obsidiana. Sintió la furia y la violencia que desprendía la isla. Era ahí donde se concentraban todos aquellos chirridos y disonancias procedentes del engranaje de Minecraft.

«En esa isla se decidirá todo», pensó Gameknight. Sabía que su destino se resolvería allí. Los augurios y el miedo comenzaron a invadirle el alma, mientras la idea de librar una terrible batalla en aquel lugar empezaba a nublarle la mente. Y entonces recordó algo que su padre le dijo una vez. En aquel momento no le había visto mucho sentido, pero ahora, por alguna razón... en aquella situación... ahora lo entendía.

«Tener miedo por algo que aún no ha sucedido es como el copo de nieve que no quiere precipitarse por temor al verano —le había dicho su padre—. El pobre copo de nieve se perderá el invierno; se perderá la oportunidad de que lo conviertan en muñeco de nieve o de participar en una guerra de bolas. Perderá la oportunidad de vivir simplemente por no vencer el miedo. Siempre habrá tiempo para tener miedo de algo cuando llegue. A veces, anticiparse a algo puede ser peor de lo que es en realidad. Piensa en el presente y proyecta tus miedos hacia el futuro. Céntrate en el presente... el presente... el presente...»

Las palabras de su padre resonaron en su mente y lo llenaron de tranquilidad y valor. Se olvidó de la inminente batalla y se concentró en el presente y en lo que tenía alrededor... El Constructor... Cazadora... sus guerreros... blazes....

«¿Qué? ¿Blazes?».

—¡BLAZES! —gritó Gameknight, señalando la colina de infiedra.

Un ejército de blazes y cubos magmáticos salió desde detrás de la colina, en dirección a ellos. Señaló la amenaza y se giró hasta encontrar al Constructor a su derecha. Vio que el joven líder señalaba a la derecha, a la otra colina. Otro ejército de blazes, esqueletos, hombres-cerdo zombis emergían de detrás del monte, también en su dirección.

El presente ahora lo representaban aquellos monstruos ávidos de destrucción. El aire se llenó con el repiqueteo de los esqueletos, los chasquidos de las arañas y la respiración mecánica de los blazes: era la sinfonía del odio.

Gameknight notó cómo el pánico y el terror recorrían cada uno de sus nervios como una descarga eléctrica.

Miró atrás y calculó la distancia. Los dos ejércitos les darían alcance antes de que pudieran llegar a la fortaleza. Y si conseguían liberar a los creadores, no podrían volver a casa. Quedarían atrapados en la fortaleza; delante tendrían a todos aquellos enemigos y detrás, a los monstruos de Malacoda.

El rescate había fracasado.

Miró a su amigo y vio la viva imagen de la derrota en el rostro del Constructor, que arqueaba el entrecejo de pura tristeza y arrepentimiento.

—Hemos fracasado —dijo decepcionado el joven PNJ—. Lo siento, amigos.

Gameknight no sabía si le hablaba a los que lo rodeaban o a los pobres creadores que estaban encerrados en la fortaleza. Pero qué importaba. Lo que de verdad importaba era volver al mundo principal sanos y salvos.

«Pero ¿cómo?»

Era muy difícil que pudieran llegar al barranco antes de que los monstruos les dieran caza. ¿Habría otro ejército al otro lado del barranco que les impidiera retirarse al mundo principal? En el inframundo había que actuar con rapidez, pero las piernas les pesaban demasiado.

—¿Qué vamos a hacer? —preguntó el Constructor con la voz tomada por la incertidumbre.

—Los problemas con los monstruos pueden solucionarse con algo de ingenio y explosivos —se dijo Gameknight en voz baja. Después habló en alto y con más confianza, dejando que fuera el presente el que dirigiera su coraje—. Constructor, ¿tienes todavía los explosivos?

—Claro —respondió con la voz aún débil.

—Yo también —dijo una voz entre los guerreros. Gameknight miró al Constructor y vio la indecisión reflejada en su rostro. Se giró hacia Cazadora y vio que se moría por echar a correr y enfrentarse a los enemigos ella sola, pero eso carecía de sentido y al final le costaría la muerte. En aquel momento, en el presente, sus tropas y sus amigos lo necesitaban, necesitaban a Gameknight999... las piezas encajaron en su mente, ya sabía lo que había que hacer.

—¡VAMOS, QUE TODO EL MUNDO ME SIGA! —gritó tras tirar la espada y sacar su arco encantado—. ¡Volvamos al barranco!

—Pero allí no habrá escapatoria —dijo el Constructor mientras movía las piernas perezosamente.

—Sí, sí la habrá —respondió Gameknight—. Vamos a solucionar esos problemas con los monstruos a la entrada del barranco. ¡VAMOS!

CAPÍTULO 20

FUEGOS ARTIFICIALES

El grupo corrió hacia al barranco en línea recta y sin preocuparse ya de pasar inadvertidos, puesto que, a todas luces, ya los habían visto. Cómo habían advertido su presencia las criaturas era todavía un misterio que rondaba la cabeza de Gameknight. Sentía que aquella corazonada era importante, pero no en aquel momento, no en el presente. Reflexionaría más tarde sobre aquel giro de los acontecimientos, si es que sobrevivía…

Pronto llegaron a la boca del barranco.

—La mitad vais a volver a la entrada del barranco y a aseguraros de que no estamos atrapados —ordenó. Había puesto el piloto automático para resolver el puzle que tenían por delante—. El resto construiréis una plataforma y una pasarela en ambos lados del barranco, bien altas ambas, para que los monstruos no puedan subir.

Los guerreros se pusieron manos a la obra. Un grupo empezó a excavar bloques de infiedra, mientras el otro hacía escalones en los muros de unos doce pies de altura. Después hicieron una pasarela recta de solo un bloque de anchura. Mientras unos PNJ construían el paso elevado, otros les llevaban los bloques.

—Deprisa —jaleó Gameknight—. Excavadores, necesitamos todos los bloques que podáis extraer. No os detengáis hasta que llegue la horda. Constructor, necesitamos una sorpresa en la entrada del barranco. ¿Crees que se te puede ocurrir algo de lo que tu tío abuelo Tejedor estuviera orgulloso?

El Constructor sonrió, algo más animado. Sí que podía hacer algo, y además hacerlo bien. Sacó su pico y empezó a cavar agujeros alrededor de la abertura del barranco, y después en las paredes, todos estratégicamente colocados debajo de la arena de almas de dentro de los bloques de infiedra.

—¡Ya vienen! —gritó Cazadora. Corrió a su encuentro disparando flechas en llamas al aire.

—¡Cazadora, vuelve aquí! —ordenó Gameknight—. Vosotros... —señaló a un grupo de PNJ que no estaban haciendo nada— cavad agujeros en el suelo y colocad los bloques de explosivos dentro. Si no tenéis, pedídselos al Constructor. Él siempre lleva explosivos encima.

Este sonrió mientras colocaba explosivos por toda la boca del barranco.

—Pero no tenemos piedra roja para activarlos —protestó uno.

—No os preocupéis, Cazadora y yo nos ocuparemos de eso. Venga, manos a la obra.

El grupo de PNJ subió por el barranco y se puso a cavar agujeros y a colocar bloques de explosivos en el suelo. Los cubos a rayas rojas y negras destacaban sobre el insulso tono marrón de la infiedra. «Bien, se ven perfectamente», pensó Gameknight999.

—Tú —le dijo a uno de los excavadores—, coloca un montón de infiedra delante de cada bloque de explosivos para que los monstruos no los vean pero sean visibles desde detrás. Pon también unos cuantos donde no haya explosivos. No podemos dejar que los monstruos descubran nuestros regalitos antes de que estén listos para explotar.

El guerrero asintió, dejó el pico y empezó a colocar cubos marrones de infiedra delante de los agujeros del suelo.

—¡Ya casi están aquí! —gritó Cazadora, que llegaba corriendo a la entrada del barranco.

Gameknight olió a la horda que se aproximaba. El olor putrefacto de la carne en descomposición de los zombis y el humo acre de los blazes anunciaba la avanzadilla de la batalla que acababa de comenzar.

—Deprisa, subid a la pasarela —dijo señalando el muro más alejado—. Los que tengáis arcos, subid también. Pero los que todavía tengan bloques de infiedra, que vayan primero. Los de las espadas seréis el cebo. Vuestra misión es que los monstruos entren en el barranco. ¡Rápido, moveos!

Un puñado de PNJ dejó los picos y subió corriendo las escaleras que habían excavado en las paredes verticales. Tras ellos ascendieron tres más con expresión asustada y arcos en las manos. Miraron a los doce guerreros que se habían quedado en la entrada del barranco, con las espadas desenvainadas y los semblantes graves. El Constructor estaba a la cabeza; su figura infantil parecía diminuta al lado de los adultos acorazados que tenía alrededor.

—¡Constructor, sube! —gritó Gameknight.

—No. Mi sitio está aquí, con mi ejército —contestó—. Los ralentizaremos y haremos que muerdan el anzuelo. Espero que tu plan funcione… sea el que sea.

—Yo también, amigo —gritó Gameknight—. Pero quizá necesitemos algo más.

El Constructor miró hacia arriba, confundido, y los demás PNJ también lanzaron miradas al Usuario-no-usuario.

Gameknight abrió su inventario, sacó algo y se lo lanzó al Constructor, que lo atrapó con destreza y lo guardó rápidamente en su inventario antes de que nadie más pudiese verlo, con una sonrisa.

—Tu padre siempre decía que al inframundo había que venir preparado, ¿no? —dijo Gameknight, recordando una de tantas historias del Constructor—. Nunca sabes qué puedes necesitar.

El Constructor se limitó a sonreír, volvió a sacar la espada y se dio la vuelta para plantarle cara a la horda.

Gameknight notaba cómo aumentaba la tensión y la agitación entre los guerreros de abajo y los arqueros de arriba. La sed de destrucción de los monstruos que se aproximaban casi se podía tocar. Los lamentos de los zombis y la respiración mecánica de los blazes inundaban el aire. Las dos facciones estaban a punto de colisionar, a costa de muchas vidas. Había hecho todo lo que estaba en su mano y había soltado a los perros de la guerra. Nadie podía detener lo que había comenzado, y muchos habían asumido su destino y pronto quedarían en el olvido. Le recorrió un escalofrío al estallarle el presente en la cara.

Los cubos magmáticos fueron los primeros en llegar. Los monstruos gigantes parecían hechos de gelatina y tenían brasas incandescentes dentro de sus núcleos translúcidos. Se erguían y sus cuerpos se extendían como acordeones al saltar, para luego volver a plegarse cuando volvían a aterrizar en el suelo. Las criaturas brillantes emitían un sonido parecido a un chapoteo al golpear el suelo —*boing, boing*— que se sumaba a la sinfonía de los gemidos y lamentos de los monstruos. Gameknight sabía que cuando matabas a una de aquellas criaturas, se dividía en dos cubos magmáticos más pequeños; siempre se dividían cuando los matabas, una y otra vez, en cubos cada vez más pequeños. Si sus tropas atacaban a aquellas criaturas, pronto los superarían de largo en número y estarían rodeados. Esperaba que el Constructor lo tuviese en cuenta, y se alegró cuando vio que los guerreros se retiraban al barranco en lugar de rebanar con la espada a las bestias brillantes.

Pero desde el otro extremo del barranco empezaron a lanzar flechas llameantes. Cazadora estaba disparando a los cubos magmáticos desde la pasarela.

—¡Alto el fuego! —gritó, levantando una mano para que los arqueros dejaran de disparar.

El Constructor y el resto de los guerreros se adentraron aún más en el barranco, atrayendo a los monstruos hacia la trampa sorpresa, pero siempre visibles para el resto de la horda.

—¡Alto el fuego! —chilló de nuevo, mientras el Constructor retrocedía un poco más.

Entonces, el Constructor dejó de recular y se preparó para mantener la posición.

—¡Venid a por mí, bichos cobardes! —gritó el joven PNJ a pleno pulmón. Acto seguido, dibujó una raya en el suelo—. Aquí os detendréis. ¡No podéis pasar! —Se apoyó la espada en el hombro y se quedó esperando, como si nada.

Al verlo, el ejército atacante rugió de furia. Cargaron con una ira descontrolada, como si un dique hubiese estado frenando toda su violencia y su maldad y se hubiese reventado de repente. Cuando la marabunta de monstruos llegó a la entrada del barranco, el Constructor levantó la vista hacia el Usuario-no-usuario y lo miró expectante.

—Cazadora, los explosivos... ¡AHORA! —vociferó Gameknight.

Un montón de flechas en llamas se precipitaron desde ambas pasarelas e impactaron en los bloques de explosivos que el Constructor había colocado estratégicamente alrededor de la entrada de la quebrada. Gameknight disparó a los blancos explosivos desde su posición a la vez que Cazadora hacía lo propio; ella nunca erraba el tiro.

Los cubos rojos y negros empezaron a parpadear justo cuando los monstruos embestían. Los cubos magmáticos, dándose cuenta de lo que estaba pasando, se dieron la vuelta e intentaron escapar de la trampa. Sus cuerpos inmensos chocaron contra la oleada de criaturas del inframundo y se formó un gran tapón en la entrada del barranco. Los cubos magmáticos intentaban empujar a los monstruos para pasar, pero era demasiado tarde.

¡BUM!

La tierra se agitó con violencia y se levantó a causa de la detonación. De los explosivos emergieron bolas enormes de fuego que engulleron a una gran cantidad de blazes y esqueletos. Las paredes del barranco se desmoronaron sobre ellos; la arena de almas fluyó hasta el suelo, donde sepultó a muchos miembros de la ofensiva. Pero lo más importante fue que el suelo se alfombró con esta arena. Los monstruos que sobrevivieron a la explosión luchaban por avanzar, pero la arena espesa los ralentizaba y dificultaba enormemente la tarea de andar o correr.

Las fuerzas del Constructor cargaron a través de la nube de humo y atacaron a los supervivientes de la primera línea. Una vez que los hubieron matado, los PNJ fueron a por las criaturas que se debatían en la arena de almas, quedándose sobre los bloques de infiedra para poder moverse con agilidad; en la batalla, la movilidad era lo único que te mantenía con vida. Las flechas se precipitaban desde las pasarelas y sus puntas afiladas caían sobre los monstruos con saña.

Gameknight999 no pensaba en lo que estaba ocurriendo ni a qué monstruo iba a disparar a continuación, solo reaccionaba y vivía en el presente. Era una máquina de matar, sus flechas buscaban la carne del enemigo tan pronto como apuntaba con el arco. Miró al otro lado del barranco y vio a Cazadora haciendo lo mismo; su arco encantado se movía como un torbellino y su semblante serio reflejaba la determinación. Con precisión quirúrgica, seguía al blanco con los ojos y se desplazaba con premura y decisión. Su melena rojiza brillaba como un majestuoso estandarte de batalla. De pronto, una carga ígnea apareció sobre su cabeza. Se agachó, localizó el origen del proyectil y, rápidamente, encajó tres flechas en el cuerpo llameante del blaze.

A la entrada del barranco habían llegado más monstruos, pero la avanzadilla había sufrido una merma considerable fruto de la trampa y de sus espadas. Gameknight avistó la vasta horda y se dio cuenta de que no podían quedarse allí si querían sobrevivir.

—¡REPLEGAOS! —gritó Gameknight mientras empujaba a los de la pasarela a adentrarse aún más en el barranco—. Constructor, pon más regalos sorpresa.

—No tengo con qué prender la mecha —contestó aquella voz anciana desde el rostro juvenil.

—Nosotros nos ocupamos de eso —replicó—. Tú pon los explosivos y vuelve aquí.

El Constructor asintió y se retiró, dejando a los monstruos forcejeando en la arena de almas. Iba plantando bloques de explosivos mientras corría, dejándolos caer en los agujeros que había cavado otro PNJ, que también había colocado cubos de infiedra delante para ocultar el regalo explosivo. Las tropas corrían por el fondo del barranco, ascendiendo por el camino que los llevaba a la salvación: el portal. Justo en ese momento, varias cargas ígneas atravesaron el aire cuando un grupo de blazes consiguió salir de la arena de almas y doblar la curva. Las letales bolas de fuego alcanzaron a los soldados y prendieron fuego a dos de ellos. Sus gritos resonaban en el cerebro de Gameknight.

«Ese podía haber sido el Constructor… O podía haber sido yo —pensó—. ¿Qué ocurrirá cuando lleguemos al otro extremo del barranco? ¿Estará bloqueado? ¿Estará…?»

El miedo corría libremente por su cuerpo al pensar en lo que podía ocurrir en lugar de en lo que estaba ocurriendo.

«Anticiparse a algo puede ser peor que el momento en que de verdad acontezca.» Las palabras de su padre resonaron en su cabeza. Barrieron aquellos pensamientos que no eran más que meras suposiciones y lo trajeron de vuelta al presente. Tenía que concentrarse en lo que estaba ocurriendo ahora y no en lo que podía pasar cuando llegaran al otro lado del barranco o del portal. Si no sobrevivían al presente, todo lo demás daría igual.

Mientras seguía avanzando por la pasarela, disparó a uno de los cubos de explosivos justo cuando los blazes se acercaban. El bloque detonó, abrió el suelo del barranco y, afortunadamente para ellos, engulló a muchos de los blazes, aunque unos pocos se libraron. Cazadora lanzó sus proyectiles mortíferos a las bestias y los arqueros de detrás sumaron sus flechas, y entre todos abatieron a los supervivientes en cuestión de segundos.

El humo empezó a extenderse por el barranco, lo que hacía más difícil divisar los blancos, pero también protegía a los aldeanos de los blazes. Las flechas llameantes de Gameknight999 y de Cazadora cruzaban el aire brumoso como espectros brillantes e impactaban en los blazes candentes. El fuego interno de los monstruos los convertía en blancos fáciles entre el humo y la confusión, y los arqueros se aprovechaban de ello.

—¡Seguid retrocediendo! —gritó—. Constructor... ¡muévete!

Continuaron reculando y repitieron el proceso: retroceso, atraer al enemigo, disparar a los explosivos, abrir una grieta en el terreno y matar a varios monstruos con la detonación. Pusieron en práctica esta estrategia varias veces mientras avanzaban lentamente por el barranco hacia la abertura superior que los conduciría al portal.

Funcionó unas cuantas veces más hasta que los monstruos adivinaron el truco y empezaron a replegarse y a enviar avanzadillas cada vez más reducidas para activar los explosivos, generalmente consistentes en hombres-cerdo zombis, que eran las criaturas más estúpidas y, obviamente, las consideraban prescindibles. El plan estaba perdiendo eficacia.

De repente, se oyó un ruido al otro lado del barranco. Gameknight se giró y vio cómo el resto de sus fuerzas volvían hacia ellos. Los soldados acorazados bajaban corriendo por la senda para unirse a los demás.

—¿Cómo está el otro extremo del barranco? —gritó Gameknight mientras seguía avanzando por la pasarela. Veía ya el final del paso elevado y, aunque había un PNJ en la punta colocando más bloques, no lo hacía lo suficientemente rápido.

—No hay monstruos a la vista —contestó uno de los guerreros—. De hecho, es como si se hubiesen esfumado... Todos los hombres-cerdo zombis se han largado. El camino que sube por la colina hacia el portal está despejado.

De repente, una bola de fuego gigante cayó del cielo y envolvió al soldado. Sus PE se pusieron rápidamente a cero y su cuerpo desapareció con un «pop»; solo quedaron la armadura y las armas. Gameknight miró hacia arriba y se le heló la respiración.

Ghasts... Por lo menos diez.

Enfrentarse a un ghast era tarea difícil, pero a diez... Estaban perdidos. Empezaron a llover cargas ígneas sobre los PNJ, cada una con la idea de cobrarse una vida. Los guerreros se dispersaron para tratar de esquivar las bolas de fuego, pero en el estrecho barranco no se podía ir muy lejos. Mientras de lo alto caían las enormes cargas ígneas, los blazes, que ya se aproximaban, les lanzaban proyectiles más pequeños.

—¡Retroceded, replegaos! —chilló Gameknight con el sabor de la derrota ya en los labios—. Arqueros, haced recular a los blazes.

Los arqueros de ambos lados abrieron fuego, lanzando todas las flechas que podían a los monstruos para cubrir el retroceso de las fuerzas de infantería mientras del cielo caían más bolas mortíferas sobre ellos. Gameknight vio que un PNJ estaba colocando bloques de explosivos mientras se retiraban, pero no era el Constructor. ¿Dónde estaba el Constructor? Escudriñó el barranco buscando a su amigo, pero algo distrajo su atención cuando vio por el rabillo del ojo una cosa que salía disparada hacia el cielo.

De repente, hubo una explosión de luz en el cielo, un estallido de color que detuvo la batalla del barranco un instante: los fuegos artificiales del Constructor. Otro misil se elevó por el aire, dejando un rastro de chispas detrás antes de explotar en una lluvia verde y centelleante que dibujó la cara de un creeper que observaba a los contendientes. Había detonado entre dos ghasts, y la explosión los hizo retroceder para evitar prender fuego. Una docena de fuegos artificiales se elevó en el aire y explotaron todos sobre el barranco y empujando a los ghasts aún más lejos. Los guerreros estallaron en vítores, que les dieron fuerzas para recrudecer su ataque.

Otro bloque de explosivos detonó a nivel del suelo, activado por la flecha llameante de Cazadora. Aquello devolvió la atención de Gameknight a la batalla que se libraba allí abajo. Localizó otro cubo explosivo y disparó uno de sus proyectiles en llamas, detonándolo justo cuando un grupo de esqueletos wither lo rodeaba. Sus huesos oscuros cayeron sobre sus compañeros.

—¡BRAVO! —gritó alguien.

Los guerreros cargaron, haciendo retroceder un poco al vasto ejército de monstruos.

—¡No, seguid retrocediendo! —gritó Gameknight—. ¡Tenemos que volver al portal!

Sabía que nunca ganarían aquella batalla. Lo único que los mantenía con vida eran las estrechas paredes del barranco, pero una vez que estuvieran en campo abierto, aquello sería una carrera por la supervivencia.

Siguieron retrocediendo por el barranco, detonando los explosivos para ralentizar a los monstruos y dejando que los fuegos artificiales del Constructor mantuvieran a raya a los ghasts. Gameknight miró por encima de su hombro y vio la parte superior de la entrada al barranco, donde cuatro guerreros vigilaban la salida. Al ver la batalla campal que estaba teniendo lugar, los cuatro corrieron para unirse a sus camaradas. El terreno estaba cubierto de huesos de esqueleto, rodillos de los blazes y espadas doradas, pero también había armaduras de hierro, espadas del mismo material y arcos diseminados por el suelo, cuyos dueños habían perecido. La horda de monstruos había hecho estragos; debía de haberlos reducido a la mitad, si no más, pero los aldeanos seguían luchando y se negaban a rendirse. La rendición significaba la muerte.

Vio al Constructor, que estaba colocando un montón de fuegos artificiales en la boca del barranco para preparar la huida.

Ahora que el barranco iba subiendo de nivel, el paso elevado solo estaba ya a cuatro bloques del suelo. Gameknight ordenó a los albañiles que construyeran unos escalones para que pudieran bajar sin hacerse daño.

—Cazadora… ¡al suelo! —gritó sobre el rumor de la batalla—. ¡Guíanos hacia el portal!

Ella asintió y saltó al suelo, con el cabello pelirrojo flotando rebelde detrás. Aterrizó con la agilidad de un gato y avanzó hacia la boca del barranco.

—¡Seguid todos a Cazadora! —gritó—. ¡Corred!

Los guerreros abandonaron la línea de batalla y

corrieron barranco arriba, hacia la abertura que llevaba a la planicie y al portal. Sabían que habría ghasts allí fuera, pero la velocidad era su única arma en aquel momento. Los PNJ corrieron como alma que lleva el diablo, mientras los sonidos de la turba asesina aumentaban a medida que la horda de monstruos salía del barranco y se esparcían por la llanura. Gameknight y el Constructor iban en la retaguardia, y el joven PNJ seguía dejando bloques de explosivos y fuegos artificiales tras ellos con la esperanza de generar confusión entre sus enemigos. El Constructor ya no se preocupaba por esconder las sorpresas, solo dejaba los explosivos en el suelo y la mecha encima.

Gameknight esperaba hasta que los monstruos se acercaban, vigilando por encima del hombro, luego daba media vuelta y disparaba una flecha a los explosivos para detonarlos, además de prender de paso la mecha de los fuegos artificiales. La detonación infligía daño a los monstruos a su nivel y los fuegos artificiales salían despedidos por el aire, y con suerte alcanzaban a algún ghast.

Como Gameknight y el Constructor cerraban la fila de soldados, tenía miedo de que los ghasts los utilizaran para practicar su puntería, pero no cayó ni una sola carga ígnea sobre ellos. En lugar de eso, los monstruos flotantes disparaban las bolas de fuego a sus filas; las esferas en llamas alcanzaban a un aldeano tras otro, consumían sus PE y los PNJ desaparecían sin siquiera gritar ni mucho menos despedirse. Los ghasts fueron reduciendo su ya mermado ejército; de los cincuenta con los que habían empezado ya solo quedaban doce —¡BUM!—, once con vida.

Gameknight se estremeció y le entraron ganas de llorar. ¿De qué había servido sacrificar todas aquellas vidas? A su izquierda, vio a Cazadora corriendo de espaldas. Su arco encantado disparaba proyectiles en llamas a los gigantes flotantes, a los que agujereaba con sus flechas, una, dos y hasta tres veces hasta que los ghasts morían dejando escapar una lágrima cristalina. Otros guerreros vieron a Cazadora y se dieron la vuelta para sumar sus flechas al ataque. Los proyectiles surcaban el cielo y se hundían en las criaturas de rostro infantil; las lágrimas de ghast caían como si lloviese.

Gameknight centraba sus disparos en los explosivos que el Constructor iba colocando. Los bloques a rayas no solo crearon el caos entre los perseguidores, sino que también —y eso era lo más importante— abrían cráteres en el suelo y dificultaban la persecución. Pero el grupo se movía demasiado despacio. Necesitaban desesperadamente avanzar más rápido, la velocidad era la clave para sobrevivir en el inframundo. Gameknight sabía que aquella era una pieza importante del rompecabezas, pero no tenía tiempo para reflexionar sobre ello. Lo único que podía hacer en aquel momento era concentrarse en disparar su arco todo lo deprisa que su brazo le permitía tensar la cuerda.

Los guerreros supervivientes irrumpieron en un vítor que desvió la atención de Gameknight hacia el cielo. Habían matado al último ghast, y el cielo rocoso del inframundo estaba ahora despejado de peligros. Miró de nuevo a los soldados y vio cómo salían a correr de nuevo, ahora que no tenían que disparar de espaldas. La enorme colina de cuarzo que señalaba la ubicación del portal estaba ante ellos, pero sabía que la horda de monstruos que los perseguía les pisaba aún los talones. Echó un vistazo por encima del hombro y advirtió sorprendido que las criaturas habían interrumpido la persecución; ahora simplemente lo miraban con sus ojos muertos y llenos de odio.

—¿Por qué se han parado? —le preguntó al Constructor.

—¿Qué más da? —contestó este mientras seguía corriendo.

A Gameknight no le gustaba aquello, pero sabía que fuera lo que fuese lo que tramaban los monstruos, era mejor no tener que intentar luchar contra ellos. Así que él también prosiguió la carrera, dejó el arco y desenvainó la espada de hierro encantada. Quizá sí podrían sobrevivir después de todo.

La comitiva corrió colina arriba, rodeando gradualmente el gigantesco monte de cuarzo del inframundo. Los cristales incrustados en los bloques rojizos lanzaban destellos al reflejar la luz ardiente del inframundo. En la primera línea de los supervivientes, vio a Cazadora que corría hacia delante con el arco reluciente aún en la mano. Parecía tan segura de sí misma, tan valiente... Deseó ser como ella. Quizá lo sería, algún día, si...

De pronto, Cazadora se detuvo, tensó el arco y apuntó con una flecha afilada que desprendía llamas de fuego encantado. Pero no disparó. El resto de los guerreros llegaron hasta su posición y también se pararon en seco, visiblemente agitados. Gameknight y el Constructor siguieron corriendo hasta que por fin llegaron al pie de la colina de cuarzo del inframundo. Apartaron a algunos de los supervivientes hasta llegar junto a Cazadora. Gameknight miró en la dirección a la que apuntaba con su arco mortal y le dio un vuelco el corazón.

Estaban perdidos.

Entre ellos y el portal se extendía un mar de criaturas altas y larguiruchas. Todas los miraban con un odio inconmensurable. En el centro del sombrío grupo destacaba una figura de color rojo muy, muy oscuro, una criatura que emanaba una violencia sin par: Erebus.

La esperanza abandonó por completo a Gameknight-999, sustituida por el sabor amargo de la derrota.

CAPÍTULO 21

LA ESPERANZA PERDIDA

Un océano de enderman se interponía entre ellos y el portal, con Erebus al frente. Su silueta rojo oscuro estaba rodeada de partículas moradas de teletransporte, lista para aparecer y desaparecer allá donde se le antojara. Las figuras altas y oscuras destacaban contra la infiedra rojiza sobre la que estaban apostadas; los cuerpos negros y los brazos largos los hacían parecer aún más altos. Detrás de Erebus, los demás enderman empezaron también a desprender las partículas, que formaban un halo morado alrededor de las mortíferas criaturas.

Erebus lanzó su carcajada de enderman, escalofriante y repulsiva. Los guerreros se encogieron de miedo.

—Vaya, Usuario-no-usuario, volvemos a encontrarnos —dijo Erebus con su voz estridente como un chirrido, que se colaba entre los gruñidos de los monstruos que se habían quedado al pie de la colina.

Gameknight se echó a temblar al venirle a la mente de golpe todos los recuerdos de sus pesadillas. Aún podía sentir aquellos brazos fríos y viscosos apretándole la garganta, y los ojos temibles y rojos de Erebus adentrándose en su alma.

—¿Qué hacemos? —preguntó uno de los guerreros—. Usuario-no-usuario, dinos algo… guíanos.

Más que a pregunta sonaba a súplica, pero sabía que no podía hacer nada. Tenía delante a la encarnación de su peor pesadilla, esperando para matarlo. El miedo le nublaba la mente y estaba allí plantado sin saber qué hacer. Cazadora se acercó a él.

—Deprisa, tenemos que hacer algo —dijo con la voz aún destilando valentía—. Gameknight, espabila.

—Pues… podemos… eh… —Gameknight tartamudeaba y la indecisión y el miedo le impedían pensar en algo efectivo.

—Tengo una idea —dijo el Constructor—. Cazadora, por la razón que sea, me quieren vivo. A mí no me harán daño. —Sacó un bloque de explosivos y lo levantó sobre la cabeza—. Prepara el arco. Si me atacan, dispara al bloque. No vaciles, ¿me oyes?

Cazadora posó sus ojos marrones en los azules del Constructor y asintió. Se apartó un mechón pelirrojo de la cara, se lo pasó por detrás de la oreja y sacó una flecha. Con la mano que le quedaba libre, le dio una palmada al joven PNJ en el hombro y se situó en primera línea del mermado grupo de guerreros.

El Constructor se puso al lado de Gameknight y le habló en voz baja, para que solo él lo oyera.

—Recuerda lo que te dije, Usuario-no-usuario… Recuerda al Pescador —susurró—: No son las hazañas las que hacen al héroe, sino la forma en que vence sus miedos.

Acto seguido, el Constructor dio un paso adelante y se dirigió hacia Erebus, con el bloque a rayas rojas y negras levantado por encima de la cabeza.

—¿Qué es esto, un regalo? —siseó el rey de los enderman.

El Constructor no contestó. Solo siguió caminando lentamente hacia el monstruo carmesí.

—¿Qué haces?

El Constructor permaneció en silencio mientras avanzaba, lento pero seguro. Cazadora se adelantó, con una flecha en llamas tensa en la cuerda del arco.

El resto de los enderman, vacilantes, empezaron a retroceder, todos con los ojos morados fijos en el bloque de explosivos. El Constructor continuó su camino con la mirada fija en el suelo y el bloque de explosivos bien levantado, para que fuese un blanco fácil.

Gameknight notó cómo unas manos cuadradas lo empujaban hacia delante; todos los guerreros que quedaban con vida estaban avanzando también, con las espadas envainadas. Sabían que las armas no les servirían de nada contra tantísimos enderman.

Gameknight observó la situación y logró enfocar al fin la escena. El Constructor iba delante, con los explosivos levantados en el aire. Recordaba vagamente que el Constructor le había dicho algo sobre las hazañas, pero el miedo le impedía acordarse con claridad. Lentamente, el temor se fue disipando a medida que reconocía su inevitable destino. Un razonamiento frío y calmado lo recorrió al asumir que sería allí donde moriría.

Gameknight apartó las manos que lo empujaban y avanzó por su propio pie junto a los pocos supervivientes, que caminaban con el peso de la derrota sobre los hombros. Todos sabían que aquel sería el campo de batalla definitivo... todos menos Cazadora. Ella iba a la cabeza de la comitiva, con la espalda recta y el mentón levantado, apuntando con su flecha en llamas al bloque de explosivos.

—Cazadora, no puedes disparar —le rogó Gameknight—. Es el Constructor.

—Cállate —replicó ella.

—Pero es...

—Silencio, imbécil —ordenó Cazadora—. Ven aquí delante conmigo e intenta parecer un líder de verdad por una vez.

Se sintió avergonzado. Se había dado cuenta de su cobardía, su asunción de la derrota, mientras que ella se mantenía valiente y desafiante. Avanzó lentamente hasta llegar a su lado. Sacó su arco reluciente y colocó una flecha, apuntando hacia delante, hacia el Constructor, aunque lo último que quería era provocar la muerte de su amigo. La punta llameante de la flecha temblaba, aunque él intentaba mantenerse firme, pero el terror y la desesperación aún dominaban cada músculo de su cuerpo.

—Atrás, o les ordenaré que disparen —gritó el Constructor—. A tu amo no le gustaría verme muerto, ¿no?

—¡YO NO TENGO AMO! —chilló Erebus. Sus ojos refulgían con un brillo letal, un odio renovado inundaba sus pupilas rojo sangre.

—Pero bien que estás retrocediendo —dijo el Constructor, con una sonrisa sarcástica pintada en el rostro.

Aquello hizo que Erebus se echase a temblar de rabia. Los ojos le brillaban cada vez más.

—Cuidado —advirtió el Constructor—. No querrás hacer algo de lo que luego te puedas arrepentir.

—No matarte en este preciso instante es algo de lo que podría arrepentirme, pero ya te llegará tu hora. En cambio, ese cobarde del Usuario-no-usuario... a él puedo matarle ahora mismo.

El Constructor dio dos pasos rápidos adelante, haciendo retroceder a los enderman y abriéndose paso hacia el portal.

—¡Ahora! —gritó Cazadora—. ¡Corred!

Los guerreros echaron a correr y se colaron por el portal. Cazadora se quedó delante, con una pierna dentro del campo de partículas moradas y sin dejar de apuntar a los explosivos con su arco. Gameknight estaba a su lado, sin saber muy bien qué hacer.

—Pasa, idiota —ordenó—. Yo me encargo de esto.

Así que Gameknight cruzó el portal. El campo de partículas moradas y brillantes le nubló la vista, y el inframundo se fue desvaneciendo para dar paso a la pared de roca de la cámara de construcción. Se alejó y se giró para mirar el portal púrpura. De la abertura sobresalía una pierna, la pierna de Cazadora. Sacó el arco y apuntó hacia la puerta, preparado para recibir a la marea de monstruos que podía cruzar en cualquier momento.

—¡Preparaos para sellar el portal! —gritó.

Los PNJ avanzaron con bloques de roca en las manos. Algunos empezaron a colocarlos en la parte trasera del portal, dejando la delantera abierta para el Constructor y Cazadora. De repente, aparecieron, juntos. La multitud expectante estalló en vítores. Gameknight tenía la impresión de que toda la aldea estaba allí. Había cientos de PNJ apiñados en la amplia cámara de construcción.

—Lo habéis conseguido —dijo Gameknight con una sonrisa.

Los albañiles empezaron a colocar los bloques de roca en la entrada del portal. El Constructor y Cazadora se alejaron un poco; el joven PNJ aún llevaba el bloque de explosivos entre las manos. Pero antes de que los obreros consiguieran poner los últimos bloques de roca, Erebus se materializó en la cámara de construcción, con los ojos desbordantes de ira. Dio un paso adelante y rodeó el pequeño cuerpo del Constructor con sus largos brazos, a la vez que dirigía a Gameknight una sonrisa maléfica, y desapareció en un torbellino de partículas moradas.

Se había llevado al Constructor.

El silencio se apoderó de la cámara mientras los espectadores encajaban lo que acababan de pasar.

—Selladlo —gritó Cazadora—. ¡Vamos, ahora!

Su voz resonó en la caverna enmudecida, y los albañiles se pusieron en movimiento. Sellaron el portal con bloques de roca, impidiendo cualquier nueva invasión del inframundo.

—Constructor... ¡Constructoooooooor! —sollozó Gameknight, con las mejillas arrasadas en lágrimas. Cayó al suelo de rodillas y lloró con la cara entre las manos cuadradas, dejando caer el arco junto a él.

«¿Cómo ha podido pasar esto? ¿Qué he hecho?»

La angustia se apoderó de él al recordar la última mirada de sorpresa en los ojos del Constructor, que se grabó a fuego en su memoria, una mirada de conmoción mezclada con pena que le había llegado al alma. Su amigo sabía que le había llegado la hora, y la esperanza lo había abandonado por completo. Erebus había vencido... No, Malacoda había vencido.

Estaban perdidos.

Uno de los guerreros supervivientes miró a Gameknight y levantó la mano lentamente, con los dedos separados y el brazo estirado hacia el techo. Los demás ocupantes de la caverna levantaron las manos también. Los dedos extendidos de la agrupación de cuerpos parecían flores en una pradera de píxeles. Estiraron los brazos en un intento de alcanzar el techo rocoso, y después cerraron las manos en puños, en un gesto de aceptación desolada ante lo que había ocurrido. Saludaban a su camarada desaparecido, a su líder... al Constructor. Al cerrar los puños, los aldeanos bajaron las cabezas, y los nudillos se les pusieron blancos de apretar con los últimos resquicios de fuerza que aún conservaban en los músculos agotados.

Habían perdido al Constructor, y con él toda esperanza.

CAPÍTULO 22

EL ROSTRO DEL DESTINO

Gameknight levantó la mano despacio, con los dedos separados, pero antes de que pudiese cerrar la mano en un puño para hacer el saludo a los muertos, un sonido empezó a bullir dentro de él. Se originó en lo más profundo de su alma, en los rincones más oscuros de su ser, donde residía la sombra de su escurridizo coraje. Era un sonido gutural, como el gruñido de una bestia herida, pero pronto se convirtió en un aullido de rabia, en una negación rotunda a aceptar lo que ocurría.

—Nooooo… —Primero empezó como un mero quejido, pero se fue acentuando hasta convertirse en un grito de guerra—. ¡Nooooo!

Bajó el brazo y miró a todos los aldeanos de la caverna.

—¿Qué haces? —dijo Cazadora—. Tienes que rendir homenaje a los muertos. —Ella seguía con el brazo levantado y el puño cerrado—. Todos tenemos que rendirle tributo al Constructor antes de poder continuar.

—¡No! No está muerto. Malacoda lo necesita para algo. ¡No está muerto! —gritó Gameknight, y los muros de la caverna devolvieron el eco de su voz.

—Pero es como si lo estuviera —dijo Cazadora mientras bajaba el brazo para apoyarlo en el hombro de Gameknight.

—No pienso asumir eso —le espetó él—. ¡Bajad los brazos, todo el mundo! El Constructor no está muerto.

Los aldeanos lo miraron perplejos y un poco preocupados, pero bajaron los brazos. Algunos murmuraban entre sí, sin entender muy bien lo que estaba haciendo el Usuario-no-usuario.

—Gameknight, tienes que aceptar que…

—No, no pienso aceptarlo —interrumpió—. Sé que esto aún no ha terminado. Todavía tenemos algo pendiente, y rendirse a la derrota no es la solución. El Constructor sigue con vida y podemos salvarlo.

Un silencio sepulcral se extendió entre los PNJ de la cámara, mientras se miraban unos a otros con incredulidad. Gameknight se acercó más a Cazadora y le habló en un susurro.

—Sabemos dónde está.

—¿Dónde? ¿En el inframundo? —contestó ella en voz alta y desafiante.

—Sí… en la fortaleza del inframundo. Malacoda lo tiene allí, estoy seguro.

Los aldeanos escuchaban el debate y la tensión crecía en la sala.

—¿Y qué crees, que podemos entrar allí sin más y traerlo de vuelta? —preguntó con sorna.

—Bueno… yo…

—Sabes que estarán esperándonos, y que un grupo de cincuenta soldados no tiene nada que hacer.

—Lo sé —contestó a la defensiva. La frustración y cierto enfado se apoderaron de él—. Pero podemos…

—Necesitamos un plan. Un plan de verdad. No podemos colarnos allí y rezar para que no nos vean, porque lo harán. Tenemos que tener un plan de verdad, meditado y eficaz. ¿Quién va a trazarlo? ¿Tú?

—He estado pensando en cómo… —empezó de nuevo, cada vez más molesto por que no lo escuchara.

—¿Y cómo vamos a movernos lo suficientemente deprisa como para librarnos de los ghasts? ¿Cómo vamos a huir de todos esos monstruos del inframundo? ¿Cómo, a ver?

Ya había tenido bastante.

—Cazadora, ¿qué tal si te callas y me escuchas? —le espetó indignado.

La multitud dio un respingo en la cámara de construcción. Gameknight bajó la voz y se acercó más a ella para hablarle al oído.

—Tengo un plan —dijo—, he estado pensando en varias cosas de las que me di cuenta en el inframundo. Y ya casi he resuelto el rompecabezas. Pero Cazadora, yo no tengo el coraje suficiente para llevar esto a cabo. No soy tan fuerte ni tan valiente como tú. Estoy aterrorizado, lo he estado desde que llegué a este servidor, y estoy cansado de tener miedo. —Hizo una pausa para ordenar sus pensamientos, y continuó—: Creo que sé cómo llegar hasta esa fortaleza, pero yo no tengo madera de líder, nunca la he tenido. Da igual cómo me llamen estos aldeanos… Yo no soy esa persona.

—¿Así que tienes un plan?

—Sí, lo tengo, pero todavía no sé cómo podemos movernos con rapidez para esquivar a Malacoda. Sé que hay una forma, y está al alcance de la mano… Es como si solo tuviera que abrir los ojos para verlo más claro.

—¿Qué quieres decir?

Una vagoneta emitió un sonido chirriante desde uno de los túneles oscuros. Venían más aldeanos; la llamada del Constructor aún resonaba por Minecraft.

—No estoy seguro —contestó, dirigiendo la mirada a los túneles, donde el chirrido resonaba en las paredes de piedra y llegaba hasta la caverna.

Varios PNJ se acercaron a los recién llegados y los ayudaron a bajar de las vagonetas, y después se los llevaron a los túneles superiores para buscarles un hogar donde vivir. Justo entonces encajó la última pieza del puzle de Gameknight. Eso era lo que había cambiado del servidor anterior a este, y sería la clave del éxito. Una niña, la más inocente de los PNJ, salió de una vagoneta con un cerdo. Llevaba la mascota atada a una correa. Entonces, Gameknight comprendió por fin qué era lo que había cambiado después de la última pesadilla con Malacoda. Los servidores habían sido actualizados. La correa le recordó el avance de la actualización que había visto en YouTube, el último vídeo. La Fuente les había enviado la solución, y el Usuario-no-usuario no había sido capaz de verlo hasta ahora. Sonrió a la niña, se giró y miró a Cazadora, con una sonrisa cada vez más amplia.

—Lo tengo —dijo—. Tengo todas las piezas. Están unidas por un hilo finísimo, pero están ahí. Solo necesito que tú nos lideres.

Se movió deprisa y con agresividad por la caverna hasta plantarse delante de él.

—Yo tampoco soy ninguna líder, y lo sabes —le espetó—. Soy una asesina, y esta gente no va a seguirme. Me tienen miedo… Todo el mundo me tiene miedo.

«Yo no.»

La sala se quedó en silencio.

—Pero aquí hay un líder —dijo en voz baja.

Gameknight recorrió la sala con la mirada hasta volver a Cazadora.

—¿Dónde?

Se acercó a él, lo agarró del brazo y lo guio hasta un rincón de la caverna. Los aldeanos se apartaban para dejarles paso a medida que atravesaban la concurrida cámara, con todos los ojos puestos en los dos. Se dividieron como las aguas de un mar inmenso, y todas las caras expectantes miraban al Usuario-no-usuario con esperanza y un resquicio de preocupación. Cazadora lo llevó hasta el rincón más alejado y se detuvo delante de una pileta de agua que habían puesto allí para que los aldeanos bebieran, y señaló la superficie.

—Los líderes no eligen ser líderes, los eligen aquellos que los siguen —dijo con voz segura y firme—. Mira a tu alrededor. Estos PNJ tienen fe en ti. Confían en ti y están dispuestos a arriesgar sus vidas para conseguir algo que es más grande que ellos. Esto no lo van a hacer por mí... lo harán por ti.

Señaló con el dedo a su reflejo en el agua.

—Ahí tienes a tu líder —dijo, con una voz llena de confianza.

Gameknight miró la superficie del agua, esperando descubrir en ella algún misterio oculto, pero lo único que vio fue su reflejo, que le devolvía la mirada, y a Cazadora a su lado. Veía el gesto de expectación en su cara, sus ojos marrones cálidos que lo miraban, y entonces recordó las últimas palabras del Constructor.

«No son las hazañas las que hacen al héroe...»

Las palabras de su amigo resonaron en su interior. «¿Puedo hacer esto? ¿Puedo enfrentarme a esta amenaza... y enfrentarme a mis miedos?» Tratando de aferrarse a aquella posibilidad, pensó en Malacoda y en Erebus, los monstruos que creaban el caos en su interior. Pero entonces volvió a fijarse en los ojos cálidos de Cazadora, en su cara enmarcada por su cabello rojo vibrante. Derrochaba confianza y fe en él. Apartó la mirada de la de ella y miró sus propios ojos, azules como el acero, y en lo más profundo de aquellas pupilas aterrorizadas adivinó la mirada azul y brillante del Constructor, llena de fuerza y seguridad. ¿Cómo podía salvarlo? Él no era fuerte, no era un héroe. Solo era un niño, un don nadie.

«No son las hazañas las que hacen al héroe...»

En su interior podía oír la fe ciega que el Constructor tenía en él. Su amigo contaba con él, y tenía que hacer algo para ayudarlo. No podía fallarle, tenía que salvarlo aunque estuviese muerto de miedo. Algunos aldeanos se acercaron y se situaron junto a él; todos miraban la pileta de agua y a él, expectantes. La fe y la esperanza depositadas en el Usuario-no-usuario no eran fáciles de borrar. «A lo mejor sí que puedo con esto.»

Pero… Malacoda… Aquellos ojos, aquellos ojos rojos y terribles. ¿Cómo iba a enfrentarse a aquel monstruo y además a Erebus? Sabía que sus dos pesadillas estarían esperándolo en el inframundo. No podía vencerlos a los dos. No era lo suficientemente fuerte. Pero entonces se fijó en los aldeanos que lo rodeaban. Notó cómo se acercaban muchos más, cómo se pegaban a él para mostrarle su apoyo silencioso. Todos sabían que estaba asustado —veían el miedo en su rostro—, pero aun así creían en él. Formaba parte de una comunidad, ya no era un individuo, ya no era un griefer. Tenía a un montón de gente dispuesta a ayudarlo, a cargar con parte de su miedo y a insuflarle un poco de valor a cambio. Estaban juntos en esto y, por primera vez en mucho tiempo, Gameknight999 no se sentía solo.

«No son las hazañas las que hacen al héroe, sino la forma en que vence sus miedos.»

A lo mejor sí que podía superar el miedo, a lo mejor sí que podía centrarse en el presente y ser el héroe que el Constructor necesitaba. Notó la mano de Cazadora en su hombro y se giró para mirarla a la cara enmarcada en aquella melena pelirroja.

—Puedes hacerlo —dijo. Podía ver la compasión en sus ojos—. Podemos hacerlo… todos juntos. Solo tienes que guiarnos.

Miró a su alrededor. Todos los ojos de los aldeanos estaban fijos en él. Vio a la niña con el cerdo atado a la correa; le sonreía desde el otro lado de la caverna con una expresión de esperanza y emoción. Miró la correa y luego a la niña de nuevo y notó cómo lo invadía la confianza en sí mismo. Podía hacerlo... No, podían hacerlo. Volvió la mirada a Cazadora y asintió con la cabeza.

Ella sacó su arco encantado y reluciente del inventario, lo levantó en alto y gritó:

—¡El Usuario-no-usuario nos guiará en la batalla final!

La caverna entera irrumpió en gritos de júbilo, y muchos aldeanos le palmearon la espalda, alzando sus espadas emocionados.

—¡Muy bien, silencio todo el mundo! —gritó Gameknight, intentando poner orden en el feliz caos. Despejó una zona del suelo y empezó a colocar bloques de piedra. Cada uno simbolizaba una pieza del rompecabezas, una fase de su estrategia—. Tenemos que movernos rápido para poder atacarlos donde menos se lo esperan. Y lo primero que necesitamos es diamante, muchos diamantes. Esto es lo que vamos a hacer...

CAPÍTULO 23

LA BATALLA POR EL INFRAMUNDO

Los guerreros salieron del portal como una marea imparable. Ninguno se paró a mirar a su alrededor; ya les habían contado lo que había —un mundo de humo y llamas— y eso es exactamente lo que vieron. Viraron a la derecha y se dirigieron directos al barranco, la falla en el terreno que había sido la escena de la última y fatídica batalla. Pero aquella vez sería diferente. Aquella vez no eran solo un puñado de soldados, cincuenta guerreros intentando pasar desapercibidos a los ojos de las criaturas del inframundo. Aquella vez eran cientos y cientos de aldeanos indignados, armados hasta los dientes y con una idea fija en mente: detener a Malacoda y recuperar a sus constructores.

Los ojos vigilantes vieron salir al torrente de habitantes del mundo principal del portal y corrieron a informar a sus amos. Otros se quedaron muy cerca del ejército invasor, siguiendo de cerca cada movimiento, listos para informar de cualquier novedad. Los vigilantes se iban moviendo de una colina a otra y se escondían en las pocas sombras que había en el inframundo, observando en silencio y siguiendo al ejército hasta el barranco. Lo que los observadores voladores no vieron fue a un segundo ejército que salió del portal después de que el primero los despistara. Este nuevo grupo tomó la dirección contraria, lejos del barranco, y bajó por una colina suave y larga que daba la vuelta y se dirigía hacia la distante fortaleza del inframundo.

El destacamento principal avanzó rápidamente hacia el barranco, guiado por una de las últimas incorporaciones de la aldea: Peón. Había llegado de una aldea que había sido destruida por Erebus y su ejército. Peón estaba fuera, construyendo un templo en la jungla, y cuando volvió se encontró la aldea arrasada y a toda la gente que había conocido a lo largo de su vida sencillamente borrada de la superficie de Minecraft. Tenía una inclinación natural al liderazgo, y los aldeanos lo habían elegido enseguida para encabezar a aquel ejército; su constitución fuerte y musculada le confería una presencia formidable en el campo de batalla. Apenas se le veía el pelo corto y castaño por debajo del casco de hierro; se estaba quedando calvo, pero lo ocultaba el casco de metal. Una barba perfectamente recortada enmarcaba su rostro y le hacía parecer sabio y experto. En la aldea, siempre lucía una sonrisa que iluminaba sus ojos verdes, excepto cuando estaba trabajando, esculpiendo y tallando la piedra.

En aquel momento, el ceño fruncido dominaba su rostro, pues estaba esculpiendo algo mucho menos maleable que la piedra. Esculpía un campo de batalla. Barrió la zona con su mirada aguda, se giró hacia los PNJ que encabezaban el pelotón y asintió con la cabeza para indicarles que todo podía dar comienzo.

La mitad de los guerreros permanecieron en lo alto del barranco, mientras que la otra mitad se adentró en las profundidades rocosas, asegurando la entrada y la salida. Los PNJ de arriba sacaron bloques de roca y empezaron a construir un techo de piedra por encima del estrecho desfiladero para sellarlo y que no pudiese entrar nada desde el cielo. Los que se habían adentrado en el barranco se pusieron a construir estructuras fortificadas en la entrada de abajo, preparándose para el ataque que sabían que se cernía sobre ellos.

Los murciélagos revoloteaban por allí tomando nota con sus ojillos de todas las características de las fortificaciones. Algunos intentaron salir volando del barranco para informar a sus amos.

—¡Los murciélagos! ¡Disparadles! —gritó Peón.

Pronto, el cielo se llenó de flechas que atravesaron a las criaturas sombrías y las hicieron pedazos, de modo que los espías voladores no pudieron informar a nadie de los preparativos de los PNJ.

En cuestión de minutos, la cubierta rocosa sobre el barranco estaba terminada, y los de abajo estaban a salvo de los ataques aéreos. Construyeron almenas de roca alrededor de la plataforma y chapiteles de piedra tras los que esconderse cuando diese inicio la batalla.

Los guerreros salían corriendo a la llanura y cavaban agujeros en el suelo, seguidos por otros PNJ con bloques de explosivos en las manos. Ubicaban los bloques rojos y negros, con otros de infiedra delante para ocultarlos a los ojos del ejército atacante. Los aldeanos trabajaban tan rápido como podían, preparaban el campo de batalla, colocaban cuerdas trampa y placas de presión, todo unido a las sorpresas explosivas que destrozarían a la horda enemiga.

Como esperaban, dos grandes grupos de monstruos salieron de detrás de los collados de infiedra que se veían a lo lejos. Blazes, esqueletos wither, cubos magmáticos y hombres-cerdo zombis atravesaban la humareda que cubría la llanura, acercándose de manera gradual e inevitable al barranco, mientras un grupo de ghasts terribles flotaban sobre ellos. A lo lejos, un par de ojos rojos incandescentes vigilaba el encuentro: Malacoda, el rey del inframundo, se reía al ver este nuevo y ridículo intento de truncar sus planes.

El enorme ejército de monstruos se acercaba despacio,

avanzaban por la llanura en cuesta como si no les inquietara en absoluto la amenaza a la que iban a enfrentarse. No repararon en los añadidos de la llanura y ni en las estructuras de roca que había ahora sobre el barranco. Los aldeanos sentían cómo aumentaba la tensión a medida que los monstruos se aproximaban. El aire se llenaba con sus gruñidos y lamentos; la sed de matar resonaba con fuerza en sus voces monstruosas. Completamente en silencio, los aldeanos soportaban aquel ruido horrible mientras esperaban pacientemente a que la ola de destrucción rompiese sobre ellos.

Cuando estuvieron a una distancia de disparo conveniente, cien arqueros se situaron detrás de los bloques de piedra de encima de la plataforma y abrieron fuego. El cielo se oscureció cuando las cien flechas surcaron el aire y cayeron sobre los monstruos. Se oían los gemidos de dolor de los hombres-cerdo zombis heridos, con la carne en descomposición agujereada por la lluvia letal de acero. Los cubos magmáticos se escindían en dos cuando las flechas se clavaban en sus cuerpos gelatinosos. El daño generado entre los monstruos fue terrible, pero siguieron avanzando. Los blazes, desde la retaguardia, obligaban a continuar a los monstruos con látigos de fuego, empujando a la horda hacia los atacantes.

Otra ola de flechas cayó sobre ellos, provocando el caos una vez más. Los blazes se adelantaron al frente y empezaron a lanzar ráfagas rápidas de tres cargas ígneas a los arqueros. Estos las esperaban, y se agacharon veloces tras sus trincheras rocosas para que pararan las llamas. En cuanto las cargas hubieron impactado, los arqueros se irguieron de nuevo y dispararon otra ronda de flechas, disparando tan rápido como podían tensar las cuerdas con sus manos cuadriculadas.

En el suelo, varios arqueros más empezaron a disparar con sus arcos encantados a los bloques de explosivos.

Algunos monstruos pisaban las cuerdas trampa y pasaban sobre las placas de presión, activando nuevas explosiones que se sumaban al caos reinante en el campo de batalla. Varias zonas de la llanura de infiedra se habían convertido ya en cráteres gigantes por culpa de las detonaciones; habían perecido muchos monstruos, aunque el frente principal continuaba la marcha.

Las primeras filas de hombres-cerdo zombis alcanzaron al fin la entrada del barranco. Sus espadas doradas centelleaban en el aire al intentar abrirse paso entre los PNJ defensores. La ferocidad del ataque, sumada a su superioridad numérica, los obligó a retroceder un poco.

—¡No! —bramó Peón—. ¡Defended vuestra posición! —Levantó la mirada hacia los pasos elevados que Gameknight y Cazadora habían usado para la retirada la vez anterior—. Arqueros, disparad a los monstruos en primera línea de batalla. ¡No reculéis! ¡Seguid disparando! ¡POR MINECRAFT!

—¡POR MINECRAFT! —respondieron los guerreros.

Los arqueros disparaban desde lo alto y clavaban sus flechas en los cuerpos putrefactos. Abajo, los espadachines cargaron, haciendo retroceder a los monstruos. Aquellos en primera línea de batalla se negaban a ceder ni un milímetro, y la defendían con sus propias vidas con tal de contener la presión de la horda enemiga.

Algunos arqueros sacaron bloques de explosivos y se asomaron con cuidado por el borde del precipicio vertical en el que estaban subidos. A la vez que esquivaban las cargas ígneas de los blazes, colocaron todos los explosivos que pudieron en la cornisa, dejándolos casi al borde del muro de infiedra. Miraron hacia abajo y vieron un grupo enorme de zombis que intentaban atravesar la línea de defensa de los aldeanos. Tenían que darse prisa. Uno de los arqueros retrocedió un poco y prendió los bloques con un encendedor. Los explosivos empezaron a parpadear al instante, se inclinaron un poco y cayeron desde lo alto del muro sobre los monstruos.

—¡Cuidado! —gritó uno de los arqueros cuando las bombas cayeron en picado sobre los blancos.

—¡Retroceded y usad los arcos! —vociferó Peón mientras clavaba una flecha en la carne rosa de un monstruo, con una sonrisa despiadada en la cara.

Los soldados del suelo se apartaron de la horda enemiga y sacaron sus arcos, disparando desde una distancia prudencial. Vieron cómo caían los bloques intermitentes entre la masa de zombis, que detonaron en cuanto impactaron en las víctimas. Los explosivos hicieron grandes estragos entre los atacantes y dejaron un enorme cráter en la boca del barranco. La secuencia de explosiones era algo casi hermoso; los destellos brillantes iluminaban la zona con una luz intensa, uno tras otro. Las bolas de fuego que surgían consumían a los zombis, cuyos cuerpos parpadeaban en rojo y salían volando por los aires.

Una vez que hubo detonado el último bloque, Peón dio la señal:

—¡Al ataque!

Los soldados desenvainaron las espadas y liquidaron a los monstruos que quedaban con vida en la avanzadilla. Acto seguido, cargaron a través del enorme cráter y tomaron el control de la entrada del barranco. Los esqueletos arqueros disparaban sus flechas a los soldados, causando grandes estragos en el frente de batalla. Los cuerpos desaparecían cuando se consumían sus PE. Los arqueros del precipicio respondieron al ataque enseguida, apuntando a los esqueletos. El cielo se oscureció por las flechas que volaban de un lado a otro. Los proyectiles voladores atenuaban la luz de los bloques de piedra luminosa sobre sus cabezas. Las flechas con punta de acero se cobraban una vida tras otra, pero los arqueros del precipicio eran superiores en número. Pronto hubieron despejado la zona de esqueletos, y el campo de batalla quedó alfombrado de huesos blancos.

Los ghasts aullaron de rabia y empezaron a lanzar esferas de fuego a los PNJ. Su potencia de disparo remontó la moral de los monstruos, que luchaban con más fuerza todavía. Peón sabía que tenían que eliminar a las criaturas flotantes, porque las bolas de fuego estaban haciendo enormes estragos entre sus hombres.

—¡Arqueros, apuntad a los ghasts! —gritó por encima del rumor ensordecedor de la batalla.

Los arqueros dirigieron sus puntiagudos proyectiles letales hacia las amenazas del aire. En grupos de seis, apuntaban a un mismo ghast y lo agujereaban a la vez con media docena de flechas, que eliminaban al monstruo al instante. El cabecilla de cada grupo dirigía al equipo de arqueros hacia un nuevo blanco en cuanto eliminaban al que tenían entre manos; trabajaban como máquinas de matar, como Gameknight les había enseñado. Destrozaron a los ghasts como si fuesen globos inocentes. Sus chillidos felinos resonaban en el aire a medida que iban muriendo.

Una vez que hubieron destruido a la mayoría de los zombis, los cubos magmáticos y los ghasts, el ejército de PNJ continuó avanzando, esta vez en pos de los blazes. Las flechas brotaban de encima del barranco, dirigidas a los monstruos que quedaban aún con vida, y la infantería seguía adelante. Un gran grupo de guerreros iba en la avanzadilla, desprovistos de armas; en lugar de eso, llevaban unas esferas blancas en las manos. Cuando estuvieron cerca de los blazes, lanzaron las bolas blancas a las bestias en llamas. Las bolas de nieve cayeron sobre los blazes como una ventisca, y es que aquello era algo totalmente nuevo para las criaturas de fuego. Las bolas de nieve eran letales para los monstruos ardientes; los proyectiles helados absorbieron al instante sus PE y apagaron sus llamas internas. Cuando las esferas blancas salían disparadas hacia sus presas, sendas bolas de fuego eran lanzadas por toda respuesta hacia los guerreros. Era una escena singular, aquel fuego cruzado blanco y naranja. Muchos NPJ sucumbieron por culpa de los proyectiles, pero la mayoría sobrevivieron y atravesaron las filas enemigas como una guadaña segando el trigo. Las bolas de nieve infligían más daño que las de fuego. Con los blazes bajo mínimos, los espadachines pudieron acercarse lo suficiente como para liquidar a los monstruos en llamas con unos pocos golpes. En cuestión de instantes, aunque en el campo de batalla pareciera una eternidad, acabaron con los blazes, que quedaron reducidos a un montón de rodillos dispersos entre los restos de la lucha.

Varios grupos de PNJ se repartieron por la llanura en busca de los últimos monstruos. Cayeron sobre los rezagados rodeando a cada criatura entre cuatro para dejarlos sin PE de forma rápida y eficiente, como les habían enseñado. Cuando el campo de batalla estuvo al fin despejado y hubieron acabado con los últimos enemigos, un vítor recorrió la llanura, un grito jamás oído en el inframundo.

Un chillido horrible emergió de la amenazante fortaleza, y la voz iracunda de Malacoda reverberó en toda la planicie. Muchos de los aldeanos rieron y lo abuchearon, burlándose de él desde lejos. Apuntaron con sus espadas y sus arcos al gobernante del inframundo, retándolo. Pero no todos participaban de las celebraciones. Muchos PNJ lloraban la pérdida de un camarada o de su cónyuge, de cuya existencia solo eran testigos los contenidos del inventario, diseminados por el suelo. Las lágrimas cuadradas arrasaban los rostros sucios de los viudos, viudas, padres y madres, aunque el llanto solo aumentaba su ira hacia el rey del inframundo.

—Deprisa, en formación —gritó Peón. La orden interrumpió la celebración y los soldados cerraron filas—. Arqueros, bajad e incorporaos a la línea de batalla.

Peón escudriñó el terreno con sus brillantes ojos verdes y eligió la ruta que tomaría el ejército: un camino serpenteante que rodeaba los estanques de lava y la arena de almas. Tenían que ir por el camino más rápido, pues ahora el plan dependía por completo de la velocidad.

Los arqueros bajaron corriendo el barranco hasta llegar a la llanura en cuesta y se sumaron al frente. Se situaron en primera línea del frente, excepto varios grupos que se quedaron guardando los flancos.

—¡A la fortaleza! —vociferó Peón, apuntando con su espada de hierro.

La masa de cuerpos avanzó en formación, rumbo a la fortaleza del inframundo. Podían ver a lo lejos el círculo de piedra que flotaba en la superficie del mar hirviente. Multitud de puentes cruzaban la lava desde la orilla hasta la isla, con varios pedestales de obsidiana repartidos en los bordes. En la superficie de la fortaleza, Peón pudo distinguir a los obreros que trabajaban para ampliar la estructura.

«Esa es nuestra gente... mi gente», pensó.

—¡Vamos a salvaros! —gritó Peón sin dejar de correr.

La fortaleza adquiría un aspecto realmente amenazador en la distancia. Sabía que dentro habría más monstruos, muchos más de los que acababan de dejar atrás, pero sabía que el Usuario-no-usuario estaría allí cuando lo necesitaran.

Mientras avanzaban, Peón vio cómo los monstruos empezaron a salir de la inmensa fortaleza. Nunca en su vida había visto tantos. Si el plan no funcionaba, todo el ejército perecería en el intento. Miró a su alrededor y observó los valientes semblantes de aquellos hombres y mujeres, cuyos ojos destilaban confianza, y continuó corriendo por el inframundo hacia aquello que se perfilaba como una muerte segura.

CAPÍTULO 24

EL PLAN DE MALACODA

Malacoda gritó de rabia.

«¿Cómo pueden esos insectos ignorantes haber derrotado a mi ejército? ¿De dónde han sacado tantos guerreros? ¡Los PNJ no pueden luchar!»

Desde un balcón que daba a la llanura en cuesta, centró su atención en el ejército que se aproximaba. Vio a los arqueros, que disparaban a todo monstruo que se acercara, matándolos en cuestión de segundos. Un hombre-cerdo zombi recibió un disparo, y todos los demás en la llanura incandescente cayeron sobre los aldeanos, pero los PNJ arqueros destruyeron a los monstruos en cuestión de segundos, despejando la defensa en la planicie. No parecía que les importara que Malacoda pudiese verlos; avanzaban directos hacia la fortaleza con la intención de destruirlo.

—No pueden ganar —caviló en voz alta—. ¿Qué se creen esos aldeanos?

—A lo mejor han venido a poner fin a sus miserables vidas, Malacoda —siseó una voz detrás de él.

Malacoda giró sobre sí mismo y formó una bola de fuego entre sus tentáculos retorcidos.

—¿Cómo me has llamado? —le preguntó al enderman que tenía delante.

—Ah, sí… Majestad, quería decir —contestó Erebus.

—Eso está mejor —le espetó Malacoda, cuya voz atronadora resonaba en los pasillos de piedra, mientras la bola de fuego se iba apagando.

Malacoda flotó fuera del balcón y observó al ejército que se aproximaba. Vio cientos de aldeanos, todos vistiendo armaduras y empuñando armas, que cargaban hacia la fortaleza. Un PNJ corpulento lideraba el avance, un aldeano ancho de espaldas que corría a la cabeza, cuya barba oscura apenas se distinguía desde tan lejos.

«Qué curioso, creí que sería ese estúpido de Gameknight999 el que dirigiría al ejército. A lo mejor su propia gente lo ha traicionado y lo han matado.» El pensamiento le hizo reír.

—¿Qué es tan gracioso… eh… señor? —preguntó Erebus.

—Me pregunto por qué no es el Usuario-no-usuario el líder de este desafortunado ejército —contestó Malacoda—. Quizá sus queridos PNJ se han dado cuenta por fin de que es un cobarde insignificante.

—En el último servidor pude comprobar que Gameknight999 es de todo menos insignificante. Puede sorprendernos en el momento menos esperado. No hay que subestimarlo.

—¡¿Cómo osas darme consejo?! —atronó Malacoda mientras otra bola de fuego se originaba entre sus tentáculos.

Erebus se teletransportó rápidamente del balcón y reapareció en el corredor de ladrillo, con la cabeza inclinada en un intento de parecer dócil y servicial.

—Pones a prueba mi paciencia, Erebus. Deberías tener más cuidado —le advirtió Malacoda.

—Sí, señor —contestó el enderman mientras una sonrisa irónica se le dibujaba de forma imperceptible en el rostro inclinado.

Malacoda se alejó flotando del balcón y bajó los escalones hasta el corredor. Aquel espacio tan reducido le daba claustrofobia. Planeó hasta Erebus y miró a la criatura desgarbada. Contento de ver que el monstruo estaba debidamente asustado, avanzó por la pasarela, y la bola incandescente que llevaba entre los tentáculos se evaporó de golpe. Podía ver a sus guardias blazes apostados equidistantes en todo el corredor, siempre alerta, con sus ojos oscuros, por si aparecía algún peligro.

Se desplazó lentamente por él, arrastrando los tentáculos por el suelo, que sonaban como serpientes reptando. Erebus lo siguió obediente, por el momento.

—¿Tenemos suficientes constructores? —preguntó Malacoda a Erebus—. ¿Tus estúpidos monstruos del mundo principal han reunido a todos los necesarios para llevar a cabo mi plan?

—Sí… eh… señor. La última tanda de presos incluía a los constructores que faltaban.

—Excelente —dijo Malacoda, emocionado—. ¡Da la voz de alarma! Es hora de activar el portal y llevar a mi ejército hasta la Fuente.

—Querrá decir a nuestro ejército —le corrigió Erebus—. Mis tropas solo seguirán mis órdenes.

—Sí, sí, lo que tú digas —contestó Malacoda, con la voz contaminada de ira y frustración. Hizo una señal a un esqueleto con un tentáculo—. Tú, esqueleto wither, manda llamar a mis generales. Tenemos que iniciar el asalto a la Fuente.

El esqueleto oscuro asintió y se fue flotando. El repiqueteo de los huesos desapareció resonando por el pasadizo de piedra.

—¿Y qué hacemos con el ejército que viene hacia aquí? —preguntó Erebus.

Malacoda se paró y miró al enderman con el ceño fruncido.

—Señor… —añadió el enderman a regañadientes.

—No es lo suficientemente grande como para preocuparnos por él. Cuando lleguen aquí tendremos preparada una trampa, y después caerán entre las fauces de la muerte. Pronto los habremos destruido.

Malacoda estalló en una carcajada maléfica que hizo estremecerse a todos los monstruos que andaban cerca. Se imaginó destruyendo a aquel ejército de idiotas mientras abría el portal a la Fuente y rio más fuerte aún. Pero entonces, un pensamiento perturbador se coló en su vil mente. Algo que Erebus había dicho acerca del Usuario-no-usuario… «Puede sorprendernos en el momento menos esperado…» Aquello lo hizo detenerse un instante. Le encantaba que los planes saliesen bien, y el tal Gameknight999 era una variable desconocida, aunque insignificante. No podía dejar de preguntarse una cosa: «¿Dónde estaba el Usuario-no-usuario?».

CAPÍTULO 25

EL CONSTRUCTOR

Peón dirigió a su ejército por aquel reino humeante. Las zonas incandescentes de infiedra y los ríos burbujeantes de lava desprendían un humo negro repleto de hollín que cubría el terreno y dificultaba la visión. A pesar de todo, el ejército de PNJ corría por el inframundo hacia el círculo de piedra. A lo lejos se veían los monstruos saliendo de la inmensa fortaleza. Algunos cerraban filas para enfrentarse a ellos, pero la mayoría simplemente vagaban por el centro de la isla gigantesca, como si esperasen a que ocurriera algo.

Un grupo de hombres-cerdo zombis les salió de repente al encuentro. Los arqueros abatieron a los monstruos antes de que estuvieran a tiro, de modo que el frente de PNJ apenas tuvo que desacelerar el paso y siguió su camino hacia la fortaleza. Sabían que los ojos de Malacoda estaban fijos en ellos, y que estaría preparado para recibirlos... tal y como habían planeado. Avanzaban despacio, pues sus piernas cortas y rechonchas no les permitían moverse más deprisa. Esprintaban, corrían y luego esprintaban de nuevo, y así iban cruzando el inframundo liderados por Peón. Tenían que estar allí a la hora exacta que habían acordado, de lo contrario el plan fracasaría.

Escudriñó el terreno en busca de una señal de que todo

iba según lo previsto. «¿Dónde estás, Usuario-no-usuario? Espero que estés ahí cuando te necesitemos, o podemos darnos por muertos», pensó mientras un escalofrío le recorría la espina dorsal.

Hizo avanzar a las tropas aún más rápido y continuaron el avance, cruzando la llanura de infiedra en zigzag para rodear las lagunas de lava y los bloques en llamas. Los monstruos de la planicie habían empezado a evitarlos ahora que sabían que acercarse a ellos significaba la muerte.

A medida que se acercaban a la fortaleza, empezaron a oír a las criaturas que se habían congregado delante de ellos. La respiración mecánica de los blazes, los gemidos de los zombis y los ronroneos de los ghasts inundaban el aire. Como era de esperar, Malacoda había puesto a los blazes y a los ghasts al frente. Sus cargas ígneas eran un arma de largo alcance que resultaba devastadora al descubierto, que era donde estaban ellos.

—¡Modificad la formación! —gritó Peón.

Los soldados intercambiaron posiciones corriendo. Los espadachines se adelantaron a primera línea, y los arqueros y los lanzadores de nieve retrocedieron. Los guerreros de la avanzadilla se quitaron los petos de hierro y los sustituyeron por unos de diamante. Sacaron las pociones de resistencia al fuego y se las bebieron, tras lo cual sus cuerpos empezaron a brillar levemente. Era su escudo contra el fuego. Aquellos guerreros tendrían que resistir el tiempo suficiente para que los arqueros y los lanzanieves pudieran abatir a los enemigos desde su posición.

Cuando estuvieron cerca de la congregación de monstruos, se detuvieron y los arqueros abrieron fuego. Ráfaga tras ráfaga, las flechas atravesaban el aire. Los arqueros apuntaban a los ghasts, como antes, en grupos de seis, sincronizados para atacar al mismo blanco y abatirlo en cuestión de segundos. Al mismo tiempo, un borrón blanco de bolas de nieve voló por el aire y se precipitó sobre los blazes. Cuando recibían el impacto de las bolas de hielo, gritaban de dolor y sus llamas internas chisporroteaban. Algunos lanzaban también sus bolas de fuego a los PNJ, que chocaban contra los guerreros acorazados de diamante de la primera línea. Algunas cargas ígneas sobrepasaron a estos y cayeron entre los arqueros. Los gritos de pánico y desesperación se elevaban desde el ejército al consumirse los PE de los aldeanos. Muchos perecieron en aquel primer ataque, pero cada vez que moría un arquero, dos más ocupaban su lugar de modo que el torrente de flechas mortíferas no cesara.

La primera línea aguantó la primera descarga de bolas de fuego mientras las de nieve mermaban las filas de blazes. Pero entonces, un grupo gigante de ghasts apareció como salido de la nada entre el humo, por el flanco izquierdo. Las caras infantiles estaban encendidas de rabia. Dispararon una lluvia de esferas mortíferas sobre los arqueros. A veces, una misma bola de fuego engullía a varios guerreros de golpe. Desde lo alto llegaban más ataques, que ahora se precipitaban sobre los lanzadores de nieve. Los arqueros se giraron para enfrentarse a los nuevos enemigos, pero eso permitió a los ghasts de detrás atacarlos sin miramientos.

Entonces, los hombres-cerdo zombis y los esqueletos cargaron también contra los espadachines de primera línea. De la secuencia orquestada de ataques que había sido hasta entonces, la batalla se convirtió en un combate donde los aldeanos luchaban cuerpo a cuerpo contra los monstruos. Estaban luchando por sus vidas. Las filas intentaban aguantar, pero los atacantes eran demasiados. Estaban superados.

Peón intentó dirigir a las tropas para tapar los huecos en sus filas, pero no tenía suficientes PNJ para librar una batalla como aquella a campo abierto. La marabunta de monstruos que tenían frente a ellos era demasiado numerosa… «¿Dónde está el Usuario-no-usuario?» Observó a sus nuevos amigos y vecinos arriesgando sus vidas, sacrificándolas por una causa común. Los gritos de agonía y miseria resonaban por el campo de batalla, y los monstruos no dejaban de arremeter contra ellos. Intentó replegar a las tropas, pero varios grupos de hombres-cerdo zombis se habían situado en la retaguardia.

No tenían escapatoria… estaban rodeados.

«¿Dónde estás, Gameknight999?»

Los monstruos los acosaban por todos los flancos. Los ghasts lanzaban sus cargas ígneas desde arriba, que caían sobre los PNJ que luchaban por mantenerse con vida. Los blazes que habían sobrevivido al ataque de bolas de nieve también los atacaban, lanzando con precisión sus bolas de fuego, que siempre daban en el blanco. Un grupo enorme de cubos magmáticos se lanzó contra ellos y estrelló sus cuerpos gelatinosos contra los guerreros con armadura de diamante de la primera línea. Las espadas cortaban en dos los cubos elásticos, con lo que solo conseguían que se reprodujeran. Una comitiva de hombres-cerdo zombis los atacó por el flanco derecho. En sus afligidos gemidos se adivinaba una nota de emoción ante la perspectiva de matarlos. Aquello era un caos. Peón miró a su alrededor y vio cómo su ejército, o mejor dicho su pueblo, desaparecía sin remedio. Los gritos de dolor y pánico se sumaban a la cacofonía de la batalla. Era horrible.

«¿Qué hago…? ¿Qué hago?»

Y entonces, de repente, de la bruma del inframundo surgió un grito de guerra.

—¡POR MINECRAFT!

El grito no provenía de sus tropas, sino de otro sitio. Y no lo entonaba una voz, ni siquiera cientos de voces: era un millar de voces iracundas que gritaban como una sola. Entre la humareda apareció el mismísimo

Gameknight999, ataviado con una armadura de diamante y montando un poderoso corcel. Pero no estaba solo. El resto de su ejército también iba a caballo, unos animales espléndidos que cabalgaban entre la bruma.

La caballería empezó a disparar sus arcos desde las monturas, apuntando a los ghasts de detrás, cuyos PS desaparecieron antes de que pudieran darse cuenta de lo que ocurría. En cuestión de segundos, el vasto ejército de Gameknight hizo jirones las fuerzas aéreas enemigas, y después se concentró en la infantería. Dejando a un lado los arcos, los jinetes y las amazonas desenvainaron sus espadas y cargaron contra los monstruos que seguían en pie. Como un machete, penetraron entre las filas delanteras, abriendo un sendero de destrucción entre las fuerzas enemigas. Los monstruos intentaron huir, pero los caballos eran demasiado rápidos. Rompieron las líneas de batalla, derribando a los hombres-cerdo zombis en cuestión de segundos, sembrando la destrucción entre los blazes y echando abajo el muro de cubos magmáticos. Atravesaron por completo la horda enemiga con su formación mortífera, destrozando por completo la resistencia.

En lugar de darse la vuelta para volver a cargar, la caballería prosiguió su camino hacia la fortaleza y dejó que las tropas de Peón acabaran con los monstruos. Ya sin ghasts ni blazes, el resto de monstruos que habían logrado mantener la posición sucumbieron enseguida, y a los que huyeron les perdonaron la vida.

Gameknight se movía como un autómata, sin pensar ni temer a nada; vivía el presente y nada podía detenerlo. Era una máquina de matar, aquellos monstruos recordarían su espada y su arco durante mucho tiempo. Miró por encima de su hombro y vio que Peón tenía dominados a los últimos monstruos de la horda, luego volvió la vista al frente y se concentró en el siguiente objetivo.

—¡Peón, danos alcance cuando puedas! —gritó, y centró sus sentidos en la fortaleza—. ¡A la fortaleza!

—¡POR MINECRAFT! —gritó Cazadora junto a él. Su caballo blanco y negro corría con una fuerza que parecía infinita.

Muchos otros se sumaron al grito de guerra, rumbo a la ciudadela.

A lo lejos, pudo ver muchos monstruos vagando por la isla. Los blazes conducían a los PNJ hasta los pedestales de obsidiana y los colocaban delante de las mesas de diamante. Había un grupo de aldeanos en el centro de la isla, rodeados de blazes. Seguramente eran rehenes y los estaban usando para obligar a los constructores a acatar las órdenes de Malacoda. Justo entonces, vio a la bestia gigante en persona, que salía flotando de la fortaleza sosteniendo algo entre los tentáculos. Gameknight sabía perfectamente qué era, y espoleó a su caballo para que corriese más rápido, con Cazadora a su lado.

—¿Estás preparada? —le preguntó.

—Sí —contestó ella, y acercó aún más su caballo al de él. De un peligroso salto, saltó de su montura y cayó de pie en la grupa de la de él, sujetándose a los hombros de Gameknight para no caerse. Él agarró la brida del caballo sin jinete para que los siguiera—. ¡Vamos allá!

En cuestión de minutos recorrieron la distancia que los separaba de la fortaleza. Ninguno de los monstruos reparó en ellos al principio, pues esperaban al ejército que habían visto derrotar a sus tropas hacía un rato; no obstante, cuando estuvieron más cerca, el resonar de los cascos llamó la atención de los monstruos. Las alarmas se dispararon por toda la fortaleza, pero no había monstruos en el castillo oscuro. Estaban todos en la isla de piedra, apiñados, a la espera.

Malacoda depositó el bulto en el pedestal central: era

el Constructor. A lo lejos, Gameknight solo consiguió intuir las palabras del monstruo.

—Ahora activa la mesa de trabajo que tienes ante ti —ordenó el rey del inframundo con su voz de trueno.

—No —respondió el Constructor.

Con un tentáculo, indicó a los blazes que incineraran a dos de los rehenes, cuyos gritos de indescriptible agonía se elevaron en el aire.

—¡HAZLO!

—No.

Otra sacudida de tentáculo. Más gritos de dolor, seguidos de los ruegos de los supervivientes. La aflicción inundó el rostro del Constructor mientras depositaba las manos sobre la mesa de trabajo. No podía soportar que nadie más sufriera por su culpa. No tenía elección. Miró a su alrededor y vio que los otros doce constructores habían activado ya sus mesas de diamante, y un anillo de cubos azules refulgentes rodeaba la isla. Las lágrimas les corrían por las mejillas, rodeados de las posesiones de las víctimas, diseminadas por el suelo, que habían perecido para obligarlos a hacer lo que se les ordenaba. Suspiró, invocó sus poderes de construcción y los dirigió a la mesa de trabajo. El cubo azul cobró vida de repente y empezó a dirigir rayos azul cobalto a las demás mesas, hasta que se hubo formado una telaraña de energía. El Constructor sabía lo que simbolizaba aquel color: un portal... un portal inmenso.

Justo entonces oyó un estrépito a sus espaldas: era el sonido del acero entrechocándose, el rumor de una batalla. Se giró sin dar crédito a lo que veía. Gameknight999 galopaba hacia él a lomos de un corcel, en cuya grupa iba de pie Cazadora, con un ejército inmenso de PNJ a caballo a sus espaldas. La caballería se estrelló contra los monstruos y las espadas empezaron a hundirse en la carne enemiga. Los monstruos se giraron para enfrentarse al frente que se acercaba a ellos y consiguieron ralentizar su avance... pero no el de Gameknight y Cazadora. Atravesaron la isla de piedra en cuestión de segundos. El caballo apartaba a los monstruos a su paso como si fueran plumas. Cuando se acercaron lo suficiente, Cazadora saltó del caballo y aterrizó sobre el pedestal de obsidiana.

—Pero ¿qué estáis haciendo aquí? —preguntó el Constructor, presa de la incredulidad.

Por toda respuesta, ella sacó un pico de diamante y empezó a golpear la mesa de trabajo azul. Malacoda, que los observaba desde lo alto, no daba crédito a lo que ocurría.

Antes de que pudiera reaccionar, Cazadora había destruido la mesa de trabajo de diamante. Agarró al Constructor de un brazo, miró abajo y lo empujó del pedestal.

Pero aunque hubiesen destruido la mesa de diamante, el proceso de formación del portal no se interrumpió. El campo morado de distorsión se iluminaba cada vez más por toda la isla, y las partículas azul oscuro empezaron a flotar por el aire.

El Constructor cayó de forma abrupta sobre un caballo sin jinete.

—¿Pero esto qué es? —le preguntó a Gameknight, que cabalgaba junto a él.

—Hubo una actualización del servidor y conseguimos caballos... Así que ahora tenemos un ejército de caballería —contestó el Usuario-no-usuario, dándole una palmada afectuosa a su caballo. Levantó la vista hacia Cazadora—. ¡Vamos, salta!

Esta calculó el momento preciso, corrió hasta la cornisa del pedestal oscuro y saltó, volando por el aire, con la esperanza de aterrizar en la grupa de la montura de Gameknight. Pero antes de que hubiese completado la parábola, unos tentáculos fríos y viscosos rodearon su cuerpo y se la llevaron hacia arriba: Malacoda.

—¿Habéis venido a verme? —preguntó el monstruo.

—Hemos venido a detenerte, y lo hemos conseguido —espetó ella—. He destruido tu mesita de diamante y he estropeado tus planes.

—Eres una ignorante —atronó Malacoda—. El proceso ya ha comenzado. Una vez iniciado, no se interrumpirá.

Cazadora miró hacia abajo y no pudo creer lo que vio. La isla relucía con luz morada, y un millón de partículas diminutas danzaban por todo su perímetro. Vio a Gameknight y al Constructor cabalgando entre la horda enemiga, mientras multitud de garras intentaban atraparlos.

—¡Corre, Gameknight! —gritó. Se le saltó una lágrima—. ¡¡¡Corre!!!

Él levantó la vista y sus miradas se encontraron. Acto seguido, miró a su alrededor y comprobó que la transformación continuaba. Sabía que tenían que salir de la isla o la horda de monstruos los arrastrarían con ellos, y aquello era una muerte segura. Suspiró, miró a su amiga por última vez y abandonó la isla al galope, aplastando con los cascos de su montura a todo el que se interpusiera en su camino.

—¡Todo el mundo fuera de la isla! —gritó Gameknight a su ejército.

Los guerreros a caballo salieron de la isla justo cuando se originaba el portal. Gameknight volvió la vista atrás y vio cómo los miles de monstruos se precipitaban hacia él y desaparecían en la niebla morada. Malacoda aún flotaba sobre el centro de la isla, con Cazadora forcejeando entre sus tentáculos. Gameknight sacó el arco, hizo que el caballo se detuviera y apuntó al ghast, pero no era capaz de disparar sabiendo que podía herir a su amiga.

Justo entonces, una marabunta de monstruos del mundo principal salió de la fortaleza y cruzó hasta la isla: zombis, arañas, creepers y enderman, liderados nada más y nada menos que por Erebus. El rey de los enderman desapareció en una nube de bruma y reapareció en el portal de obsidiana en el centro de la isla. Malacoda flotaba junto a él.

—¡Has fracasado estrepitosamente, Usuario-no-usuario! —siseó Erebus, que añadió una de sus espeluznantes risas.

Extendió uno de sus brazos largos y oscuros y le acarició los rizos a Cazadora. Esta se estremeció y dirigió una mirada suplicante a Gameknight.

—¡Dispara! —gritó—. ¡¡¡DISPARA!!!

Pero él no pudo, y bajó el arco.

—Nuestra batalla aún no ha terminado —rio el enderman—. Volveremos a encontrarnos, te lo prometo, y entonces terminaré lo que empecé en el reino de los sueños. Hasta entonces adiós, Usuario-no-usuario.

El rey de los enderman abandonó el pedestal de obsidiana y se lanzó al portal, desapareciendo de su vista, aunque su horrible risa aún se oía por todas partes.

Malacoda también soltó una carcajada atronadora, y miró fijamente al Usuario-no-usuario.

—Has fracasado, como predije —dijo el rey del inframundo con una sonrisa escalofriante que se extendía por su rostro maligno y pueril—. Y ahora la Fuente será mía. Adiós, imbécil.

Malacoda descendió lentamente hasta el portal para desvanecerse entre la niebla morada y de su vista. Durante todo el tiempo, los ojos aterrorizados de Cazadora estuvieron clavados en los suyos... hasta que también desapareció.

CAPÍTULO 26

LA FUENTE

Los guerreros acorazados rodearon al Constructor, y los gritos de júbilo y alegría se oyeron en todo el inframundo. Todos querían darle una palmada en la espalda, abrazarlo o simplemente estar cerca de él. Había sobrevivido a algo inconmensurable tras haber sido prisionero de Malacoda, y ahora sonreía ampliamente y las lágrimas le corrían por las mejillas.

Los PNJ cautivos huyeron de la fortaleza y se unieron al grupo. Llevaban la ropa hecha jirones y estaban al límite de sus fuerzas. También lucían amplias sonrisas, conscientes de que la posibilidad de sobrevivir ahora era real, pero muchos necesitaban ayuda para mantenerse en pie, pues sus PS estaban casi agotados.

—Gracias a todos por venir a salvarme —dijo el Constructor con la voz rota por la emoción—. Hemos hecho algo muy grande que llegará a los oídos de todo Minecraft.

Un vítor se alzó de la multitud, que levantó las espadas y los arcos sobre sus cabezas. Peón se acercó al Constructor y le dio una palmada en la espalda, con una sonrisa firme en su gran rostro cuadrado. Los ojos verdes le brillaban de alegría al mirar al Constructor; el PNJ fornido y musculoso estaba radiante de felicidad.

Gameknight se quedó al margen de las celebraciones, con el corazón en un puño. Se alegraba de haber salvado al Constructor, pero había sido a costa de Cazadora y le pesaba la pérdida de su amiga. Aunque a veces le desesperaba y tenía un temperamento irascible, siempre a punto de estallar, la echaba de menos, y sentía que le habían arrebatado a un ser muy querido. La rabia le bullía dentro, la rabia por su pérdida, pero mezclada con una furia venenosa hacia sus enemigos, Malacoda y Erebus. No había conseguido detenerlos y ahora estaban de camino a la Fuente.

«Hay que detenerlos —se dijo—. HAY QUE DETENERLOS.» Los pensamientos atronaban su cabeza.

—¡Hay que detenerlos!

Las celebraciones se interrumpieron de forma abrupta cuando la voz de Gameknight resonó en el inframundo. Se giraron para mirar al Usuario-no-usuario, con la confusión pintada en los rostros pixelados y aún sonrientes. El Constructor se acercó a él, preocupado, y Peón lo siguió de cerca.

—¿Qué has dicho, Gameknight? —preguntó su amigo.

—He dicho que hay que detenerlos —contestó Gameknight, sin poder ocultar su irritación—. No me entendáis mal. Me alegro mucho de que hayamos podido salvarte, amigo, y estoy en deuda con todos y cada uno de los que estáis aquí, pero hemos perdido a alguien muy especial... Cazadora. Y Minecraft sigue en peligro.

Al oír su nombre, las manos empezaron a alzarse en el aire, con los dedos separados.

—¡Por Cazadora! —gritó alguien, y más manos se elevaron.

El Constructor miró a Gameknight con compasión y levantó también la mano con los dedos estirados.

Las lágrimas arrasaron la cara de Gameknight al mirar

el mar de rostros vueltos hacia él y los puños en alto de los aldeanos. Esperaban que se sumara al saludo de los muertos, pues la persona más cercana al fallecido siempre era la última en rendirle homenaje. Lentamente, levantó el brazo, con la mano temblando de tristeza. Con los dedos separados, se giró y miró hacia el punto donde la había visto por última vez, en el centro del portal que aún brillaba con luz morada. Pero de repente le invadió una ira incandescente que amenazaba con devorar su alma.

«No, me niego a aceptarlo —pensó—. No voy a dejarla morir.»

Bajó la mano rápidamente, sin cerrarla en un puño, dio media vuelta y se enfrentó a sus guerreros.

—Se niega a hacer el saludo —murmuró alguien.

—¿Otra vez?

—¿Qué está haciendo?

—¿Por qué?

Las preguntas se extendían por la multitud mientras Gameknight mantenía la vista fija en el suelo, perdido en sus pensamientos. Reflexionó sobre todo lo que había vivido en aquella aventura en Minecraft y se dio cuenta de que todo tenía como objetivo prepararle para la decisión que estaba a punto de tomar. Aprender lo que significaba sacrificarse por alguien, enfrentarse a sus miedos, pensar solo en el presente y entender lo que significaba ser un héroe, todo aquello —todas aquellas lecciones— había sedimentado dentro de él, y sabía lo que tenía que hacer.

—No está muerta —dijo, suavemente primero y luego alzando la voz—. ¡NO ESTÁ MUERTA!

La multitud guardó silencio.

—Solo porque se la haya llevado esa criatura maligna no significa que esté muerta. —Escudriñó las caras de su ejército con la indignación pintada en los ojos azul acero—. Voy a salvarla, y voy a salvar Minecraft.

Cruzaré el portal que lleva a la Fuente y los detendré como sea. ¿Quién está conmigo?

La sorpresa se extendió por la multitud y todos retrocedieron varios pasos.

—Gameknight, nadie ha llegado jamás hasta la Fuente —explicó el Constructor—. Está prohibido. Es donde reside el Creador, y las reglas de programación no nos permiten ir hasta allí.

—El Creador... ¿Te refieres a Notch? —preguntó Gameknight.

El Constructor asintió.

Peón miró fijamente a Gameknight, y otros hicieron lo propio.

El Constructor se acercó a Gameknight999 y le habló en voz baja.

—Si cruzamos ese portal, moriremos. Todos lo sabemos, es una blasfemia hacia Minecraft, tenemos la certeza de que cualquiera que acceda a la Fuente morirá. No hay posibilidad de sobrevivir, ni para los PNJ ni para los usuarios. Nuestro periplo acaba aquí.

—Pero esas reglas no son reales... No pueden serlo. Acabáis de ver a un millar de monstruos atravesar el portal. ¿No creéis que a ellos también les estaría prohibido? Ellos han accedido a la Fuente sin problemas. Tenemos que seguirlos y terminar esta batalla.

—No lo entiendes —dijo el Constructor—. Nuestro objetivo era impedir que los monstruos llegaran a la Fuente... y hemos fracasado. Hemos mermado sus filas y hemos hecho todo lo que hemos podido, pero no podemos seguirlos más allá, sería un suicidio. Por lo que sabemos, Cazadora estará ahora muerta por haber pasado a la Fuente y haber violado esa regla. Minecraft la ha eliminado. En nuestro imaginario, ese portal es como... como la muerte. —Miró el portal y se encogió de miedo—. Es un ataque a todo lo que los PNJ consideramos natural y seguro. Como un monstruo a punto de devorarnos de un bocado sin darnos ninguna esperanza de sobrevivir. No podemos hacer lo que nos pides, ni tú tampoco puedes, pues para ti también significaría la muerte. Cruzar ese portal sería como intentar nadar en la lava —sentenció, y bajó la mirada hacia al suelo—. Ese portal es la muerte.

—No lo creo, Constructor. De lo contrario, los monstruos habrían perecido. Escucha la música de Minecraft, ¿te dice que esas criaturas han muerto al cruzar el portal? ¡No! Siguen vivas. —Se acercó más a su amigo y le miró a los ojos azules—. Cuando todos los demás te dieron por muerto, yo conservé la esperanza. Nadie creía que pudiésemos salvarte, solo Cazadora y yo, y aun así lo intentamos, sin miedo a arriesgarnos. —Se giró y observó el mar de rostros pendientes de él—. Nuestra amiga está ahí fuera, y esto no es solo por Cazadora, es por todos los seres que habitan Minecraft. No podemos cejar en nuestro empeño de salvarlos. Eso sería rendirnos… Y nunca vamos a rendirnos a Malacoda y a Erebus.

Hizo una pausa para que sus palabras calaran hondo, esperando una respuesta. El silencio reinante era atronador… agobiante… desesperanzador.

Gameknight suspiró.

—Ha sido un honor ser el elegido para liderar este gran conflicto y pasar a la historia de Minecraft, detener a los monstruos del mundo principal y a los del inframundo, y salvar a todos los habitantes de los planos de servidores. Todos accedisteis a arriesgar vuestras vidas para venir al inframundo y salvar al Constructor; ahora os pido que hagáis lo mismo por Cazadora y por todos los seres vivos de Minecraft. Tenemos que llegar hasta la Fuente y detener a los monstruos.

El Constructor levantó la vista un momento, pero volvió a mirar al suelo y agitó la cabeza. Muchos de los PNJ siguieron su ejemplo y bajaron la mirada.

—Gameknight, queremos continuar la lucha, pero lo que nos pides es una muerte segura y todos lo sabemos. A veces hay que pararse y alegrarse por lo que se ha conseguido. Nadie te culpa de este fracaso. Las cosas son así —dijo el joven PNJ con voz triste.

Gameknight cruzó el puente de piedra y recorrió el camino que lo separaba del Constructor.

—A veces podemos llegar a ser mejores de lo que imaginamos que podíamos ser. Tú me enseñaste eso. Pero primero tenemos que aceptar la posibilidad de que podemos superar los obstáculos, de que podemos tener éxito. Una vez que aceptamos que podemos hacer algo, solo hay que pensar cómo hacerlo.

Retrocedió y se percató de que Peón se había acercado a él. Percibió su silueta grande y robusta junto a él. Una media sonrisa iluminaba su semblante serio, y se adivinaba un leve brillo en sus ojos verdes.

—Mira, Constructor —prosiguió Gameknight, un poco más alto esta vez para que todos pudieran oírle—. Cualquiera puede ser un héroe, incluso un griefer como yo. Solo hay que aceptar que es posible. Recuerda, no son las hazañas las que hacen al héroe, sino la forma en que vence sus miedos. —Hizo una pausa y recorrió con los ojos la multitud de rostros que lo miraban—. Un PNJ al que respeto y cuya amistad es lo que más aprecio en el mundo, un PNJ cuyas lecciones me han enseñado a ser mejor persona me enseñó esto —continuó, levantando la voz—. Puedes ser quien quieras ser y hacer lo que te propongas, solo tienes que aceptar que es posible e intentarlo hasta que lo consigas. —Después se inclinó y le habló al Constructor al oído—: Como Pescador.

El Constructor lo miró.

—Gameknight, no lo hagas. No quiero verte morir, no estoy seguro de que pueda soportarlo. Quédate en este servidor, con nosotros, por favor…

El Usuario-no-usuario agitó la cabeza y observó al ejército vencido, para después volver a mirar al Constructor. Su amigo le devolvió la mirada, suspiró y volvió a mirar al suelo mientras una lágrima le caía por el rostro.

Gameknight999 soltó otro suspiro. Se acercó al Constructor, le levantó la barbilla y le miró a los ojos. Por primera vez no vio en ellos aquel brillo de esperanza: estaban turbios y llenos de tristeza y remordimiento. Otra lágrima rodó por la mejilla del PNJ, que apartó los ojos y miró de nuevo al suelo con los hombros gachos. Gameknight999 volvió a observar al ejército de PNJ y vio la misma imagen repetida: los ojos que una vez habían brillado de esperanza estaban ahora arrasados por la derrota. Habían tirado la toalla.

El último en apartar la mirada fue Peón. Miró al Usuario-no-usuario con ojos pétreos. El pelo casi rapado y la barba emitían un reflejo rojizo por la luz de la lava. La leve sonrisa había derivado en una mueca seria y fruncía el entrecejo como si estuviese librando una batalla interna. Miró al Constructor y volvió a mirar a Gameknight. Los ojos le brillaban de rabia, pero al final se apagó también; había perdido la batalla. El corpulento PNJ bajó la cabeza también y miró al suelo, derrotado.

Gameknight estaba solo.

Notaba la tensión de los PNJ, pero ninguno estaba dispuesto a seguirle y tentar a la destrucción. Muy bien, pues tendría que hacerlo solo.

«Empecé esta aventura solo —pensó—. Y así tendré que terminarla.»

Pero entonces se oyó una voz; una voz infantil. Buscó el origen de la misma y vio a una niña pequeña que se abría paso entre la multitud. Tenía la ropa hecha jirones de trabajar en la fortaleza de Malacoda. Aunque parecía agotada, caminaba erguida y se abría paso entre los guerreros y los caballos. Cuando llegó hasta él, vio que tenía el cabello largo, rizado y pelirrojo como el de Cazadora. Lo miró con unos ojos marrones y esperanzados.

—Yo iré contigo —dijo con voz débil.

Un murmullo se extendió entre los aldeanos. Algunos intentaron hacer retroceder a la niña, pero ella se adelantó con un gesto de determinación en el rostro.

—No puedes venir conmigo —replicó Gameknight al ver lo menuda que era—. Habrá muchos…

—Me llamo Tejedora, y voy a ir contigo —dijo—. Intenta impedírmelo y verás.

—Pero no puedes ir —murmuraron algunos PNJ.

—El código de programación…

—Morirás…

—Te borrarán…

Los aldeanos empezaron a enumerar las razones por las que no podía ir con el Usuario-no-usuario, pero ella los ignoró y siguió avanzando.

—No me importan las reglas, los programas ni las líneas de código —dijo la pequeña—. Si muero cuando cruce el portal, que así sea, pero no voy a quedarme aquí mirando cómo se destruye todo.

La niña miró a los adultos avergonzados y con la cabeza gacha que la rodeaban mientras se abría paso entre la multitud, desafiante. Caminó decidida hasta el Usuario-no-usuario, con una expresión de esperanza y determinación en el rostro.

Gameknight sonrió. Aquella niña tenía el mismo arrojo y la misma tenacidad que Cazadora, si no más. Su melena pelirroja brilló cuando se retiró varios mechones del rostro. Sabía quién era.

—Es tu hermana, ¿verdad? —preguntó, mirándola fijamente.

La niña asintió con la cabeza y sonrió.

—No puedo dejarla ir ahora que por fin la he encontrado —dijo con la voz impregnada de confianza—. Prefiero morir que quedarme aquí sin hacer nada. Es mi hermana... Es todo lo que tengo.

Gameknight dio un paso adelante y le puso una mano en el hombro a la niña. Debía de tener la misma edad que su hermana.

«Mi hermana... Echo de menos a mi hermana.»

La cogió de la mano y la llevó a través del puente de piedra hasta el umbral del enorme portal, cuyo perímetro estaba rodeado de partículas moradas y brillantes. Se giró para mirar por última vez a aquella gente que ya consideraba sus amigos. Después, dio media vuelta y se enfrentó al portal. La puerta absorbía las partículas de teletransporte, que rozaban su piel como arrastradas por una corriente invisible. A través de la bruma morada del portal solo se adivinaban siluetas difusas: árboles cuadrados, colinas y montañas a lo lejos. Las imágenes se desdibujaban allá donde la niebla morada se hacía más espesa y turbulenta.

Miró por encima de su hombro una vez más. Todos los personajes lo miraban... todos excepto el Constructor, que seguía con la vista fija en el suelo. Gameknight soltó la mano de Tejedora y retrocedió hasta la mitad del puente de piedra, donde estaba el Constructor.

—Constructor, has sido como un hermano para mí —dijo con la voz ahogada por la emoción—. Siempre valoraré los momentos que hemos pasado juntos, y nunca olvidaré las lecciones que me has enseñado... si es que sobrevivo. Guardaré en lo más profundo de mi corazón la reconfortante melodía que siempre tarareas, la llevaré cerca cuando camine hasta la Fuente y la cantaré siempre que la esperanza amenace con abandonarme. Gracias por ser mi amigo.

—Si cruzas ese portal, morirás —dijo el Constructor—. Por favor, no lo hagas.

—No lo entiendes… No tengo elección.

Se giró de nuevo hacia el portal, agarró a Tejedora de la mano y avanzó. La niña dio un paso, pero vaciló y tiró de la mano de Gameknight.

—¿Estás bien, Tejedora?

—Tengo miedo —dijo con voz temblorosa—. Tengo un mal presentimiento… muy malo. Oigo en mi mente el sonido del portal, y es aterrador. Suena como un monstruo rechinando los dientes, como un engranaje roto. Usuario-no-usuario, creo que sabe que voy contigo… es como si estuviese esperándome. —Se detuvo y miró a Gameknight con sus ojos marrones aterrorizados—. Tengo mucho miedo.

—Tejedora, no tienes por qué hacerlo. Puedes quedarte aquí con los demás. Será lo…

—¡No! —exclamó. Se irguió y encaró el portal con el entrecejo fruncido por la determinación—. ¡No voy a abandonar a mi hermana!

La niña dio un paso adelante, y luego otro, y otro más, hasta que estuvo en el umbral del portal, con las partículas moradas rodeándole los tobillos. Gameknight se colocó junto a ella y miró atrás. Vio que el Constructor levantaba la mano en el aire, con los dedos estirados y las lágrimas surcándole las mejillas. Dedicó una última sonrisa a su amigo, se giró y miró a Tejedora. Esta le devolvió una sonrisa débil y aterrorizada, y cerró los ojos mientras cruzaban el portal. En el instante en que la niña tocó el campo de distorsión con el pie, empezó a gritar presa de la mayor de las agonías. Sus gritos atravesaron el alma de Gameknight, pero no podía hacer más que agarrarla muy fuerte de la mano mientras su propio cuerpo se retorcía de dolor y rezar por que sobreviviera… por que sobrevivieran ambos.

CAPÍTULO 27

SOLO

Gameknight999 cayó al suelo hecho un guiñapo, de bruces contra la hierba. Estaba desorientado y confundido. Miró hacia atrás y lo entendió todo. El portal en el inframundo era horizontal, pero en este servidor era vertical y caía al vacío. Se sacudió y miró a su alrededor.

«Tejedora… ¿Dónde está Tejedora?»

—¡Tejedora, ¿dónde estás?! —gritó.

Buscó a la niña por todas partes como un loco, pero no la veía por ninguna parte.

«Oh, no…»

—Estoy aquí —dijo una voz entre la hierba espesa.

Se puso en pie y se quitó varias briznas de hierba del cabello rizado. Gameknight corrió hacia ella y la envolvió en un cálido abrazo.

—Creía que estabas… ya sabes —balbuceó.

—Estoy bien —dijo—. Pero no quiero volver a pasar por esto. Ha sido terrible… Me he sentido como si me estuviera muriendo.

—Bueno, ya ha pasado, ya estamos aquí. No te preocupes, vamos a encontrar a Cazadora.

—¿Y vamos a salvar Minecraft? —preguntó.

—Sí, eso también —contestó él con una sonrisa.

Miraron a su alrededor para ver dónde habían aterrizado. El portal los había conducido a un terreno llano con colinas bajas. Un puñado de abedules altos y majestuosos salpicaban la zona, con parches de flores aquí y allá que daban un toque de color a la alfombra verde de hierba que se extendía en todas direcciones. El sol estaba alto y brillaba cálido sobre la tierra, pero tenía un color extraño. En lugar del habitual amarillo del sol de Minecraft, tenía un tono rojizo, como si alguien hubiese derramado un bote de pintura carmesí sobre el cuadrado. Quizá no era pintura, a lo mejor era… Se estremeció; no quería ni pensarlo. Algo no iba bien en aquel lugar. La música de Minecraft era disonante y tensa, como un motor al que alguien le hubiese echado arena de forma que todas las partes se rozasen anunciando la muerte inevitable del mecanismo entre estertores de humo.

Así era aquel lugar, y le daba náuseas.

—¿Lo notas? —preguntó Tejedora—. Algo va realmente mal aquí.

Él asintió y suspiró. Estaba claro que Malacoda y Erebus habían pasado por allí con su vasto ejército. Ante ellos se extendía una franja de tierra ennegrecida y desfigurada por el paso de algo horrible. La presencia maligna había dejado una cicatriz en el terreno, matando todo lo que tocaba. La senda herida se extendía a lo lejos, y a lo largo de él se veían trozos diseminados de cerdo, ternera y lana. Alguien había asesinado a los habitantes de aquella tierra por pura diversión.

«¿Qué tipo de criatura haría algo así? —pensó—. ¿Matar por simple placer?» Y entonces recordó que él mismo había sido así en el pasado, y mataba animales porque sí. Pero aquello fue hacía mucho tiempo, cuando Minecraft solo era un juego para él. Ahora era más sabio.

Miró la cicatriz en carne viva que se extendía a lo lejos y supo exactamente qué rumbo tomar. Se ajustó la armadura de diamante y agarró a Tejedora de la mano.

—No te preocupes —dijo, intentando ocultar su propia ansiedad—, lo arreglaremos. Arreglaremos Minecraft.

—¿Solos?

—Si no nos queda otra... —contestó—. No vamos a darnos por vencidos, ¿verdad?

Tejedora negó con la cabeza y su melena roja se agitó salvaje. Le dedicó una cálida sonrisa que lo animó. Agarrándola fuerte de la mano, empezó a caminar por la hierba verde y llena de vida, lejos del camino marcado y oscurecido.

El silencio era ensordecedor. Nunca se había sentido tan solo, tan vulnerable, tan asustado.

—¿Conseguiré hacer esto solo? —le preguntó a Tejedora—. La última vez tenía al Constructor y a Shawny, pero ahora estoy solo de verdad. Quizá pueda conectar con Shawny desde este servidor. Tengo que encontrar una aldea y reunir a un nuevo ejército, pero no sé de cuánto tiempo dispongo.

—Me tienes a mí —dijo Tejedora con su vocecilla aguda.

—Claro que sí —contestó él.

La incertidumbre y la duda nublaban sus pensamientos. Sopesó las distintas opciones que tenía: utilizar la red férrea subterránea, reunir a los constructores... Las alternativas daban vueltas en su cabeza mientras trataba de descifrar las piezas de aquel nuevo rompecabezas. Pensó en buscar a Notch, pero ¿dónde estaría? Quizá fuese un usuario de aquel servidor, igual que él y Shawny lo fueron en el suyo. Podía intentar ponerse en contacto con él, pero ¿cómo?

Un ruido extraño llegó hasta sus oídos; era un sonido melodioso que interfería con sus pensamientos, pero en cierto modo lo tranquilizaba y le inspiraba confianza. Trató de ignorar el ruido y concentrarse en el problema que lo ocupaba ahora... congregar un ejército, contactar con Notch, seguir a los monstruos... Pero ¿qué era aquel sonido?

Y entonces se dio cuenta de qué era. Alguien estaba tarareando una melodía suave y reconfortante, alguien con una voz aguda y llena de alegría y coraje. El sonido se mezclaba con un arrastrar de pies por el suelo... No de un único par de pies, sino de miles de pies... Y caballos, muchísimos caballos. Giró sobre sí mismo y no pudo creer lo que vieron sus ojos.

¡El Constructor!

—Hola, Gameknight999 —dijo el joven PNJ con una sonrisa en la cara y los ojos azules brillando de nuevo—. Qué casualidad encontrarnos aquí, ¿no?

Gameknight miró detrás del Constructor y vio la silueta corpulenta de Peón, también sonriente. Detrás de Peón iba el ejército entero, la infantería y la caballería, algunos aún saliendo del portal que se destacaba sobre el paisaje. Eran al menos un millar, la mayoría armados y acorazados, aunque también había algunos sin armadura —los que habían sido prisioneros y esclavos de Malacoda, ya liberados—, que habían decidido unirse a la batalla por Minecraft.

Gameknight se paró en seco y miró al Constructor con lágrimas en los ojos.

—Habéis venido a la Fuente —dijo, ahogado por la emoción.

El Constructor dejó de andar y levantó el brazo para que todos se detuvieran.

—Lo hemos discutido y hemos decidido que algunas reglas están para romperlas —explicó—. Y si el mecanismo de Minecraft ha permitido a los monstruos invadir este reino sagrado, nuestro deber era venir y ayudar. Además, sabíamos que no nos pasaría nada, ya que nos precedía el mayor experto en romper reglas que conozco... Gameknight999.

Esbozó una sonrisa que contagió a todos los que tenía cerca, entre ellos Gameknight. El joven PNJ lo rodeó por la cintura y lo abrazó con todas sus fuerzas, y el Usuario-no-usuario lo estrechó de vuelta. Gameknight soltó al Constructor y se acercó a Peón. Le dio una palmada en el hombro, y los ojos verdes del gran PNJ relucieron de orgullo. A medida que caminaba entre su ejército, Gameknight percibió la misma mirada en todos los demás; a todos los PNJ les brillaban los ojos de satisfacción y se erguían tanto que parecían un poco más altos. Sus guerreros estaban orgullosos de poder hacer algo por alguien... por algo... por Minecraft. Estaban allí para hacer las cosas bien, por sus familias, por sus amigos, por gente que ni siquiera conocían. Por la hermana y los padres de Gameknight. Y él les estaría eternamente agradecido por aquel sacrificio. Intentó hablar, quería poner en palabras su agradecimiento, pero lo único que consiguió fue esbozar una sonrisa y secarse las lágrimas que le corrían por las mejillas.

Una mano se posó en su hombro y desvió su atención de la multitud.

—¿Vamos o qué? —preguntó Constructor—. Estamos cansados de esperarte siempre. —Los que estaban más cerca se echaron a reír, y las risas se extendieron por todo el ejército, así como las palabras de Cons-tructor—. Vamos, tenemos que salvar un servidor. No, tenemos que salvar infinitos servidores. ¡Así que en marcha!

—¡POR MINECRAFT! —gritó Gameknight.

—¡POR MINECRAFT! —atronaron todas las demás voces a su espalda.

Alguien les llevó tres caballos a Gameknight, al Constructor y a Peón. Gameknight montó de un salto, se irguió y observó sus fuerzas. Se agachó y subió a Tejedora a la silla delante de él. Se sentía orgulloso de todos y cada uno de aquellos PNJ y, por las expresiones de sus caras, ellos también.

Pero la incertidumbre acerca de qué hacer a continuación aún ocupaba la mente de Gameknight. No acababa de ver claras las piezas del rompecabezas, no como las había visto en el inframundo. Tenía que detener a los monstruos, pero no sabía cómo.

Peón debió de notar la incertidumbre de Gameknight, porque empezó a dar órdenes a los ojeadores, y los envió en todas direcciones. Situó sendos pelotones en los flancos y envió a un grupo de jinetes a la retaguardia. Una vez que las fuerzas estuvieron desplegadas a su gusto, miró al Usuario-no-usuario y asintió con la cabeza. Gameknight, sin saber muy bien cuál era la estrategia, hizo lo único que podían hacer, que era avanzar. Espoleó a su caballo y enfiló el sendero oscuro que se abría como una herida en la carne de Minecraft.

Seguido por sus amigos, Gameknight avanzó con confianza renovada, sin dejar de pensar en Cazadora.

—Espero que estés bien, Cazadora —dijo en voz alta—. Vamos a salvarte.

—Sí, vamos a salvarte, hermanita —repitió Tejedora.

—Vamos todos a salvarte —añadió el Constructor.

—Y a Minecraft —dijo Peón con una voz potente que arrancó un grito de guerra de las tropas.

—¡POR MINECRAFT!

Sus voces resonaron por todas partes, ahuyentando las dudas y el miedo. El ejército de PNJ avanzaba con Gameknight999 a la cabeza, dispuestos a perseguir al enemigo sin descanso, y no iban a parar hasta salvar Minecraft.

Este libro utiliza el tipo Aldus, que toma su nombre
del vanguardista impresor del Renacimiento
italiano Aldus Manutius. Hermann Zapf
diseñó el tipo Aldus para la imprenta
Stempel en 1954, como una réplica
más ligera y elegante del
popular tipo
Palatino

***
**
*

La batalla por el inframundo
se acabó de imprimir
un día de primavera de 2015,
en los talleres gráficos de Liberdúplex, s.l.u.
Crta. BV-2249, km 7,4, Pol. Ind. Torrentfondo
Sant Llorenç d'Hortons (Barcelona)

***
**
*